「どうかかな？　おかしくない？」
異世界はスマートフォンとともに。21

ついに始まる――！

人生の一大イベントが

「りんご飴ーー！　おひとついかがっすかーー！」
「占いの館！　2-Cの教室でやってまーす！」
校門をくぐると賑やかな喧騒とともに、
生徒たちの呼び込みの声が溢れてきた。元気いいなあ。

異世界はスマートフォンとともに。21

冬原パトラ

illustration■兎塚エイジ

キャラクター紹介

神様のミスで異世界へ行くことになった高校一年生（登場時）。基本的にはあまり騒がず、流れに身を任すタイプ。無意識に空気を読まず、さらりとひどい事をする。無尽蔵の魔力、全属性持ち、無属性魔法を使い放題と、神様効果でいろいろ規格外。ブリュンヒルド公国国王。

ベルファスト王国王女。12歳（登場時）。右が碧、左が翠のオッドアイ。人の本質を見抜く魔眼持ち。風、土、闇の三属性を持つ。弓矢が得意。冬夜に一目惚れし、強引に押しかけてきた。冬夜のお嫁さん予定。

冬夜が助けた双子姉妹の姉。両手にガントレットを装備し、拳で戦う武闘士。ストレートな性格でサバサバしている。身体強化の無属性魔法【ブースト】が使える。辛いもの好き。冬夜のお嫁さん予定。

双子姉妹の妹。火、水、光の三属性持ちの魔法使い。光属性はあまり得意ではない。どちらかというと人見知りで、おしゃべりが苦手。しかし時には大胆。甘いもの好き。冬夜のお嫁さん予定。

日本に似た遠い東の国、イーシェンから来た侍娘。ござる言葉を使い、人一倍よく食べる。真面目な性格なのだが、どこかズレているところも。実家は剣術道場で流派は九重真鳴流《ここのえしんめいりゅう》という。隠れ巨乳。冬夜のお嫁さん予定。

愛称はルー。レグルス帝国第三皇女。ユミナと同じ年齢。帝国反乱事件の時に冬夜に助けられて一目惚れする。双剣の使い手。ユミナと仲が良い。料理の才能がある。冬夜のお嫁さん予定。

愛称はスゥ。10歳（登場時）。刺客に襲われているところを冬夜たちに助けられる。ベルファスト国王の姪。ユミナの従姉妹《いとこ》。天真爛漫で好奇心が旺盛。冬夜のお嫁さん予定。

愛称はヒルダ。レスティア騎士王国の第一王女。剣技に長け、「姫騎士」と呼ばれる。フレイズに襲われていたところを冬夜に助けられ、一目惚れする。テンパるとかなりどもるくせがある。八重と仲が良い。冬夜のお嫁さん予定。

元・妖精族の長。現在はブリュンヒルドの宮廷魔術師（暫定）。見た目は幼いが長い年月を生きている。自称６１２歳。魔法の天才。人をからかうのが好き。闇属性魔法以外の六属性持ち。冬夜のお嫁さん予定。

冬夜がイーシェンで拾った少女。記憶を失っていたが取り戻した。本名はファルネーゼ・フォルネウス。魔王国ゼノアスの魔王の娘。頭に自由に出せる角が生えている。あまり感情を出さないが、歌が上手く、音楽が大好き。冬夜のお嫁さん予定。

リーンが【プログラム】で作り上げた、生きているかのように動くクマのぬいぐるみ。２００年もの間改良を重ね、動き続けている。その動きはかなりの演技派俳優並。ポーラ……恐ろしい子！

琥《こ》珀《はく》

冬夜の召喚獣・その一。白帝と呼ばれる西方と大道の守護者にして獣の王。神獣。普段は虎の子供のサイズで目立たないようにしている。

珊《さん》瑚《ご》&黒《こく》曜《よう》

冬夜の召喚獣・その二。二匹でワンセット。玄帝と呼ばれる神獣。鱗の王。水を操ることができる。珊瑚が亀、黒曜が蛇。

紅《こう》玉《ぎょく》

冬夜の召喚獣・その三。炎帝と呼ばれる神獣。鳥の王。落ち着いた性格だが、その外見は派手。炎を操る。

瑠《る》璃《り》

冬夜の召喚獣・その四。蒼帝と呼ばれる神獣。青き竜の王。皮肉屋で琥珀と仲が悪い。全ての竜を従える。

望《もち》月《づき》花《か》恋《れん》

正体は恋愛神。冬夜の姉を名乗る。天界から逃げた従属神を捕獲するという大義名分の名のもとに、ブリュンヒルドに居座った。語尾に「〜なのよ」とつく。けっこうぐうたら。

望《もち》月《づき》諸《もろ》刃《は》

正体は剣神。冬夜の二番目の姉を名乗る。ブリュンヒルド騎士団の剣術顧問に就任。凛々しい性格だが少々天然。剣を持たせたら敵うもの無し。

フランシェスカ

バビロンの遺産、『庭園』の管理人。愛称はシェスカ。メイド服を着用。機体ナンバー23。口を開けばエロジョーク。

ハイロゼッタ

バビロンの遺産、『工房』の管理人。愛称はロゼッタ。作業着を着用。機体ナンバー27。バビロン開発請負人。

ベルフローラ

バビロンの遺産、『錬金棟』の管理人。愛称はフローラ。ナース服を着用。機体ナンバー21。爆乳ナース。

フレドモニカ

バビロンの遺産、『格納庫』の管理人。愛称はモニカ。迷彩服を着用。機体ナンバー28。口の悪いちびっ子。

プレリオラ

バビロンの遺産、『城壁』の管理人。愛称はリオラ。ブレザーを着用。機体ナンバー20。バビロンナンバーズで一番年上。バビロン博士の夜の相手も務めていた。男性は未経験。

パメラノエル

バビロンの遺産、『塔』の管理人。愛称はノエル。ジャージを着用。機体ナンバー25。とにかく寝てる。食べては寝る。基本的にものぐさで面倒くさがり。

イリスファム

バビロンの遺産、『図書館』の管理人。愛称はファム。セーラー服を着用。機体ナンバー24。活字中毒者。読書の邪魔をされるのを嫌う。

リルルパルシェ

バビロンの遺産、『蔵』の管理人。愛称はパルシェ。巫女装束を着用。機体ナンバー26。ドジっ娘。しかもその自覚がない。うっかり系のミスが多い。よく転ぶ。

アトランティカ

バビロンの遺産、『研究所』の管理人。愛称はティカ。白衣を着用。機体ナンバー22。バビロン博士及び、ナンバーズのメンテナンスを担当。激しく幼女趣味。

レジーナ・バビロン博士

古代の天才博士にして変態。空中要塞『バビロン』や様々なアーティファクトを生み出した。全属性持ち。機体ナンバー29の身体に脳移植をして、五千年の時を経て甦った。

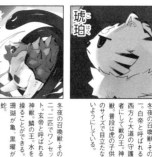

異世界はスマートフォンとともに。

世界地図

パレリウス王国
都パルス
パルーフ王国
リーニエ王国
王都ニムエ
エルフラウ王国
王都スラーニエン
ハノック王国
王都ハノークス
王都ゼノスカル
魔王国ゼノアス
ノキア王国
ユーロン地方
神国イーシェン
皇都ベルン
リース
ベルファスト王国
王都アレフィス
レグルス帝国
帝都ガラリア
ブリュンヒルド公国
ロードメア連邦
首都パネラメア
王都ファルマ
ホルン王国
フェルゼン王国
リフレットの町
聖都イスラ
ラミッシュ教国
ミスミド王国
王都ベルジュ
王都アトライル
ライル王国
王都レスティン
大樹海
騎士王国レスティア
ドラゴネス島
サンドラ王国
王都キュレイ
レトラバンバ
イグレット王国
新世界

前巻までのあらすじ。

神様特製のスマートフォンを持ち、異世界へとやってきた少年・望月冬夜。二つの世界を巻き込み、繰り広げられた邪神との戦いは終りを告げた。彼はその功績を世界神に認められ、一つとなった両世界の管理者として生きることになった。一見平和が訪れた世界。だが、騒動の種は尽きることなく、世界の管理者となった彼をさらに巻き込んでいく……。

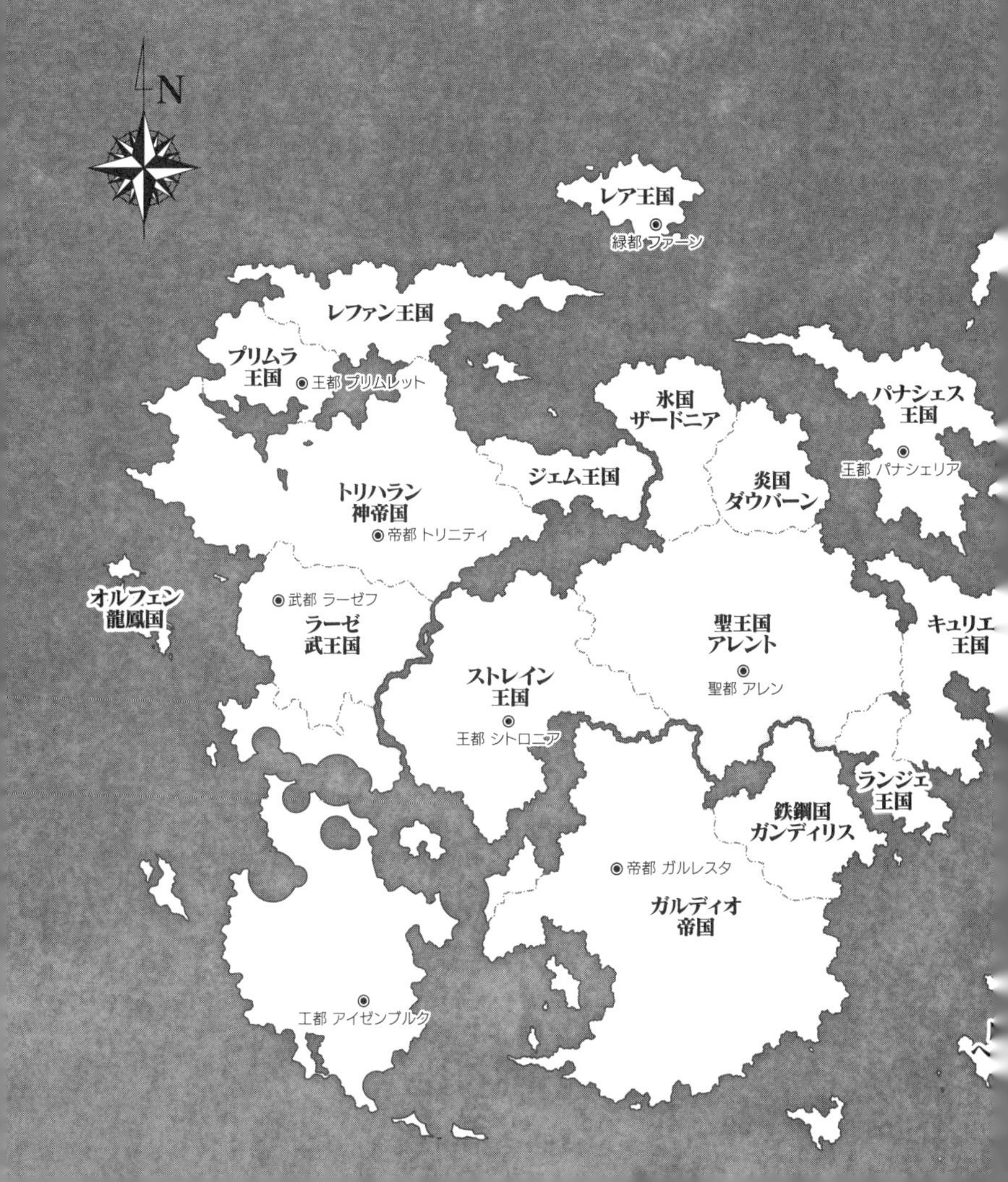

口絵・本文イラスト　兎塚エイジ
メカデザイン・イラスト　小笠原智史

第一章　ウエディング・プレリュード

「招待状はこれでＯＫ……っと」

「では【ゲートミラー】にて送っておきます。城下の方々には騎士団《きしだん》の方から直接手渡《てわた》すということで」

「よろしくお願いします」

分厚い封筒《ふうとう》の束を持って、執事《しつじ》のライムさんが深々と頭を下げる。はぁ、肩《かた》が痛い。封《ふう》蝋《ろう》をこんな一気に押《お》したのは初めてだ。これぱっかりはメールでお知らせ、というわけにもいかないしな。

当初の予定では、この招待状の返信で参加不参加の返事をもらって、当日に各国やその本人のところへ僕《ぼく》が【ゲート】を開く予定だった。けれど、なにも新郎《しんろう》がする必要はないと、代わりに時江《ときえ》おばあちゃんがやってくれることになったのだ。空間転移関連なら僕よりも上だし、これ以上の適役はいまい。ありがたや。

懐《ふところ》からスマホを取り出して、例のチェックリストを引っ張り出す。

「あとは……引出物かな？」

この世界には引出物という習慣はない。だけど、ちょっとしたものをお礼に渡《わた》すという土地柄《とちがら》もあるらしく、まったくしないというわけでもないらしいので、僕らはあえて取り入れることにした。日本じゃ普通《ふつう》だし。

とはいえ、引出物っていってもなにを配ればいいのやら。僕らの写真が入った皿とかマグカップとか贈《おく》っても使わないだろうし、嫌《いや》がらせにしかならない気もする。

「ひーきーでー、もの……っと……、ああ、カタログギフトって手もあるのか」

スマホで検索《けんさく》をかけてみるといろんなカタログ紹介《しょうかい》のサイトが出てきた。

意外といいかもしれないな。カタログで選んでもらって、各々《おのおの》欲しいものを決めてもらえばいい。

ただ招待客は王侯《おうこう》貴族や金持ちが多いから、バッグとか食器とか、普通の商品をカタログに載《の》せてもあまり欲しがらないかもしれん。

となると珍《めずら》しいものをピックアップして載せた方がいいな。マッサージチェアとか？

食べ物ってのもアリか。……レトルトカレーとか……いや、引出物にレトルトカレーってのはどうなのか。あ、竜《りゅう》の肉とかは喜ばれるかも。

それとも剣《けん》とか鎧《よろい》とかの方が喜ばれるのだろうか。あるいは魔法《まほう》を付与《ふよ》したアクセサリーとか？　身分のある人たちなら解毒《げどく》とか防御付与《ぼうぎょふよ》のついた魔道具《まどうぐ》は欲しいだろうし。

ううむ、まとまらないなあ。

「ちょっと気分転換《てんかん》するか」

僕はスマホを懐《ふところ》に戻《もど》し、部屋を出た。そのままぶらぶらと城を歩く。仕事はないのかと突っ込まれそうだが、今のところ急ぎのものはない。もともと小さな国の上に、優秀《ゆうしゅう》な人材が揃《そろ》っているからね。

廊下《ろうか》を掃除《そうじ》するメイドさんたちに挨拶《あいさつ》をしながら外に出る。相変わらず訓練場では騎士団のみんなが訓練に明け暮れていた。木剣《ぼっけん》を打ち合う者、黙々《もくもく》と筋力を鍛《きた》える者、各々の技《わざ》の確認《かくにん》をする者と、みんな頑張《がんば》っている。

「あれ？」

訓練場の隅《すみ》にあるベンチに一人腰掛《こしか》けて、空をぼーっと眺《なが》める少女がいる。エルゼだ。ベンチの傍《そば》には水筒《すいとう》とガントレットが置いてある。休憩《きゅうけい》中かな？

こちらに全然気がついていないようなので、ちょっと驚《おどろ》かせようと、こっそりベンチの背後へと回る。

僕は後ろからエルゼの両目を塞《ふさ》ごうと、そーっと近寄っていった。

「だーれ、だ……ぐふッ⁉」

「え⁉　あれっ、冬夜《とうや》⁉」

目を塞ごうとした僕の顔面をエルゼの裏拳《うらけん》が襲《おそ》った。パァンッ！　っていい音がしたよ⁉　鼻が折れたんじゃなかろうか。

「ごっ、ごめん！　思わず反射的に……！　わ、わざとじゃないのよ⁉」

「わかってる……。僕が悪い……」

甘《あま》い恋人《こいびと》同士のような、きゃっきゃうふふの展開は望むべきではなかったのだ。あら、鼻血が出てる……。自分の血を見るなんて久しぶりなんじゃなかろうか。けっこう頑丈《がんじょう》になったつもりだったけどなァ……。

【光よ来たれ、安らかなる癒《いや》し、キュアヒール】……」

顔面に回復魔法をする羽目になるとは。これからエルゼを驚かすときは注意しよう。

「ん、止まったわ。ごめんね」

「いや、僕が驚かそうとしたのが悪いから。なんかぼーっとしてたからさ。なんかあった？」

「なんかあった……ってわけじゃないんだけど……。あたし、結婚《けっこん》するんだなぁ……って思ったら、いろいろと、ね……」

苦笑《くしょう》するように大きくため息をつくエルゼ。その隣《となり》に座《すわ》る僕はといえば、ちょっとドキリとしていた。

こっ、これってよく聞く『マリッジブルー』ってヤツなのでは……！　結婚を控《ひか》えた者が結婚生活に不安や憂鬱《ゆううつ》を覚え、最悪の場合、婚約破棄《こんやくはき》に至ることもあるという……！

どっ、どっ、どっ、どうすればいいんでっしゃろかいな⁉

「な、なにか不安なことでも……？」

「不安なこと？　そりゃいっぱいあるわよ」

いっぱいですか⁉　いかん、変な汗《あせ》が出てきた。

「曲がりなりにも王妃《おうひ》という肩書《かたが》きがつくんだもの。恥《はじ》になるような行動は慎《つつし》まなきゃいけないし。それに、その、こっ、子供とか生まれたら、王子、王女としてきちんと教育させなきゃって……。あたしにそんなことできるのかなって……ね。いろいろ考えてたら、なんか不安がどんどん大きくなってきてさ……」

「とうっ」

「あいたっ⁉」

エルゼの頭に軽くチョップをかます。

「考えすぎ。王妃だからって気負わなくてもいい。国王が僕だよ？　なにをいまさら気取る必要があるんだ。エルゼはエルゼらしい王妃になればそれでいい。子供だって、一人で育てるわけじゃない。僕がいるし、他に八人もお母さんがいるんだ。なにも心配しなくてもいい。大丈夫《だいじょうぶ》。全部うまくいく。必ず幸せになる。いろんな神様のお墨付《すみつ》きだ」

頭を打たれたエルゼはしばらくぽかんとしていたが、やがて小さく笑い出した。

「ふふっ、なにそれ。神様を出されたら不安になりようがないわ。ズルいわよ、冬夜」

ズルくてけっこう。好きな子の不安を消し去れるなら神様も許してくれる。

エルゼにはいつも明るく笑っていてほしい。その笑顔《えがお》が僕の背中を押してくれるのだ。

「とにかく一人で悩《なや》まないでくれ。これから僕らはずっと一緒《いっしょ》にやっていくんだから」

「そうね。なんか吹《ふ》っ切《き》れたわ。あたしらしくやればいいのよね。みんな一緒ならなにがあっても怖《こわ》くないわ」

エルゼがベンチから立ち上がり、大きく伸《の》びをする。振《ふ》り返《かえ》り、僕が見たかった笑顔を見せてくれる。

「ありがと、冬夜」

「奥《おく》さんの悩みを聞くのも夫の務めだからね。それで解決するならなんてことはないよ」

「おっ、奥さん、って……⁉　な、なに言ってるのよっ！　まっ、まだ結婚してないから違《ちが》うでしょ！　もうっ！」

顔を真っ赤にし、エルゼはくるりと僕に背を向けて、足早に去っていってしまった。ありゃ、ちょっと調子に乗りすぎたか。

ま、怒《おこ》っているわけではないだろうから、大丈夫だろ。

「あ、引出物のこと相談すればよかったな。しまった……」

「おろ？　冬夜殿《どの》。日向《ひなた》ぼっこでござるか？」

失敗したな、とベンチで反省していると、目の前に八重《やえ》とヒルダのコンビが木剣を持って現れた。相変わらず仲がいいな。どうやら二人で訓練に来たようだ。

さっきのエルゼのこともある。二人もなにか抱《かか》え込んでいないか聞いてみよう。

「結婚で不安に思っていること……」

「で、ござるか？」

二人で顔を見合わせて、うーん、と少し悩んでいる。いや、ないならないでいいのよ、君たち。その方が安心だし。

考え込んでいた二人だが、やがて八重がポンと手を打った。

「あ、そういえばひとつ気になることが」

「え、な、なに？」

「結婚式《けっこんしき》に出る料理……。新婦は食べられないのでござろうか……」

そこかい。まあ八重っぽいといえば八重っぽい悩みだけど。

次いでヒルダがあっ、と小さく声を出した。

「わっ、私《わたくし》は、そのっ、こっ、子供を授《さず》かった場合、妊娠《にんしん》中は激しい運動をしてはいけないでしょうから、身体《からだ》がなまるのではないかと、ちょっと心配です……」

気が早い。確かにあまり激しい運動は控えて欲しいところではあるが。

まあ、この二人はエルゼほど悩んではいないようだ。ちょっと安心した。

「しかしなぜそんなことを?」

「結婚する前っていろいろ考えてしまうみたいだからね。問題があるなら今のうちにと思って」

「結婚に関してはこれからですわ。おそらくいろいろな艱難辛苦《かんなんしんく》が我々を襲うことでしょう。しかし愛の力と強き心があれば、全《すべ》て乗《の》り越《こ》えていけると私《わたくし》は信じております」

「そ、そうだね」

フンスと鼻息荒《あら》くヒルダが目を輝《かがや》かせている。この子、試練とか逆境とかの方が燃えるタイプだからなぁ。マリッジブルーには無縁《むえん》かもしれない。

「拙者《せっしゃ》はみんなを信じてござる。きっとどんな問題もみんなで解決できるでござるよ」

八重の考えは僕と同じようだ。この子は何よりも人の和を大切にする。彼女《かのじょ》の中ではもうすでに僕らは新しい家族として存在するのだろう。常に自然体。それが八重のいいところだ。

こうなるとエルゼの双子《ふたご》の妹さんの方はどうなんだろう。ちょっと気になるな。

「リンゼはどこにいるかな？」

「リンゼ殿でござるか？　最近は時江《ときえ》殿《どの》とよく一緒にいたはずでござるが」

そういえばよくバルコニーで編み物を教わっていたな。

二人の訓練の邪魔《じゃま》になるし、リンゼのことも気になるので【テレポート】を使い、いつものバルコニーへと跳《と》ぶ。

そこには椅子《いす》に腰掛けて、一心に編み物を続けるリンゼの姿があった。

僕が近くにいるというのに気が付かないほど黙々と編んでいる。すごい集中力だな。

声をかけそびれて、しばしリンゼの打ち込む姿に僕は見惚《みほ》れていた。一生懸命《いつしようけんめい》に頑張るその姿を見て、なぜか美しいと感じたのだ。

「……？　あっ、冬夜さん？　いつの間に？」

「あっ、ごめん。なんか声をかけ辛《づら》くて……」

見惚れていた、とはさすがに言い出せず、僕に気が付いたリンゼに対し、お茶を濁《にご》してしまった。

リンゼのいるテーブルの向かいに座ると、彼女は小さく首を傾《かし》げた。

「どうかしました、か？」

「ああ、いや、大したことじゃないんだけど……」

いや、大したことかもしれないけど。結婚することでなにか不安になったりはしてないかと、ストレートに尋《たず》ねてみた。

「不安、ですか。それはいろいろありますけど、今はそれよりもわくわくする気持ちの方が強いような気がします、ね」

「わくわく？」

「ええ。冬夜さんたちときちんと家族となれることや、子供たちが生まれたらみんなでいろんな思い出を作ろうとか……。未来へのわくわく、です」

不安よりも未来への期待の方が大きい、ということなんだろうか。

「でも、なんでいきなり？　……はは あ、お姉ちゃん、ですね？」

「え？　あれっ、なんで……」

「最近、どこか上の空でしたから。お姉ちゃん、考え込むと長いんです。けれど、一度決めたらもう尾《お》を引くことはないんで大丈夫ですよ」

さすがは双子の妹。姉のことをしっかりとわかっているようだ。

ところでさっきから気になっていたんですが。テーブルに積まれている、そして今も編んでいる『それ』ってひょっとして……。

「あ、はい。こっちがレッグウォーマーでこれがニット帽《ぼう》です、ね」

僕はテーブルにあった小さな帽子《ぼうし》を手に取った。柔《やわ》らかで肌触《はだざわ》りの良い糸で編まれたそれは、どう考えても赤ちゃん用であった。他にもロンパースや靴下《くつした》、ベビースタイ、ベビーニットとちょっと多くね⁉

「九人分です、から」

「いやいや。にしたって早すぎるでしょ……」

「早いに越したことはないと思います、よ？」

いや、まだ『そういうこと』もしてないわけだしさ……。同時に生まれるわけでもないだろうし。

なんだろう。リンゼの場合、『お嫁《よめ》さん』をすっ飛ばして『お母さん』になっているような。もうすでに母性本能が活発に働いている？　働き過ぎな気もするが。

まあ、悪いことではないけれど。

あ、そうだ。引出物のことをリンゼにも聞いておこう。

「引出物……？　招待客に配る贈呈品《ぞうてい》でしたか？　どんなもの、と言われても……。お菓《か》子《し》、とか？」

お菓子ね……。ちょっと地味な気もするが、まあ、アリっちゃアリか。高級な食材を使った豪勢《ごうせい》なケーキとかなら喜ばれるかもしれないし。

「あとはどういったものがいいかな？」

「うーん……。あ、今日はスゥのお泊《と》まりの日ですから、その時にみんなに聞いてみればいいんじゃないですか？」

リンゼが名案とばかりに手を叩《たた》く。んー……じゃあそうするか。

みんなで同じ部屋に眠《ねむ》る『お泊まり』もだいぶ慣れてきた。まあ、僕だけいつもソファで寝《ね》てますけど。もう結婚するまではこのスタイルを貫《つらぬ》く所存でございます。ヘタレと笑わば笑え。ちゃんとおやすみのキスは全員としているから自分的には満足だ。

とりあえずみんなの意見を聞いて、カタログリストを作ろう。金額的にはどれくらいがいいのかな……。これは高坂《こうさか》さんあたりに聞かないとダメか。まったく忙《いそが》しい。結婚式って大変だな……。

「簡単な魔道具とかでもいいんじゃないかしら？　ほら、スマホの音楽機能だけをオルゴール的な物に付与するとか」

「それいい。欲しがると思う」

黒いパジャマを着たリーンの言葉に、桃色《ももいろ》パジャマ姿の桜《さくら》が賛同する。音楽プレーヤーってとこか。貴族とかには喜ばれるかな。いや、自前で楽団とか持っているレベルの貴族はあまり欲しがらないかもしれないが。とりあえずスマホにメモっておこう。

あいも変わらず、僕らは巨大《きょだい》なベッドの上で話し合っていた。ちなみにベッドの下では、琥《こ》珀《はく》、珊瑚《さんご》&黒曜《こくよう》、紅玉《こうぎょく》、瑠璃《るり》、ポーラ、アルブスの従者団が、僕の作ってあげた地球のボードゲームで遊んでいる。ニャンタローは桜のお母さんであるフィアナさん付きなので来ていない。

『ぬっ⁉ 瑠璃! 貴様、そこは私が狙《ねら》っていた土地だぞっ!』

『知らんよ。早い者勝ちさ。じゃあここに村を建てて、と』

島を開拓《かいたく》して村や都市を造り、先にポイントを集めた者が勝利者となるゲームの大人数用だが、なかなか白熱しているようだ。しかし器用にサイコロとか振るなぁ。

一応これもカタログリストに載せておくか。

エルゼに端《たん》を発したマリッジブルーは、幸いなことに他はスゥがちょっとホームシックになっているだけで助《すけ》かった。

ホームシックというか、結婚したら親であるオルトリンデ公爵《こうしゃく》夫妻や生まれたばかりの弟エドワード、さらにずっとお世話をしてきた執事のレイムさんとも離《はな》れることになるため、寂《さび》しくなるといったものだ。

転移門でいつでも好きな時に里帰りしてもいいと伝えてはあるので、そこまでの不安ではなかったようだが。

「わらわはみんなと新しい家族を作るのじゃ。寂しくなんかないぞ」

強がりでもそう言ってくれたスゥがとても愛《いと》しくて、思わず抱《だ》きしめてしまった。この子を寂しくなんかさせないぞ。オルトリンデ公爵にも申し訳ない。

「私《わたくし》なら豪華《ごうか》な調理セットなど欲しいですけど」

「うーん、でもそれってコック長とかが欲しい物では？」

ルーとユミナがそんな話をしている。確かに王侯貴族で料理が趣味《しゅみ》という者は少ないと思う。しかし、僕らの結婚式には貴族とかだけではなく、一般《いっぱん》の人……例えば『銀月《ぎんげつ》』のミカさんやドランさん、『武器屋熊八《くまはち》』のバラルさん、喫茶店《きっさてん》『パレント』のアエルさんなんかも招待している。

彼女らならなら欲しがる可能性は高い。実用的だし、仕事に使えるかもだし。一応、入れとこう。

「ちなみに『ちきゅう』ではどんなものを送るんです、か？」

「ん？　見てみる？」

僕はリンゼの質問に、スマホで検索したカタログの一部を空中に投影《とうえい》させた。

主に料理とか食材が浮《う》かんでいる。当然のように反応したのは八重とルーであった。

「おおー。この肉料理、美味《うま》そうでござるな……」

「本当に！　一度食べてみたいですわ！」

「新婚《しんこん》旅行で向こうに行ったら食べような」

世界神様に許可はもらっている。あくまで新入りの神とその眷属《けんぞく》の研修旅行という体裁《ていさい》を取ってはいるが。

その夜、遅《おそ》くまで僕らはカタログギフトのリスト作成にいろいろと話し合った。婚約者《こんやくしゃ》との夜の過ごし方としては、いささか色気がないことは否《いな》めない。

もう少しいちゃいちゃしてもよかったかと、少し反省している。むう。

◇　◇　◇

カタログリストもなんとかまとまって、【ドローイング】による印刷、『工房《こうぼう》』による製本できちんと本になった。この中から欲しいものを選び、付属するハガキに書き込めば、ブリュンヒルドに転送されることになっている。

ギフトはＡＢＣのコースに分かれていて、Ａコースは一つ、Ｂコースは二つ、Ｃコースは三つ、贈呈品を選択《せんたく》できる。

値段的なものによる差だが、ほとんど自作なので、僕にはあまりそういった感覚はないのだけれど。

考えたくはないが売ったりされることも考慮《こうりょ》して、きっちりナンバーと成婚《せいこん》記念品という刻印は押しておくつもりだ。まあ、僕らが選んだ招待客にそんな人はいないと思うけどね。

さて、準備はほぼ終了《しゅうりょう》し、あとは一週間後の結婚式を待つばかり。

僕からの心配り、というわけではないけれど、婚約者のみんなは生まれ育った実家へと帰している。

エルゼ、リンゼ姉妹はリーフリースの叔父《おじ》さんの農園へ。八重はオエドの道場をしている実家、ユミナはベルファスト城へ。スゥもオルトリンデ公爵家に、ルーとヒルダもレグルスとレスティアの王家へ。桜もお母さんと一緒に魔王国《まおう》ゼノアスのスピカさんの家へ行っている。生まれ育った家だからな。魔王陛下が押しかけてきそうだが……。当然、ポーラも一緒だ。

リーンは実家というわけではないが、ミスミドへと里帰りしている。

それぞれ家族や友人たちと独身最後の時を楽しく過ごしてもらいたい。

しかしアレだね。みんながいなくなった途端《とたん》、急に静かになったね。朝食がちょっと寂しかったもの。

諸刃《もろは》姉さんと武流叔父《たけるおじ》は早朝訓練だし、耕助叔父《こうすけおじ》は畑を耕しに行っちゃうし。狩奈《かりな》姉さんも早朝から狩《か》りだし、花恋《かれん》姉さんと酔花《すいか》は起きてこないしな……。カミサマーズは好き勝手に動くからなあ。

奏助《そうすけ》兄さんはいたんだけど……話さないしな……。気を使ってくれたのか、エドヴァルド・グリーグ作曲の『朝』を弾《ひ》いてくれていたけど。バイオリン弾きながら朝ごはん食べるのってしんどくない？

だからもっぱら時江おばあちゃんと話してた。

時江おばあちゃんは大抵《たいてい》は城のバルコニーで世界の結界を修復しているけど（見た目は編み物を編んでいるようにしか見えないが）、その他は城のメイドさんたちと話したり、散歩と称《しょう》して城下町をぶらついたりしている。

見た目は普通のおばあちゃんなので、馴染《なじ》んでしまっているようだ。これも神の力……なのだろうか。

朝食が終わると突然暇《とつぜんひま》になってしまった。高坂《こうさか》さんが結婚式&新婚旅行が終わるまで長い休みをくれたので、やることがない。

「琥珀……暇《ひま》だね」

『良いことなのでは?』

まあ、そうだけど。そうなんだけど。ソファにゴロンとなって、琥珀の頭を撫《な》でる。なんか急に年食った感じが。縁側《えんがわ》で日向ぼっこする猫《ねこ》と爺《じい》さんか。

いかん、まだそんな年じゃない。どっかに出かけよう。うん、そうしよう。

子虎《ことら》状態の琥珀を抱き上《あ》げ、【テレポート】で転移する。転移した先は勝手知ったるブリュンヒルドにおける冒険者《ぼうけんしゃ》ギルドの裏庭だ。冒険者たちが訓練の場に使ったり、狩った大きな魔獣《まじゅう》を捌《さば》くときにも使われる。

幸い冒険者たちは裏庭の隅に転移した僕らに誰《だれ》も気が付かなかったようなので、そそくさとフードを被《かぶ》ってギルド内へと入った。

ブリュンヒルドの冒険者ギルドはなかなかに盛況《せいきょう》だった。ベルファスト王国とレグルス帝国《ていこく》に挟《はさ》まれたこの辺りには手強《てごわ》い魔獣などはいない。ここに来る冒険者のほとんどが転移門の先にあるダンジョン目当ての冒険者である。

正直に言うとダンジョンは冒険者のランク上げには適していない。

冒険者ランクを上げるには依頼《いらい》を確実にこなして、冒険者ギルドに貢献《こうけん》しなければならない。コツコツと積み上げていけばベテランレベルの青ランクくらいにはなれる。しかし、ダンジョンの探索《たんさく》や魔獣退治は依頼ではない。あくまで冒険者が勝手にダンジョンへ入っているのだ。

冒険者たちの目当てはダンジョンに眠る財宝と、そこに巣食う珍しい魔獣たちの素材だ。持ち帰ればかなりの稼《かせ》ぎになる。

もちろん、『○○の素材を集めてくれ』という系の依頼ならギルドランクも上がるが、依頼を受けて失敗し、ギルドから罰金《ばっきん》や警告を受ける可能性もある。ならギルドの依頼を受けずに直接必要な者に売った方がよかったりもするのだ。

ギルドでも買い取りはしてるから、そこらへんは暗黙《あんもく》の了解《りょうかい》というかなんというか。ま、結局のところ、ウチにはお金目当ての冒険者が多いってことだ。もちろん下級ランクの冒険者には手頃《てごろ》な依頼がけっこうあるけど。上級者、青ランク以上を目指す人たちにはあまり旨味《うまみ》がない冒険者ギルドとも言える。

ブリュンヒルドの冒険者ギルドは小さな町にしては大きく、三つの受付で依頼を受けていた。何度も来ているので馴染みの受付さんがいるカウンターへと向かう。

「ようこそ冒険者ギルド・ブリュンヒルド支部へ。今回はどういったご用件でしょ……うあ」

猫の獣人《じゅうじん》であるミーシャさんが僕と足下《あしもと》の琥珀を見てすぐさま正体を悟《さと》り、引きつった笑顔を浮かべる。なんかちょっと傷付くな……。

「すみません。レリシャさんいますか？」

「えっと、ギルドマスターなら二階におります。ちょっとお待ち下さいね」

パタパタと慌《あわ》ててミーシャさんがカウンター横の階段を上がっていく。しまった。電話で連絡《れんらく》すればよかったか。しばらくすると、再びパタパタとミーシャさんが階段を下りてきた。

「お待たせしました。どうぞ」

「すみません。お邪魔します」

ミーシャさんに軽く頭を下げてギルドの階段を上る。二階一番奥の、シックな造りの扉《とびら》をノックしてから入室する。

「ようこそ公王陛下。どうぞこちらへ」

ギルドマスターのレリシャさんに促《うなが》され、正面のソファに座る。相変わらずエルフってのは美人だな。なんとなく恐縮《きょうしゅく》してしまう。

「招待状ありがとうございました。冒険者ギルドを代表して、必ず出席させていただきます。それで、今日はどういったご用件で？」

「あ、えーっとですね……」

レリシャさんの質問にちょっと言葉が詰《つ》まる。まさか暇だからなにかないかとは聞きにくい。

「あ、例の冒険者アカデミーはどうなっているかな、と。なにか問題とかはありませんか？」

「大丈夫です。新しく冒険者になった者は大抵アカデミーに入り二週間の研修を受けるか、ランクアップ試験を受けております。これによって初心者は最低限の知識と技術を身につけ、実力者は適したランクに振り分《わ》けられるので、無謀《むぼう》な依頼を受ける者は減りました」

「高ランクの依頼などはどうなってます？」

「ああ、そちらの方はエンデさんやノルンさん、あとはニアさんら『紅猫』の皆《みな》さんが請《う》け負ってくれていますね。主にダンジョンの浅い層に強い魔獣が出てきた時などですけれど」

え、あいつらそんな高ランクになってたの？

「エンデさんが銀ランク、ノルンさんとニアさんが赤ランクですね」

「え⁉　エンデのやつ銀ランクなんですか⁉」

「ええ。ついこの間ダンジョンに現れたミノタウロスの群れを一人で片付けて」

それは聞いてなかった。基本ダンジョンのことはギルドに任せてたからな。ううむ。そのうちエンデも金ランクに上がってくるかもしれない。あいつも竜騎士《ドラグーン》を持っているから巨獣《きょじゅう》とか倒《たお》せるだろうし。

ノルンやニアも赤ランクか。いいことなのかもしれないが、これでは僕の仕事はなさそうだ。

結局、レリシャさんとは当《あ》たり障《さわ》りのない世間話をしてギルドを出た。

さて、どうするかね。なんとなしに足は学校の方に向いていた。

桜と一緒にフィアナさんがゼノアスに里帰りしているため、校長先生不在で人手が足りないのでは、と思ったからだが。

木造建ての学校に辿《たど》り着《つ》くと、目を疑うような光景に出くわしてしまった。

鉄棒や滑《すべ》り台《だい》など遊具が設置された校庭で子供たちが先生らと遊んでいる。それは微笑《ほほえ》ましいのだが、それに交ざってメガネをかけた少女と、紫《むらさき》の小さなゴレムがいることは問題ではなかろうか。

「あっ、とーやんだ。久しぶりー」

『ギ』

「いや……。なんでお前らここにいんの？」

紫の王冠《おうかん》・ヴィオラとそのマスターであるルナ・トリエステ。僕が『呪《のろ》い』をかけたあと釈放《しゃくほう》されたはずだが。

「なんでって、先生だから？」

「は!?」

ルナの口から飛び出した言葉に僕は心底驚いた。先生!?　こいつが!?

「あっ、しつれーだな。これでも子供たちに大人気なんだぞっ」

何がどうなってそうなったのか。事情を聞くために、フィアナさんの留守を預かる二人の教師から話を聞くことにした。

若い女性のミエットさんと、エルフの男性レイセールさん。フィアナさんだけでは子供たちの面倒《めんどう》を見きれないと雇用《こよう》した先生だ。

二人の話によると、ふらりとやってきたルナが子供たちと遊んでくれるようになったという。いつの間にか子供たちが懐き、授業の手伝いもするようになって、フィアナさんの鶴《つる》の一声で採用されたとのこと。

そういえば、新しく職員を雇《やと》ったって高坂さん経由で聞いたような……。一応、この学校は国営だからな。

「しかしなんでまたお前が………まさか」

「子供はいいよねぇ。感謝の気持ちに混じりっけがないんだよ。大人だとどこか義務的な『ありがとう』なんだけど、この子たちは心の底から『ありがとう』って言ってくれるの。その言葉を聞くともう、鳥肌《とりはだ》が立ってゾクゾクっとするんだぁ。うへへへ。私、天職を見つけたかも」

恍惚《こうこつ》とした表情で語るルナ。こいつには他人からの感謝の気持ちが快感に感じる『呪い』を僕がかけた。完全に欲望まっしぐらじゃないか。

「こんなの雇ってよかったんで？　子供たちに悪影響《あくえいきょう》があるんじゃ？」

「あはは……。ですが子供たちが懐いているのは確かですし、きちんと面倒もみてくれますから。ヴィオラも力仕事を任せられますし」

エルフの先生、レイセールさんが苦笑しながら答える。そりゃきちんと世話をしないと感謝してもらえないからな。こいつの場合、言ってみれば快感目当ての真面目《まじめ》さだぞ。

「ルナせんせー。あそぼー」

「ヴィオラちゃんもあそぼーよ。いいでしょ、ルナせんせー」

「お砂場でお城作って、ルナせんせー」

立ち話している僕らの下へ子供たちがわらわらとやってくる。そのほとんどがルナとヴィオラを取り囲み、手を引いていた。ホントに懐かれてる……。子供たち、このお姉ちゃんはド変態だよ？

「よーし。じゃあみんなで砂のお城を作ろうか！」

「わーい！　ありがとうルナせんせー！」

「ありがとうー！」

「フォワッ……！」

感謝の言葉を告げる子供たちから顔を背《そむ》けたルナの表情は、恍惚《こうこつ》にまみれていた。うあ。その顔はあかんよ……。

「じ、じゃ、じゃあ、お砂場に行こうねー」

「うん！　ほら、ヴィオラちゃんもー！」

『ギ』

子供たちに引っぱられながらルナとヴィオラが砂場の方へと歩いていく。……なぜ内股《うちまた》でよろけてるんだ。いろいろとアウトな気がする。

「ああやって必ず感謝の言葉を言うように教えてるんですよ」

「いや、まあ……。それは大切なことだと思いますけれども……」

何かの漫画《まんが》で『ありがとう』『ごめんなさい』『好きです』の三つの言葉は、そのタイミングを逃《のが》すとなかなか言えなくなるとか読んだな。だからそう思った時にきちんと伝えた方がいいと。

感謝の気持ちをストレートに伝えられる子は、まっすぐに育つような気がするけど……いいのかね、これ。

ルナが欲望に忠実な限り、子供たちを大切にするだろうが……。かつて『狂乱《きょうらん》の淑女《しゅくじょ》』と呼ばれた人物とは思えんな。昔と比べたらはるかにこちらの方がいいに決まっているが。

学校も僕《ぼく》が手伝えることはなさそうなので、他の場所に行くことにする。少々不安だが……。

昼時になったので、久しぶりに『銀月』に行こうと足を向けた。

時間が時間なだけに宿屋『銀月』一階の食堂は賑《にぎ》わっていた。相変わらず盛況だな。この料理は安くて美味《うま》いから当然といえば当然か。

『主《あるじ》、あそこに騎士団《きしだん》の者が』

「え？」

琥珀に促されて視線を向けると、テーブルに座り、食事をしているうちの警邏《けいら》騎士、ランツ君を見つけた。相変わらずミカさん目当てで通っているのか。

鎧《よろい》を身につけていないから非番かな。とりあえず彼の正面の席が空いていたので座ってみる。

「……？　ッ！　へっ、へい……！」

「しーっ。気にせず食事をして。僕も食事にきただけだからさ」

声を上げそうになったランツ君を黙《だま》らせる。騒《さわ》がれるのもなんだしな。

「いらっしゃいませ。ご注文はお決まりで……あらっ？」

「しーっ」

僕らのところへ注文を取りに来たのはミカさんだった。珍《めずら》しいな。ミカさんはほとんど厨房《ちゅうぼう》にいて料理を作っているかと思ったけれど。

「今日は特別。リフレットから父さんが来ているのよ。ほら、あなたの結婚式に招待されたから。前乗りしてんの。で、宿代の代わりに働いてもらってるってわけ」

「親父《ドラン》さんからお金取るの……？」

「親子とはいえお互《たが》い宿屋の店主。そのへんはキッチリしないとね」

厳しい。働かせてはいるが、結果タダで泊まらせているってところが娘《むすめ》の優《やさ》しさなのだろうか。ドランさんも大変だな。

「父さんだけじゃなくて、リフレットのみんなはここに泊まってるわよ。武器屋熊八のバラルおじさんも道具屋のシモンさんも」

いや、まだ一週間あるんですが。リフレットの店の方は大丈夫なんだろうか。心配だ。

「んで、注文は？」

「あ、じゃあ日替《ひが》わりのランチセットで。琥珀にも同じものを」

「あいよー」

ミカさんは持って来た水を置いて厨房へと戻《もど》っていく。僕が水を飲み、喉《のど》を潤《うるお》していると、目の前のランツ君はずっとミカさんを視線で追っていた。

「……まだ告白してないの？」

「ぶふっ⁉　なっ、な、なにを……！」

目に見えて狼狽《ろうばい》するランツ。わかりやすいな、ホント。レスティア出身の人たちって生《き》真面目《まじめ》で正直な人が多いよな。……エロ先々王のジイさんを除いて。

「いや、バレバレだって。気付いてないの、ミカさんだけじゃないの？」

「花恋様にもそう言われました……」

あ、やっぱり。わかりやすいからな。

意識されてないってのが問題だよねえ。想《おも》いを伝えて『好意を持ってます』って、まずわかってもらわないとな。僕が偉《えら》そうに言えることじゃないけど。

「それよりも、本人よりお父上のドランさんの方が察しているようで……。なんか時々睨《にら》まれます……」

なにやってんだ、あの親父……。いや、待てよ。将を射んと欲《ほっ》すればまず馬を射よ、ってやつか？

「ランツって将棋《しょうぎ》できたっけ？」

「将棋ですか？　こちらに来てから始めましたが。騎士団の宿舎で同僚《どうりょう》とよくやりますよ。あれは戦術の訓練にもなりますし。それがなにか……？」

「まずは馬を射よう」

「は？」


パチリ、と駒《こま》を置く音が響《ひび》く。

昼食時も過ぎ、人がまばらになったテーブルで、食事を終えた僕とランツは向かい合って将棋を指していた。

一、二局対戦してわかったが、ランツ君はなかなかに強かった。正直言って僕よりも強い。このままでは勝負にならないのでちょっとインチキをしている。

『主。７六歩《ふ》です』

『あいよー』

テーブル下の琥珀から念話で指示が来る。視覚を同調させて、琥珀にはスマホの将棋アプリを利用したインチキを手伝ってもらっているのだ。

早い話がランツ君は将棋アプリと対戦しているわけだ。

「むむむ……」

そうとは知らないランツ君が悩みながら指してくる。将棋アプリのランクは彼の強さに合わせているので見た目は拮抗《きっこう》した対戦のはずだ。

ちらり、と視線を厨房の方へ向けると、ドランさんがこちらをチラチラと見ているのがわかる。気になっているな？

やがて飛んで火に入る夏の虫のごとく、ドランさんは僕らのテーブルの横を行ったり来たりし始め、最終的には完全に観客となって僕らの対局を観戦し始めた。しめしめ。

「王手、です！」

「……ん。参りました」

勝負はランツ君が勝った。なかなかどころか、かなり強いんじゃないかな。

「ふう。急に強くなりましたね、陛下」

「いや、最初は様子見ってやつでさ」

ランツ君の言葉を適当にごまかす。すまんね、インチキです。僕、将棋弱いからさあ。ま、おかげで目的の魚が釣《つ》れたが。

「かなり強いね、ランツ君。さすがうちの騎士団の有望株だ。どうです、ドランさん。対局してみます？」

「え？　あっ⁉」

ランツを持ち上げながら横にいたドランさんに話を振《ふ》る。対局に集中していたのか、初めてその存在に気がついたランツが驚《おどろ》きの声を上げた。

「面白《おもしれ》え。久々に骨がある相手と指せそうだ。お前さん、この後は時間大丈夫《だいじょうぶ》かい？」

「あ、は、はい！　今日は非番でありますので！」

「そうかい。じゃあやろうか」

僕はドランさんに席を譲《ゆず》り、テーブル下からスマホを咥《くわ》えた琥珀が出てくる。

僕らはパチリパチリと駒を並べ始めた二人から離れ、テーブルを拭《ふ》いていたミカさんの下へと向かった。

「また父さんの病気が出た……。焚《た》き付《つ》けないでほしいんだけど」

「まあまあ。ところでミカさんはランツのことどう思います？」

「え？　真面目ないい人だと思うけど？　よく荷物持ってくれたりするし」

あかん。ホントにまったく意識してないのかしら。

「そうね……この間ランツさんが酔《よ》って暴れてた冒険者を取《と》り押《お》さえてくれたんだけど、その時はカッコよかったかな」

ほうほう。まったく脈がないわけではないのかな？

「彼氏《かれし》にするならランツみたいなタイプがオススメですよ？」

「あはは。あたしなんか相手にされないわよー」

「向こうはそう思ってないようですけど」

「え？」

笑ってスルーしようとしたミカさんの動きが止まる。これで少しは意識してもらえるといいんだが。

とか思っていたら、たちまちミカさんの顔が真っ赤になっていった。え、なにこの変化!?

タコじゃないんだからそんなに真っ赤にならんでも！　今まで無反応だったのに唐突《とうとつ》過

ぎるだろ！　あれ⁉　意識しちゃった⁉

「えっ、えっ？　えっ⁉　ど、どういうこと⁉　そ、それって、その、え⁉」

「…………本当にまったく気がつかなかったんスか……。なんかアプローチ的なことあったでしょう？」

「あ、アプローチって、食事に誘《さそ》われたり、花束をもらったりした、ぐらい、で……」

「意識してない女性に花束なんか贈《おく》りませんよ、普通《ふつう》は」

「そ、そうなの……？」

うむむ。かなりの鈍《にぶ》チンだったらしい。これは余計なことをしたんだろうか。変に意識してしまったようだけど。こういう時に限って専門家の花恋姉さんが現れない。使えねえ。

こりゃ普通にランツ君が告白すればうまくいったのではなかろうか。

まあいい。結果オーライとしとこう。このあと二人がどうなるかはわからないが。

「ミカさん、三番テーブルの注文です」

「ふえっ⁉　ああ、はい！　わっ、わかったわ！」

ウェイトレスさんから注文表をもらったミカさんが、そそくさと厨房へと消えていく。耳まで真っ赤ですけど。

こういうのって自分の気持ちに気付いたらあっという間なのかもしれないな。僕もそうだったし。

「帰ろっか、琥珀」

『はい』

みんなが帰ってくるまでまだ日があるなあ。いつの間にか彼女《かのじょ》たちがいる生活が普通になってた。やはり少し寂しい。

ま、結婚《けっこん》したらずっと一緒《いっしょ》なんだから、今のうちにこんな気持ちを味わうのもいいかもしれない。

僕はぶらぶらと歩きながら、そんなことを思った。

◇　◇　◇

「こっ、このたびはご結婚式《けっこんしき》にご招待され、られまして、ありがたき幸せにございまするうう！」

「いや、あの、わかりましたから、どうか立って下さい……」

城の客室で深々どころか土下座している男性に、僕はどうしたもんかとその隣《となり》の女性に視線を向ける。

「すいませんねぇ。相変わらずうちの人は貴族とかお偉いさんが苦手で。それ以外は普通なんで勘弁《かんべん》して下さいな」

「はあ……」

カラカラといかにも肝《きも》っ玉《たま》母さんといった女性が笑う。

土下座している男性はジョゼフさん。そしてその隣には奥《おく》さんのラナさん。エルゼとリンゼの叔父と叔母《おば》である。

王族などを家族を持つ者以外は、結婚式の前日に城へ呼んで泊まってもらおうと【ゲート】で連れてきたのだ。

もちろん夫妻だけではなく、その子供らも一緒にである。長女のエマさん（21）を筆頭に、アロン（16）、シーナ（10）、アレン（7）、クララ（6）、キララ（6）、アラン（5）、リノ（3）と勢揃《せいぞろ》いだ。

「うっわー！　部屋がすっげえ広い！」

「絨毯《じゅうたん》ふかふかー！」

「この椅子《いす》すごく弾《はず》むよ！」

「こら、あんたたち！　大人しくしなさい！」

動き回る子供たちを長女のエマさんが一喝《いっかつ》する。とにかく騒がしいことこの上ない。リノちゃん、僕のコートで鼻を拭くのやめてくれるかな。

「ラナ叔母《おば》さん……ジョゼフ叔父さん大丈夫かな？　結婚式には各国の王様も来るし、貴族とかもかなりの数が来るわよ？　卒倒《そっとう》しちゃうんじゃない？」

「無理はしない方が……。来てくれただけでも私たちは嬉《うれ》しい、から。式には出席しないでも……」

エルゼとリンゼが心配を口にする。うん、僕もちょっと不安だ。式の最中にさっきみたいな発作《ほっさ》（?）を起こされたらな。

しかしジョゼフさんはガバッと顔を上げ、エルゼとリンゼに向けてしっかりと言い放った。

「なにをいうか！　お前たちの晴れ姿を見ないなんて、あの世で姉さんたちに合わせる顔がない！　死んでもゾンビになって出席するぞ！」

いや、ゾンビは困るが。ガクガクと震《ふる》えてはいたが、決意は固いようだ。姪《めい》っ子《こ》である二人を祝福したいという気持ちは僕にも伝わってきた。

「冬夜、なんとかならない？」

「できないわけじゃないけど……」

催眠魔法《さいみんまほう》【ヒュプノシス】を使えば、トラウマを消すことも可能だとは思うけど、やっていいものかどうか。

一応、ラナさんに魔法《まほう》の説明をし、許可をもらう。本人に『今から催眠魔法をかけますよ』と伝えると、かからない可能性もあるのでジョゼフさんには黙っておいた。

「よし、じゃあやってみるか」

ジョセフさんの正面に立ち、魔力《まりょく》を集中させる。ジョセフさんの周りに黒い薄霧《うすぎり》がたちこめた。

「【闇《やみ》よ誘え、栽植《さいしょく》せし偽《いつわ》りの記憶《きおく》、ヒュプノシス】」

「ふひぇ？」

変な声を出して、ジョセフさんの目がトロンとまどろむ。

「いいですか？　あなたは貴族が相手でも普通に対応できます。多少緊張《きんちょう》はしますが、礼《れい》儀《ぎ》を持って話すこともできます。なにも心配はありません。大丈夫《だいじょうぶ》です」

「貴族……大丈夫……」

まったく平気で普通の人と同じように接することができます、とかだと貴族相手に失礼を働く可能性もあるからなあ。手加減が難しい。

「終わった？」

「うん。たぶんこれで大丈夫だとは思うんだけど」

エルゼがジョセフさんの目の前でパン！　と手を叩《たた》いた。びっくりしたようにジョセフさんがパチパチとまばたきを繰《く》り返《かえ》す。

「叔父さん、目の前の人、誰だかわかる？」

「え？　ああ、も、望月冬夜《もちづき》さん、様……ブリュンヒルド公国の公王陛下だろ？　この度《たび》はご招待下さり、もったいなくもありがたく……」

まだ言葉がおかしい感じがするが、少なくともさっきよりはかなりマシになっている。成功かな？

「大丈夫みたいね。ホッとしたような、なんかもったいないような気もするけど」

エルゼの言葉にキョトンとするジョセフさん。確かにあのリアクションはちょっとおもしろいが、本人にとってはあまりプラスにならないと思うしなぁ。

「ありがとね。お父さんもこれで安心して明日の結婚式に出られるよ」

「はは。うまくいってよかったです。では部屋の方へ。エルゼたちが案内しますので」

ジョセフさんたち一行がぞろぞろとエルゼとリンゼについていく。子供たちは二人にまとわりついて、あれこれと質問を繰り返していた。

ふう。あれだけ子供がいると大変だな……。ジョセフさんはすごいなと心から思う。って僕もいずれ人ごとじゃなくなるのか。

バビロン博士の作った『未来視の宝玉』によれば、僕はジョセフさんよりも多い九人の子供を持つことになるらしいしな……。

「ジョセフさんみたいにちゃんと『お父さん』ができるだろうか……」

「冬夜殿《どの》、ここにいたでござるか」

ジョセフさんたちと入《い》れ違《ちが》いに、今度は八重とその家族、父親の重兵衛《じゅうべい》さん、母親の七重《ななえ》さん、兄の重太郎《じゅうたろう》さん、もと九重《ここのえ》家の女中で、その重太郎さんの婚約者となった綾音《あやね》さんがぞろぞろとやってきた。

当然八重の家族もジョセフさんたちと同じようにこの城に泊《と》まってもらうことになっていた。八重が町を案内するとか言ってたけど、帰ってきたのかな。

あれ、なんか重太郎さん元気なくない？

「そのう……。また諸刃義姉上《あねうえ》に負けたんでござるよ。それに……」

「八重にも負けるとは……」

ああー……。八重は毎日のように諸刃姉さんに訓練してもらっているからなあ。メキメキと実力をつけていってる上に、僕の眷属《けんぞく》化も上乗せされているだろうから、めちゃめちや強くなっている。

かつて剣《けん》を教えたこともある妹に負けてはさすがにショックか。

「重兵衛さんは八重と立ち合わなかったんですか？」

「重太郎との試合を見て、とても自分の及《およ》ぶところではないとわかりましたからな。二十ばかり若ければまだ足掻《あが》いたかも知れませぬが。親としては自分をこえてくれたことに感謝しております」

うーむ、そんなものなのかね。重太郎さんの方としてはまだそこまで達観できないみたいだけど。

「冬夜殿！」

「うわぁ、はい⁉」

重太郎さんが突然僕《とつぜんぼく》の前まで進み出て膝《ひざ》をつき、深々と頭を下げた。またかよ！　ジョセフさんといい、やたら土下座されるな！

「自分をどうかこの国に置いてはくだされぬか！　この地で諸刃《もろは》殿《どの》から八重と同じく剣技《けんぎ》の指南を受けたく思いまする！」

「ええっ⁉」

妹が剣術馬鹿《けんじゅつばか》と称した通り、重太郎さんは剣のことになると暴走するようだ。いきなりそんなこと言われてもさ。

「あー……、えっと、うちの騎士団に入るということですか？」

「いえ！　自分の仕えるお方は徳川家泰《いえやす》様のみ。この国に住み、しばしの間修行《しゅぎょう》させていただきたく……！」

がばっと顔を上げ、まっすぐな視線を向けてくる。うあ。こりゃマジだ。さて、どうするかな。諸刃姉さんの方は『別にいいよ』と、あっさり許諾《きょだく》しそうではあるが……。

現在重要な職にはついていないが、一応家泰さんのところの家臣でもあるわけだし。ちら、と重兵衛さんの方を見ると、小さく頷《うなず》いていた。

「わかりました。とりあえず家泰さんと話してから決めたいと思います。こちらに来ることになったら城下に家を用意するので、綾音さんと一緒に住んで下さい」

「っ、感謝いたします！」

「あっ、ありがとうございます！」

土下座状態でさらに頭を下げた重太郎さんに加え、綾音さんにも下げられてしまった。ま、義理の兄上になるわけだし、これくらいはな。婚約者《こんやくしゃ》同士を引《ひ》き離《はな》すわけにもいかないだろ。

「冬夜殿、感謝するでござる」

八重が微笑《ほほえ》む。やはり気にしてたのかな。彼女はお兄さんっ子だから、自分が傷付けてしまったとか、自責の念に囚《とら》われていたのかもしれない。

しかしこちらに重太郎さんたちも住むことになったら、重兵衛さんや七重さんが寂《さび》しがるかもしれないな。週に何回か【ゲート】を開くか、二人しか通れない【ゲート】付与《ふよ》の姿見でも重太郎さんの家に取り付けるかね。


夜。

いつものように食事をし、いつものようにサロンで話したり、ゲームをしたりして、それぞれの部屋へと戻る。

独身最後の夜ってことで、僕は一人でベッドの上で大の字になっていた。

「明日結婚するんだなあ……。なんか実感がわかないや。明日には妻帯者か。それも九人も」

多すぎだろ、と自分のことながら呆《あき》れてしまう。しかしどの子も自分にとって大切な存在であるのは確かなのだ。幸せにしたいと心から思う。

こちらの世界に来てからいろんな人たちに出会った。その中で彼女たちに出会ったことは、僕の人生でとても素晴《すば》らしいことだったのは間違《まちが》いない。

それだけで異世界に来てよかったと思える。

「いろいろあったよなあ……」

今までのことが走馬灯《そうまとう》のように……って、いかんいかん、それって死ぬ前のやつだろ。縁起《えんぎ》でもない。

さて、明日のこともあるし、早めに寝《ね》た方がいい。布団《ふとん》に潜《もぐ》り込み、灯《あか》りを消す。

しばらく目を閉じていたが、意識が妙《みょう》にはっきりとしていてまったく寝られない……。

スマホで時間を確認《かくにん》すると、二十二時を回っていた。明日は五時には起きていろいろと準備をしなくてはいけないのだ。そろそろ寝た方がいい……んだけど、眠《ねむ》れない。明日のことで緊張してるんだろうか。

「ダメだ、眠れん」

布団を跳《は》ね上《あ》げ起き上がる。部屋の隅《すみ》をちらりと見れば、それぞれ専用の寝床《ねどこ》で琥珀《こはく》たちが気持ちよさそうに眠っていた。いいなぁ。

こうなったら自分自身に【スリープクラウド】の魔法をかけるか？

だけどあれって起きるタイミングは設定できないしなあ。結婚式の日に大寝坊ってのも恥《は》ずかしいし、それ以前に自分のかけた精神魔法って自分にかかるのかね？　自己暗示、なんて言葉があるし、大丈夫そうだが。

いかん、ますます眠くなくなってきた。スマホでネットでも見るか。そのうち眠くなるかもしれない。

新婚《しんこん》旅行で地球に行くつもりだから、向こうの最新情報も集めておかないとな。

「そうか、日本だけじゃなく他の国にも行けるのか？」

【ゲート】は一度行ったところじゃないと開けない。正しく言えば転移先を正確にイメージできなければ開けないのだ。

地球なら僕が行ったことのない場所でもネットやら写真やらが溢《あふ》れている。それを使えば、エジプトのピラミッドだって、ハワイのワイキキビーチだって、オーストラリアのエアーズロックだって行けるんだ。言葉は翻訳魔法《ほんやくまほう》を使えばいいしな。

……………ってアレ？　地球じゃ魔力がないから魔法って使えないんだっけ……？

いや、確か神気を使えば一応使えるとか言ってた気がするな。でなきゃ【異空間転移】できないし。

ってことは、リンゼやリーンもあっちで少しは魔法を使えるのかしら。いや、使わないように注意しておかないといけないけど。

向こうじゃ魔法なんかないんだから大騒《おおさわ》ぎになってしまう。

……しかし眠くならんな。焦《あせ》れば焦るほど意識がはっきりしてしまう。

「……お茶でも飲むか」

起き上がり、夜風に当たろうとバルコニーに出る。僕の『望月《なまえ》』と同じ満月が煌々《こうこう》と夜空に浮《う》かび、大地を明るく照らしていた。

都会のような喧騒《けんそう》や明るさはなく、城下町のわずかな灯りだけが瞬《まばた》いている。おや？

「眠れないかね」

「……ええ、まあ。どうも緊張してるみたいで」

振り向《む》くとバルコニーのテーブルに座《すわ》った世界神様が急須《きゅうす》で湯飲みにお茶を淹《い》れてくれていた。

世界神様の眷属である僕はこの人（？）の降臨する気配がわかる。なんとなく『来る』という感覚がわかるのだ。花恋姉さんとかはわからないから突然《とつぜん》の出現に毎回驚かされてしまうんだが。

「神界の茶葉を使ったお茶じゃ。飲むと安眠《あんみん》できるぞい」

「いただきます」

向かいの席に座り、湯飲みに入ったお茶をいただく。あ、茶柱立ってら。そういや、初めて世界神様に会ったときも茶柱が立っていたな。

「いよいよ明日じゃのう。ワシもちょっぴり緊張しとるよ。こんな形で結婚式に出るのは初めてじゃからの」

「はは。よろしくお願いします」

カミサマーズを押さえられるのはこの人しかいないからな。花恋姉さんや酔花あたりが調子に乗ってはしゃぎそうだ。

「君をこの世界に送り込んだのは正解じゃったの。停滞《ていたい》していたいろんなものが前に進み始めたようじゃ。別世界からの刺激《しげき》が良い方向に進んどる」

そうなのかな？　ま、この世界の役に立ったのなら嬉しいけど。

「冬夜君、君はこの世界が好きかね？」

「はい。みんなとも出会えましたしね」

「そうかね。それはよかった。世界神ともなると数多《あまた》の世界を管理せねばならない。中には扱《あつか》いの難しい世界もあるが、それがまた面白かったりもする。これまでこの世界はこれといって特徴《とくちょう》のない世界じゃった。面白みに欠ける世界じゃと、他の神々も興味を持たんほどのな。かく言うワシも長い間放置しておったしの」

ぶっちゃけるなあ。平凡《へいぼん》な世界だったってことなんだろうけど、僕にとっちゃ平凡どころじゃなかったんだが。元の世界に魔法なんかなかったしさ。

「それが再び神々が注目する世界になりつつある。喜ばしいことじゃ。ここが神々の保養地となれば様々な祝福がもたらされるじゃろう。ちと、騒々《そうぞう》しくなるかもしれんがな」

神々が人として暮らし、人と交流することで新たな流れが生まれるかもしれない。それ自体は喜ばしいことかもしれないが、この世界の管理を任された立場としてはあまり騒ぎを起こさないでほしいところだ。

「明日降りてくる神々は式の前にワシらが挨拶《あいさつ》に連れて行くよ。邪魔《じゃま》にならんように言い聞かせるから安心してくれ」

「よろしくお願いします」

割と本気でよろしくお願いしたい。

「さて、そろそろ寝た方がよいな。さすがに明日に差《さ》し支《つか》える」

「そうですね……」

気が付けばちょっと眠い。神界のお茶は確かに効果があるようだ。目蓋《まぶた》がとろんとしてきた。あくびまで出てきたぞ。

「じゃあの。また明日」

そう言い残して世界神様が消える。たちまち強い眠気《ねむけ》に襲《おそ》われた僕は、そそくさとバルコニーから部屋へと戻り、バッタリとベッドへ倒《たお》れ、布団の中へと潜り込んだ。

あっという間に僕の意識は夢の中へと落ちていき、独身最後の夜は終わりを告げた。

◇◇◇

ドーン、ドーン、と大きな空砲《くうほう》が響き渡《わた》る。雲ひとつない晴天の空に恵《めぐ》まれたブリュンヒルドの町は朝から人々でごった返していた。

本日行われる公王の結婚式を見るためだ。近隣《きんりん》、遠方から人々が集まり、それを目当ての商売人たちも集まる。まだ式が始まるには早いというのに、すでに商売熱心な商人たちは店を開き、訪《おとず》れた客の相手を始めていた。

本日は午後にちょっとしたパレードも予定されている。しかしそれよりも訪れた人々の興味を引いているのは町の入口に並び立つ鋼《はがね》の巨人《きょじん》たちだろう。

剣を大地に突《つ》き刺《さ》し、その柄頭《つかがしら》を両手で押さえたポーズで向かい合わせに立ち並ぶフレ

ームギアに、初めてこの国に来た者は度肝《どぎも》を抜《ぬ》かれたに違いない。もちろん警備の騎士《きし》たちがいるので、近寄ったり、触《さわ》ったりはできなくなっている。

商魂逞《しょうこんたくま》しく、フレームギアの並ぶ近くの露店《ろてん》にはストランド商会のカプセルトイがズラリと並んでいた。地球とは違い、盗難《とうなん》があるかもしれないので無人ではないが。

子供たちだけではなく、大人までカプセルのハンドルを回し、フレームギアのミニフィギュアを買い求める始末。ここらへんは地球も異世界も変わらないらしい。欲《ほ》しいものは欲しいのである。もちろんお土産《みやげ》に買っていく人たちも多い。

遠くから訪れた人々は、この国でしか見られないそういった珍しいものを見物しながら、結婚式の始まりを今か今かと待ち望んでいた。もちろんそれはこの国で暮らす人たちも同じ気持ちである。

やがて町で一番高い時計塔《とけいとう》から厳《おごそ》かな鐘《かね》の音が響き渡った。

それに合わせて立ち並ぶフレームギアたちが一斉《いっせい》に剣を槍《やり》を翳《かざ》し、お互いにクロスさせて式典の開始を告げた。

結婚式が始まる。

幕間劇　とある友人の話

冬夜《とうや》が死んだ。

落雷《らくらい》による感電死だそうだ。なにやってんだよ、あいつは。

望月冬夜《もちづきとうや》とは中学にあがってから知り合った。会った時から変な奴《やつ》だったな。俺《おれ》がクラスでどんな扱いをされているか知らないわけでもないだろうに、あっちから寄ってきやがった。

みんなが腫《は》れものみたいに扱う俺に対して、唯一《ゆいいつ》、普通に接してきたのがあいつだった。入学早々に出席停止をくらうような不良に『百円貸してくんない？』だぜ？

そん時はもちろんガン無視してやったけどさ。

きちんと話すようになったのは……他校の奴らに絡《から》まれて喧嘩《けんか》してたときか。

五人に囲まれてさすがにマズいかと思ってたら、いきなりスクーターに乗った冬夜がやってきて、俺を乗せて逃《に》げたんだ。

もちろん無免許《むめんきょ》さ。借り物のスクーターで乗り方はじいちゃんに習ったとか言ってたな。運良くバレないですんだけど、ムチャなことをするやつだった。

それからよくつるむようになって、気付いたらあいつ以外にも仲間ができてた。中学時代を楽しく過ごせたのはあいつのおかげだと思う。

仲間には優しくて細かいことまで気を使う奴だったが、一度敵と認識《にんしき》したら容赦《ようしゃ》しない奴だった。たまにちょっと引くくらいやり方がえげつないんだよな、あいつ。俺だったら敵に回したくないね。怖《こわ》いわ。

一度、やり過ぎじゃないか？　って言ったら、『やらないで後悔《こうかい》するよりも、やって後悔した方がいい』とかぬかしやがった。たぶん、使い方間違えてるぞ、それ。


その冬夜が死んだ。


別々の高校に行くことになったけど、また会って遊ぼうぜって話してたのによ。

冬夜の通夜《つや》にも葬式《そうしき》にも俺は出席し、手伝いを名乗り出た。冬夜の両親を手伝いたかったのだ。おじさんもおばさんもよく知っていたし、なにかしてないと気持ちが落ち着かなかったからだ。

葬式が終わってしばらくすると、妙な夢を見るようになった。

神様とかいう爺《じい》さんが出てきて、俺に変な夢を見せるんだ。

その夢の中では冬夜のやつが出てくる。なんか変な服を着て、刀を振り回《まわ》してた。ゲームに出てくるモンスターみたいなやつらと戦ってるんだ。

なんだこりゃ、と思ったね。それでも夢の中とはいえ、冬夜の元気な姿を見れたのは嬉しかった。

次に見た夢は、侍《さむらい》みたいな女の子を助けに喧嘩する冬夜だった。後先考えないのはあいつらしいと思わず笑っちまったね。

その次に見た夢ではお姫様《ひめさま》に結婚を申し込まれていた。しかも十二の女の子にだぜ？あいつロリコンだったのか。ま、俺の夢の中でなんだけど。

それから何回か冬夜の夢を見た。そのうち、冬夜は実は死んでなくて、どこか別の世界で生きているような気がしてきたんだ。

そして今年の正月を迎《むか》えて、みんなからの年賀状を見ているとき、あいつの下手くそな年賀状はもう来ないんだな、とちょっと寂しく思った。

ピアノとか弾《ひ》けるくせに、あいつには絵心がなかった。親父《おやじ》さんがあんな仕事してるのにな。絵の上手《うま》さは遺伝しないってことか。

そういや、よくあいつは俺の絵を褒《ほ》めてくれたな。自慢《じまん》じゃないが、美術の成績は悪くない。

時々趣味《しゅみ》で描《えが》く程度だったけど、ふと俺の本棚《ほんだな》に並ぶおじさんの本を見て、思い付いた。今から考えると馬鹿《ばか》な考えだと思うけど、あいつが認めてくれたもので、俺は何かをしたかったのだと思う。

気が付いたら冬夜の家のチャイムを鳴らしていた。

「おじさん、俺を弟子《でし》にして下さい」

「いや、弟子にっていってもねえ……。そんなものを取るような身分じゃないんだけれど……」

突然やってきた俺に冬夜の親父さんは面食らっていたようだった。徹夜《てつや》明けなのか目の下に隈《くま》ができている。

「なんでまた急に？」

「俺、描きたいものがあるんです。冬夜が主人公で……」

俺は自分が見た夢をおじさんに全部話した。おじさんは黙《だま》ってそれを聞いていたけど、やがて小さく笑ってくれた。

「……面白い夢だね。うん、僕《ぼく》もその話をちゃんと読んでみたいな。弟子というか、アシスタントが一人欲しかったところでね。あまりお金は出せないけどやってみるかい？」

「はい！」

おじさんのようにプロの漫画家《まんがか》になれるかはわからない。でも、いつかあいつの話を描いてみようと思う。

もしあいつが本当にどこか別の世界で生きていて、頑張《がんば》っているのなら俺も頑張らないとな。

負けねーぞ、冬夜。

◇　◇　◇

また夢を見た。今度は中学の頃《ころ》の。

冬夜とよくつるんでいた頃のだ。

「おい、冬夜。いくらなんでもやり過ぎじゃないのか？」

「そうかな？　まあ、ちょっと頭にきたからね。少しばかりやり過ぎたかな？」

「少しばかり……ねえ……」

俺は素《す》っ裸《ぱだか》にひん剥《む》かれて気を失ってる金髪《きんぱつ》ロンゲの男を見てなんとも言えない哀《あわ》れさを覚える。

この男はここいらでけっこう有名な暴走族の総長だ。この男がとある少女に対し、脅《おど》しとも取れるストーカー行為《こうい》を繰り返していたことが事の発端《ほったん》である。

その少女には彼氏がいて、ストーカー行為を知った彼氏はこいつに付きまとうのをやめるように直談判《じかだんぱん》に行った。勇気のある奴だ。

だが、この手の輩《やから》がそんな忠告に耳を貸すはずがない。総長とその手下どもにリンチをくらった彼《かれ》は病院送りになった。

その彼ってのが、俺たちのクラスメイトの一人だったたってわけだ。

見舞《みま》いに来た俺たちは、病院のベッドで眠るそいつを看病し、泣きながら『自分のせいだ』と言い続ける彼女を見た。

その子になんとか事情を聞き出した冬夜は、すぐさま病院を出て、スマホでいろんなところに電話をかけ始めたんだ。

「あ、◯△さんですか？　お久しぶりです。冬夜です。ええ、望月の孫の。ちょっとお願いがあるんですが……」

「え、若《わか》い衆《しゅう》に拉致《らち》らせる？　いえいえ、親父《オヤジ》さんのお手を煩《わずら》わせるほどではないので。ええ、場所だけで。ははは、じいちゃんが言いそうですね」

「◯◯△◯って族チームの総長らしいんですけど。問題ない？　それはよかった。いやいや、簀《す》巻きにしてドボンっていつの時代ですか。もっとスマートにやりますよ」

ねえ、冬夜？　お前どこにかけてんの⁉　イロイロと怖いんですけど！　内容も！

しばらくするといろんなところから連絡《れんらく》が入って、それからはあっという間の出来事だった。

冬夜は総長の居場所を突き止《と》め、親衛隊の奴らを巧《たく》みに引き剝《は》がし、一対一の状況《じょうきょう》に持ち込んだ。正確には俺もいたから一対二だが。

冬夜は横で見ている俺も引くぐらいの言葉で煽《あお》り、怒《いか》り狂《くる》った総長を罠《わな》にかけて、自爆《じばく》させた。俺たちは手を出してもいない。あいつが勝手に自爆して気を失ったのだ。

鉄パイプとジャックナイフを持って襲ってきたから正当防衛……になるのか？　これって。

そして総長を身ぐるみ剥がして素っ裸にし、そいつのスマホでパシャパシャと写真を撮《と》る冬夜。

「はい、送信～、と」

「どこに送信したんだ？」

「こいつの所属しているチームの副総長に。聞いた話だと、けっこう仲が悪いらしいから、こんなアイテムを手に入れたら嬉々《きき》として追《お》い詰《つ》めてくれるよ」

「うわあ……」

くっくっく、と悪い顔で笑う冬夜に、俺はこいつを怒《おこ》らせることは絶対にしまいと心に誓《ちか》った。見た目は不良でもなんでもない普通《ふつう》の中学生なのに、中身はとんでもない奴だよ、まったく。普段《ふだん》はおとなしく一歩引いた真面目《まじめ》な奴なんだけどなあ。

その後あの総長はチームを追い出され、この町には居られなくなり、どこかへ消えていった。もちろん奴のストーカー行為もなくなったが、冬夜はそれが自分のやったことだとは誰《だれ》にも言わなかった。

「別に言う必要はないよ。勝手にやったことだしさ。単なる自己満足。やりたいからやっただけさ」

「普通、ためらうもんだと思うがな」

「ためらって取り返しのつかないことになったら嫌《いや》だからね。『やれるときにやる』。じいちゃんがよく言ってた」

なぜだろう、『殺《や》れるときに殺る』と聞こえる気がするのは。俺は決して冬夜を怒らせるようなことはすまいともう一度心に誓った。

「ってなことが昔ありまして」

「ああ〜……やりそうだねぇ。あの子は思いっきりお義父《とう》さんの影響《えいきょう》を受けたから……」

ペン入れする原稿《げんこう》から手を離し、ため息をつく冬夜の親父さん。いや、先生。

「あの頃《ころ》はちょうどお義父さんが亡《な》くなった頃で、少し荒《あ》れていたからなぁ……」

少し……？　思いっきり疑問を投げかけたいが、黙っていることにしよう。目の前のべタ入れしていた原稿に俺は目を戻《もど》した。

「僕らがこんな仕事だろう？　冬夜君の面倒《めんどう》はほとんどお義父さんがみてくれていたんだよ。いろんなところに連れて歩いたり、妙な技《わざ》を仕込んだりしてたみたいでね」

冬夜の親父さんである先生は漫画家、おふくろさんは絵本作家だ。いつも家にいるが、仕事が忙《いそが》しいと子供の相手ができない時も多かっただろう。それでじいさんが面倒をみていたのか。

「冬夜のじいちゃんってどんな人だったんスか？」

「お義父さんかい？　うーん……なんというか、とにかく顔の広い人だったよ。世界中に知り合いや友達がいてね。それこそ芸能界から裏世界、政治の世界までね。赤ちゃんだった冬夜君が以前総理を務めた人に抱《だ》っこされてる写真もあるよ」

「マジっスか……」

「熊《くま》を素手《すで》で倒したとか、宇宙人に会ったとか、マフィアを壊滅《かいめつ》させたとかも聞いたなあ」

「マジっスか⁉」

「本当かどうかはわからないけど」

ははは、と親父さんは笑うが、俺は笑えなかった。あいつを育てたじいさんだ。あんまり常識が通用しない気がする……。

「さて、もうちょい頑張ろう。ペン入れ終わったからこっちもベタ頼《たの》むね」

「うス。なんとか間に合いそうっスね」

俺は先生から新たなページを受け取る。終わりが見えてきた。よしっ、ラストスパートだ。気合い入れていこう。

◇　◇　◇

「ど、どうっスか……」

「うーん、なんというか……」

先生にネーム……原稿のストーリーを描いたラフを見てもらいながら、俺は内心ドキドキしていた。

「長いね。投稿《とうこう》するならストーリーに直接関係ない部分はバッサリと切った方がいいと思う。このコマとかいらないと思うし、このコマとこのコマはまとめられる。それと、もっと主人公は積極的に動いた方が話としては盛り上がるんだけど……」

言いかけて先生は、再びうーん……と唸《うな》り、天井《てんじょう》を見上げた。

「冬夜君がそこまで積極的に動く姿が想像できない」

「ですよね」

俺が先生に見せたのは冬夜が主人公の物語だ。単純に漫画《まんが》の作品として完成させるなら、先生の言った通りにするのが正しいのだろう。しかし俺はこのネームを直す気はない。

俺はこの作品は趣味として描くつもりだった。もちろん、プロになるための作品は別に作る。そっちは先生の指導を受けるつもりだ。

今の時代、雑誌に頼《たよ》らなくても作品を出す機会はいくらでもある。同人誌で出したっていいし、ＳＮＳに上げたっていい。

俺はとにかくこの話を描きたかったのだ。完全な自己満足のため描いている。

「しかしなんだね。本人を知っているからか、こう……リアルさが伝わる。僕らだけかもしれないけど。冬夜君ならやりそう、と納得《なっとく》してしまうんだなぁ」

「俺もそうですよ」

先生の言葉に苦笑《くしょう》する。そもそもこの物語は俺が考えているわけじゃない。夢で見たものを描き起こしているだけなのだ。

いや、俺の夢なんだからやっぱり俺が考えているのかもしれないが。

「まだその夢は見るのかい？」

「絶賛継続《けいぞく》中ですよ。毎日見るわけじゃないですけれど」

冬夜を主人公にした夢はだいたい数週間に一度の割合で見る。不思議なことに、目覚めてもしっかりと内容を覚えていて、きちんと次の時には続きから始まるのだ。まるで連載《れんさい》漫画《まんが》か連続ドラマを観《み》ているみたいに。

「こないだは黒い竜《りゅう》を倒してましたよ。なんか別の国へ行く途中《とちゅう》に」

「ほほう、竜退治かい。英雄譚《ヒロイックサーガ》にありがちなネタだけど、それは王道ということでもある。ストーリー的にはアリかな」

そんな話をしながら、今度は投稿用のネームを見てもらう。

こっちの方が今日の本題だ。手応《てごた》えが良ければ月刊誌の賞に投稿してみようと思っている。

「ファンタジーかと思ったら違うんだね」

「そっちはどうしても冬夜の方に影響されちまうんで……」

そう。投稿用に描いたのはファンタジー物ではなく、学園物だ。

冬夜の物語は夢で見た物をそのまま原稿にするだけでいいが、こちらは何度も描《えが》き直《なお》し、いろいろと悩《なや》んで作ってある。それだけに第一読者である先生の反応は楽しみでもあり、怖くもあった。

「ど、どうっスか……」

「うん。うまくまとまっていると思うよ。ただちょっと気になったんだけど、ここのシーンの場合はさ……」

先生からのアドバイスを聞《き》き逃《のが》すまいと、俺は目を原稿へ、耳を先生の声にと傾《かたむ》けた。
夢の中の冬夜も頑張ってるんだ。俺も頑張らないとな。

第二章　ロイヤル・ウェディング

「どうかな？　おかしくない？」

『実に立派です。主《あるじ》』

『うむ。よく似合っておいでです』

『男振《おとこぶ》りが上がったわぁ』

琥珀《こはく》と珊瑚《さんご》、それに黒曜《こくよう》の言葉を受けて、少し気恥《きは》ずかしい気持ちになる。目の前にある姿見の中にはこの日のためにあつらえた、純白のタキシードを着た僕がいた。

なんとも妙な気分だ。上着の襟《えり》のボタンホールには、ブートニアとして白い薔薇《ばら》が飾《かざ》られている。なんとも似合わない気がするけど、一生に一度くらいは許されるんじゃないかな。

「はあ……。さすがに緊張《きんちょう》してきた」

『主でも緊張することがあるんですね』

「そりゃあるよ。人生の一大イベントなわけだし」

さりげなく失礼だぞ、瑠璃《るり》。

はぁー……。本音を言えば式なんかすっ飛ばして、『結婚《けっこん》しました』ってハガキを送るだけでいいんじゃないの？　と思わなくもない。

しかし、仮にも一国の王としてそれは許されないし、みんなの一生に一度の晴れ姿を見たい気持ちもある。彼女《かのじょ》たちの人生に結婚式《けっこんしき》という彩《いろど》りを与《あた》えてあげたいじゃないか。

逃げることは許されない。こればっかりは誰かに代わってもらうわけにもいかんしな。

この世界の結婚式は、ほとんど両方の家族を交えてのパーティーですませる。神に誓いを立てて、などということはあまりしない。精霊《せいれい》に誓うことはたまにあるそうだが。

僕としては神（世界神様）に誓いを立ててもいいのだが、僕が信奉《しんぽう》する神は必然的にラミッシュ教国の神と同じになる。捉《とら》え方《かた》によっては、ブリュンヒルドがラミッシュ教国の傘下《さんか》に、なんて話になりかねないのでやめておいた。

その代わり、大精霊を呼んで立会人になってもらうことになっている。ただ僕は精霊を束ねる精霊王となっているので、言ってみれば自分の部下に結婚を誓うというわけのわからないことになっているんだが……ま、深く考えるのはよそう。

コンコン、と部屋の扉《とびら》がノックされ、ガチャリと開いて執事《しつじ》のライムさんが入ってくる。

「陛下。神之助《しんのすけ》様がいらっしゃいました」

「あ、通して下さい」

ライムさんに促《うなが》されて、世界神様の後に数人がぞろぞろと入室してくる。昨日言っていた降臨した神々かな？

っていうか世界神様、紋付袴《もんつきはかま》ですか。もともと着物を着てたりしたからバッチリ似合ってるけど。しかもその家紋《かもん》って望月家《うち》のだし。九曜紋《くようもん》。いや、僕の祖父役なんだから当たり前なんだけど。

一礼してライムさんが部屋から出て行くと、僕の姿を見て世界神様が目を細めた。

「ホッホッホ、よく似合っとる。見違《みちが》えたのう」

「なんか落ち着かないんですけどね」

見違えたとは、普段どう見えているのか気になるな。とはいえ褒められると悪い気はしないのだが。

「とりあえず紹介《しょうかい》しておこうかの。こやつらが降りてきた神々……右から舞踏《ぶとう》神、剛力《ごうりき》神、工芸神、眼鏡《めがね》神、演劇神、人形神、放浪《ほうろう》神、花神、宝石神じゃ。今日の結婚式に友人枠《わく》で出るからよろしく頼むよ」

「どうも。望月冬夜《もちづきとうや》です。今日はよろしくお願いします」

世界神様の紹介に合わせて一人ずつ挨拶を交《か》わしていく。一応降臨する神のリストはもらっていたが、改めて聞くとツッコミどころが多すぎるな。眼鏡神ってなんじゃい。いや、眼鏡の神様なんだろうけども。眼鏡かけてるし。

見た目はみんなパーティーに出席するにふさわしい正装の恰好《かっこう》をしている。剛力神様だけは服がぱっつんぱっつんではち切れそうな感じだが。相変わらずすごい筋肉だ。

時空神である時江《ときえ》おばあちゃんを抜いた神々のうち、舞踏神と花神、宝石神は女神《めがみ》様であった。残りは当然男神だったのだが、演劇神だけはその……中間というか。黒曜と同類っぽい。

かなりのイケメンでモテそうなのに、妙《みょう》に身をくねらせて女口調で話す。深くは突っ込むまい。こちとらそれどころではないのだ。

「結婚式が終わったら彼らは好きに世界を見て回ることになっとる。冬夜君を困らせるようなことは控《ひか》えるように言ってあるから安心したまえ」

そこは『控える』じゃなくて『絶対にするな』と言っといて欲しかったが。この世界の常識をある程度は学んでいないと、地上に降りる許可を出さないそうなので、よっぽどの奇行《きこう》に走ることはないと思いたい。

「あまり長居をしても迷惑《めいわく》になるの。ではワシらはこれで。頑張るんじゃぞ」

「あ、はい。ありがとうございます」

気を使ったのか降臨せし神々は挨拶をしただけで引き下がっていった。正直何人も紹介されてもなかなか覚えきれない。剛力神と演劇神はインパクトがあったので覚えたけど。

しかし、会場に二十人近くも神がいるってちょっとおかしいよな……。

僕が何度目かのため息をついたタイミングで、開かれていた窓からバサバサと紅玉が帰《き》還《かん》する。

「おかえり。どうだった？」

『はい。すでに招待客が次々と集まっておりました。問題はなさそうです』

紅玉には式場の様子を見にいってもらっていた。式場といっても城内ではなく、中庭を一部改装した場所が僕らの結婚式の舞台《ぶたい》となる。ガーデンウェディングだからね。

城内の謁見《えっけん》の間などでも人が入りきらないという理由と、こちらの世界ではたいてい外で結婚式を行うのが通例らしいのでこうなった。

式場となる中庭は、バビロンの『庭園』を管理するシェスカと庭師のフリオさんが気合いを入れて作り上げた会場である。平凡な中庭が、様々な花が百花繚乱《ひゃっかりょうらん》に咲《さ》き乱《みだ》れ、華《はな》やかな雰囲気《ふんいき》を醸《かも》し出《だ》す美しい庭園に生まれ変わった。

こう言ったらなんだが、あのエロメイドにあんな才能があるとは。仮にも『庭園』の管理人なんだから当たり前なのかもしれないが、なんか納得いかん。完成した時のドヤ顔が特にウザかった。……まぁ、一応感謝はしておく。

今日だけはバビロンシスターズも全員降りてきて会場入りをしている。もちろんバビロン博士もエルカ技師もフェンリルもだ。

ドラクリフ島から銀竜の白銀《しろがね》とメイドゴレムのルビー、サファ、エメラの三体もやってきて、執事のライムさんの下で働いている。

なにせ人手が足りないからな。騎士団《きしだん》のメンバーのうち、主に女性は臨時のメイドとして会場で働いてもらっている。もちろんあとでボーナスは弾《はず》むつもりだ。椿《つばき》さん配下のくのいち三人娘《むすめ》も今日だけはメイドさんである。

扉をコンコンとノックする音がした。

返事をすると、再びライムさんが扉を開けて入ってくる。

「陛下、お時間でございます」

「……はい、わかりました」

よしっ、いくか！　気合いを入れるために両の手で頬《ほお》を叩《たた》こうとして直前で思《おも》い留《とど》まる。両頬にモミジのあとが付いた新郎《しんろう》など、変な噂《うわさ》が立ちかねない。危ない危ない。

大きく息を吸ってゆっくりと吐《は》く。落ち着いたところで、琥珀たちを伴《ともな》ってライムさんの後を付いて歩き出した。……な、なんか歩きにくいな。

『主《あるじ》。右手と右足が同時に出ております』

「あっ」

琥珀からの言葉に思わず立ち止まる。やばい。全然落ち着いてないじゃないか。

「思ったよりも緊張してるみたいだ」

「誰でもそんなものでございますよ。ベルファストの国王陛下も結婚式の際は緊張しっぱなしで、会場入りの前に何度も水を飲んでおられました」

「へえ」

「そのせいでトイレが近くなり、式の最中ずっと我慢《がまん》する羽目になったとか。おかげでお祝いの言葉もろくに覚えていないそうです」

そうか、ライムさんはもともとベルファスト国王陛下の世話役だったんだもんな。結婚式のことも覚えているか。

しかし王様だってやっぱり結婚式は緊張するんだね。ちょっと親近感。

「ベルファスト国王陛下はこの話をよく臣下の前で話し、緊張し過ぎるとろくなことはない、と常々申しておりました。どんなときも肩《かた》の力を抜き、自然体でいろと。その方がどんな状況にも対応できるから、と」

自然体、か。……特別な式だから、いつもと違《ちが》う僕を見せなきゃ、とか気負い過ぎてたのかな。普段どおりの僕でいいんだよな。うん。

「いくらか緊張は解けましたか？」

「はい。気を使ってもらってすみません」

「いえいえ。年寄りの思い出話でございますれば」

ライムさんが再び歩き出す。確かにさっきよりは気が楽になった。もう大丈夫《だいじょうぶ》だ。……と思う。

やがて中庭に造ったガーデンウェディングの会場へと出る扉の前までやってきた。扉を開けるために両側にニコラさんとノルエさんの騎士団副団長がいる。二人ともさすがに今日は鎧《よろい》姿ではなく、パーティー用の正装だ。

扉の外ではバビロン博士が設置したスピーカーから音楽が流れ始めていた。ウチには楽団なんてシャレたものはないからな。

曲はもちろん定番中の定番、メンデルスゾーン作曲、『結婚行進曲』だ。『結婚行進曲』といえばワーグナー作のものもあるが、僕はメンデルスゾーン派である。トランペットのファンファーレが華やかだし、弾むようなリズムが気分を高揚《こうよう》させてくれるので。

それにワーグナーの方はもともと『ローエングリン』という歌劇オペラの一曲であり、この物語は悲劇の結末で終わるのだ。メンデルスゾーンの方も『真夏の夜の夢』というシエイクスピアの作品が元になっているが、こちらの話は円満なハッピーエンドを迎える。

まあ、すったもんだの騒動《そうどう》はあるが。

縁起《えんぎ》を担《かつ》ぐわけではないが、僕もできればハッピーエンドがいい。

ファンファーレが最高潮になったと同時に扉を二人の副団長が開く。

正面に見える祭壇《さいだん》までの道に、ズラリと並んだ招待客のみんなが拍手《はくしゅ》をしながら迎えてくれる。普通、国王の結婚式となればもっと厳かなものらしいのだが、僕らの場合、みんなと話し合って、あえて砕《くだ》けた感じの式に決めた。その方が招待客のみんなも楽しめると思ったからである。

参考にと地球での結婚式の動画を見せたら、このバージンロードを歩く儀式《ぎしき》を取り入れたいとみんなに言われた。似たような形式がこちらにもあるらしいので。

こちらでは新郎が母と新婦が父と左右の道から進み、向き合ってから今度は新郎新婦のみで祭壇へと進む、といったスタイルらしいが。地球式でもあり、異世界式でもあるスタイルを取ったわけだ。

どこからか舞《ま》う花吹雪《はなふぶき》の中を琥珀たちを連れて歩き出す。

地球ではバージンロードと呼ばれる道を祭壇へと向けてゆっくりと歩いていく。祭壇といっても少し高く設置された広い舞台というだけであるが、その上はシェスカによって色とりどりの花でドーム状に飾られている。百花の祭壇だ。

僕は祭壇を上がる小さな階段の手前で立ち止まり、横へとずれた。ここで花嫁《はなよめ》さんを待つのだ。

やがて再び扉が開き、三人の男女がそこに現れた。中心には昨日トラウマから解放……というかトラウマを封印《ふういん》されたジョセフさん。そしてその両脇《りょうわき》に腕《うで》を組んでエスコートされているのが、彼の姪《めい》であるエルゼとリンゼである。

「おお！　これは……！」

「まあ！　なんて素敵《すてき》な……！」

招待客から感嘆《かんたん》の声が漏《も》れる。

ウェディングドレス自体は見ていたが、着ている姿は初めて見る。エルゼもリンゼもプリンセスラインと呼ばれるウエストから裾《すそ》に向かってふんわりと広がるドレスであった。

性格の違う二人だが、どちらも魅力的《みりょくてき》な女の子だ。リフレットの裏路地で彼女たちに出会ったことが昨日のように思い出される。あの時はまさか二人と結婚するなんて思ってもみなかったな。

エルゼは勝ち気な性格でありながら、その実、繊細《せんさい》な女の子だ。悩みを内に抱《かか》えやすい。弱みを見せることができないんだな。そんな彼女の支えになってあげたいと思う。

リンゼは逆に大人しく見えるが、芯《しん》が強い。真面目で努力家だし、他人のことを第一に考える優《やさ》しさを持っている。彼女の献身《けんしん》さには頭が下がりっぱなしだ。真摯《しんし》なその気持ちを大切にしたい。

ウェディングドレスに身を包んだ二人を連れて、ジョセフさんがゆっくりと歩く。やはり緊張しているようだが、以前に比べたらはるかにマシだ。両脇を固めるエルゼとリンゼも緊張しているように見えるが、ウェディングヴェールがそれを覆《おお》い隠《かく》していた。

やがて祭壇のところへ辿《たど》り着《つ》いたジョセフさんが僕に対して一礼する。

「二人をよろしきゅ頼みまっしゅ」

「必ず幸せにします」

おそらく緊張のあまり、見事に噛《か》んだジョセフさんに同じように僕は一礼して、まずはエルゼの手を取って祭壇へと上らせる。

次いでリンゼの手を取って、同じように祭壇へと送った。

ジョセフさんが祭壇下の左手から消えると、再び扉が開かれて、今度は八重《やえ》とその父である重兵衛《じゅうべい》さんがエルゼたちと同じように登場した。

八重がウェディングドレス姿であるのに、重兵衛さんが紋付袴ってのはちょっと妙な気もするが、ま、些細《ささい》なことだ。

ちなみに入場の順番は彼女たちと出会った順番になっている。八重とはエルゼ、リンゼと初めて旅をした道中で出会ったんだよな。あの時は男たちをばったばったと倒《たお》す彼女を見て、すごい女の子だなと思ったけど。

意外と天然だったり、うっかりなところもあるが、家族思いの優しい女の子だとすぐにわかった。そのおおらかな性格にいつも助けられる。朗《ほが》らかな彼女の笑顔《えがお》はみんなを幸せにしてくれるんだ。

僕の下へとやってきたいつもの和装とは違う八重にドギマギしながら、その手を取る。

「娘をよろしくお頼み申す」

「はい。任せて下さい」

一礼して重兵衛さんも去っていき、エルゼたちと同じように八重を祭壇へと上らせる。

続いてスゥがオルトリンデ公爵殿下《こうしやくでんか》と現れた。

僕らは八重と出会ってすぐにスゥと知り合った。彼女と出会わなければユミナとも出会わなかったろうし、ユミナと出会わなければこうして一国の王にもならなかったかもしれない。

出会った時は子供にしか見えなかったスゥだが、いくらか背も伸《の》びて女の子らしくなった。彼女は最年少の十二歳《さい》……じき十三歳になるが、この歳で結婚というのはどうなんだろうと未《いま》だに思う。だけどいつかは必ずお嫁《よめ》さんにはもらうつもりだったし、一人だけ結婚式を延ばすというのも仲間外れのようで嫌だ。やはりこうして一緒《いっしょ》に式を挙げることができてよかった。

好奇心旺盛《こうきしんおうせい》で行動力のあるこの子にはいつも驚《おどろ》かされる。ワガママなところもあるけどそこが可愛《かわい》いところでもあるのだ。

そんな小さなスゥの手を取って祭壇へと誘《さそ》う。

「いろいろと心配な子だが……よろしく頼むよ」

「大丈夫です。けっこうスゥはしっかりしてますから」

オルトリンデ公爵《こうしゃく》が苦笑しながら一礼して離《はな》れていく。スゥが『父上は心配しすぎじゃ』と少しむくれながら祭壇へと上がった。

扉が開き、五人目のユミナがベルファスト国王陛下とともに現れる。

その大胆《だいたん》ともいえる行動力で、僕のもとへ押《お》し掛《か》け、いつの間にか隣《となり》にいるのが普通になってしまった彼女。本当にいつの間にか目を離せない存在になってしまった。今ではユミナの気持ちを受け入れることができて本当に良かったと思っているが。

僕と出会った時にはすでにこうなることを予想して、より良い方向へとなるように動いていたという。ときたま、彼女の掌《てのひら》の上でうまく転がされているような気にもなるが、それもまたユミナの魅力《みりょく》なんだと思う。

二人はしずしずとバージンロードを歩き、僕の目の前で止まる。

「冬夜殿《どの》……よろしく頼む」

「はい」

ベルファスト国王陛下に短く答えてユミナの手を取る。ゆっくりと彼女は祭壇へと上がった。

次の番であるリーンの場合、すでに両親は妖精族《ようせい》が最期《さいご》の時を過ごすという妖精界《アヴァロン》へと旅立ってしまっているため、代役としてミスミド獣王《じゅうおう》陛下が付《つ》き添《そ》っていた。今日ばかりはポーラは招待客の席にいる。

華やかなウェディングドレスを着た彼女はどことなくはにかんでいるようにも見える。唯一《ゆいいつ》、僕よりも歳上である彼女だが、子供っぽいところがあったり、いたずら好きだったりする。そういった面も含《ふく》めてリーンという女の子なのだ。年齢《ねんれい》は関係ない。

彼女に後押《あとお》しされなかったら僕はバビロンを探そうともしなかったろうし、フレームギアを手に入れることもなく、世界はフレイズたちに蹂躙《じゅうりん》されたかもしれない。そう考えると、結果的には彼女の好奇心《こうきしん》が世界を救ったとも言えるのかな。

そんな世界の救世主たる彼女の手を取る。

「我らが盟友を幸せにしてくれ、冬夜殿」

「わかりました。必ず」

にっ、と笑って獣王陛下が一礼し、背中を向ける。

祭壇へと上がったリーンに代わり、今度はルーがレグルス皇帝《こうてい》陛下にエスコートされて僕《ぼく》の下へやってきた。

一時は死の淵《ふち》にあったレグルス皇帝陛下だが、ずいぶんと元気になった。近々帝位《ていい》をルーの兄である皇太子に譲《ゆず》り、退位する予定だという。

ルーとの出会いはレグルスで起きたクーデターの最中だった。あのとき……もしも駆《か》けつけるのが少しでも遅《おそ》かったらルーは胸を貫《つらぬ》かれ、死んでいたかもしれない。

ルーはウチに来て、料理という才能を開花させた。だがその裏で、血の滲《にじ》むような努力を重ねたのを僕は知っている。彼女は負《ま》けず嫌《ぎら》いで、その努力をひけらかしたりはしない。目標を定めたら一直線。そんな一途《いちず》さを僕も見習いたい。

僕のもとへと歩んだルーを見送り、皇帝陛下が軽く頭を下げた。

「娘をよろしくお願いする」

「もちろんです」

ルーを同じように祭壇へと迎《むか》え、次に扉が開いて現れた二人を見て思わず苦笑してしまった。

ボロボロ泣いているゼノアスの魔王陛下《まおう》を『従えて』、ヴェールで見えにくいがウンザリとした感じで桜が現れたのである。

桜はどうしても母親であるフィアナさんの方にエスコート役をしてもらいたかったようだが、魔王陛下が土下座までして頼み込んだ結果、さすがに不憫《ふびん》とみたのか、しぶしぶと桜も受け入れた。

ぐいぐいと歩く桜の歩調がいささか速い。さっさと済ませてしまおうという考えがよくわかる。まだ打ち解けてないのか、あの二人……。

桜は初めて出会った時には記憶《きおく》を失っていた。ユーロンの暗殺者に殺されかけて、瀕死《ひんし》の状態だったのだ。バビロンの技術がなかったらどうなっていたことか。

普段は無口で感情をあまり表すことのない桜だが、音楽を聴《き》いていたり、歌っている時は別人の顔を覗《のぞ》かせる。その歌声はこれからも人々を楽しませ、幸せにしていくことだろう。その横で僕も彼女の手助《すけ》けをしたいと思う。

みんなより早めに僕のところへ辿り着いた桜はさっさと祭壇へと上がってしまった。

僕が桜らしいと感心しながら苦笑していると、力強く肩を魔王陛下に掴《つか》まれた。

「むっ、娘を幸せにせんと許さんからな！」

「ど、努力します」

なにこれこわい。やめて、顔を近づけないで！　涙《なみだ》と鼻水が！　せっかくの白いタキシードが汚《よご》れるから！

泣きながら走り去っていく魔王陛下を見て、ちょっと義父として付き合っていけるか不安がよぎった。国王としては威厳《いげん》のある人なんだけどなあ。

ちょっと気が抜《ぬ》けたタイミングで、最後にヒルダがレスティア前国王とともに現れた。

ヒルダは婚約者《こんやくしゃ》となった順番は七番目であるのだが、出会った順番でいうと最後になる。

いつもは騎士道《きしどう》精神を貫く、凛々《りり》しい姿を見せているが、今日だけは凛々しさよりも可《か》憐《れん》さが先に立つ。剣《けん》の代わりに小さなブーケを持ち、鎧の代わりに純白のウェディングドレスを纏《まと》ったヒルダがゆっくりと僕の前へとやってきた。

責任感が強く、常に真摯な姿勢を貫く彼女を僕は尊敬している。ただ、いささかその責任を果たすために無理をしてしまうところもあるのだ。そこがヒルダらしいといえばヒルダらしいのだが。そんなところも含めて彼女を支えていけたらな、と思う。

「娘をよろしくお願いします。二人に幸あらんことを」

「ありがとうございます」

レスティア先王陛下からヒルダの手を受け取り、祭壇へと上げる。これで祭壇に九人の花嫁が揃《そろ》った。

先王陛下が立ち去ってから皆《みな》に一礼し、僕も祭壇へと上がる。エンドレスで流れていた『結婚行進曲』がやっと終わり、辺りに静寂《せいじゃく》が訪《おとず》れる。

「【精霊王の名のもとに。来たれ、精霊たちよ】」

小さな声で精霊言語を使い、大精霊たちを呼び出す。今では精霊言語をわかる人も何人か式場にいるので聞かれるのはマズいからな。

すぐに祭壇の上空に巨大《きょだい》な火柱が立つ。次いで水の柱が立ち、宙に竜巻《たつまき》が巻き起こる。その風に乗って砂と石が舞い上《あ》がり、最後に光の玉と闇《やみ》の塊《かたまり》が出現した。

「おお……！」

「すご……！　見ろ、あれを！」

招待客が驚くのをよそに、突然《とつぜん》現れた時と同じように、火も水も全《すべ》てが塵《ちり》のように一瞬《いっしゅん》で雲散霧消《うんさんむしょう》する。そして全てが消え去ったあとに人間ではない六人の少女が宙に浮《う》いた状態で現れた。

彼女たちこそ、火の精霊、水の精霊、風の精霊、大地の精霊、光の精霊、闇の精霊の六大精霊であった。

「おお……！」

「まさか、本当に精霊が姿を現したのか……！」

宙に浮かぶ六人の大精霊を見て、招待客のみんながさすがにざわついていた。

この世界では姿を現さない神々よりも、人々の目の前に現れる精霊の方が大衆には信仰《しんこう》が深かったりする。大樹海の民《たみ》なんか大樹の精霊を崇《あが》めているしな。

この世界を作ったのは神々に命じられた精霊だという説もあるくらいだ。まあ、それは実際に正しいのだが。世界神様《ごほんにん》がそう言ってたし。

『我ら大精霊の名において、精霊との絆《きずな》を紡《つむ》ぎしブリュンヒルド公国公王、並びにその伴侶《はんりょ》となりし、九人の婚姻《こんいん》をここに祝福す』

光の大精霊が穏《おだ》やかな声でそう告げる。大精霊からの直接の声に、先ほどまでざわついていた会場が水を打ったように静まり返った。

無理もない。普通《ふつう》、精霊は滅多《めった》に姿を現さない。さらに声を聞いたことがある人間など、ほんのひと握《にぎ》りであろう。ほとんどの人が驚いて声も出ないんじゃないかな。まあ、その精霊よりも格上の存在が招待客の中にわんさかいるわけだが。

よく見ると大精霊たちも緊張しているみたいだ。そりゃそうだよねえ。精霊王である僕なんかよりも遥《はる》かに上の、世界創生の神々がすぐそこにいるんだから……。ちょっとだけ同情する。

けれどなんとか役目を果たしてくれい。

『こ、これより永遠《とわ》に、喜びも悲しみも分かち合い、生涯《しょうがい》変わらぬ愛をもって、それぞれを支え合っていくことを願わん』

火の大精霊から少し緊張を滲ませた声が響《ひび》く。がんばれ。

『我ら大精霊よりそなたらに婚姻の贈《おく》り物《もの》を』

大地の大精霊の言葉を紡ぐと、僕の前に九つの指輪が光とともに現れた。プラチナ色の神々《こうごう》しい光を放つ指輪だ。

僕が神力を注ぎ込んだ『神応石《しんおうせき》』を、世界神様たちが手ずから作り上げてくれた結婚指輪だ。

驚くなかれ、この指輪『神器《じんぎ》』である。

この指輪は言ってみれば受信機のようなもので、僕の『神の愛』とやらを受け入れやすくし、眷属《けんぞく》としての位を上げるものなんだと。ぶっちゃけていうと、神族の最下級、従属神レベルになるマジックアイテムってことだ。とんでもない指輪である。当たり前だが他人が装備しても何の効果もない。

僕がその指輪を手に取り、花嫁一人一人の左手薬指にはめていくと、今度は九人の指輪から光が生まれ、宙を漂《ただよ》って僕の左手薬指に集まりだした。

光が収まると、そこにはみんなと同じような指輪が僕の左手薬指に出現していた。見るだけでわかる。これは神々や精霊、そしてみんなの……様々な祝福が込められたこの世に二つとない指輪だ。

僕が指輪に魅入《みい》っていると、一番幼い姿の闇の大精霊が口を開いた。

『婚姻が成されたこと、しかと見届けた。我ら精霊王の名においてこの結婚を祝福す』

精霊王の代理に自分《じぶん》を祝福されるってのも変な話だ。

どこからか現れた小精霊が楽しそうに空を舞い、招待客の目を奪《うば》う。赤、青、緑、茶、黄、紫《むらさき》と、カラフルな光が空に美しい軌跡《きせき》を描《えが》いていた。

大精霊たちは再び火や水となり、小精霊を伴って渦巻《うずま》く螺旋《らせん》を描きながら空へと昇《のぼ》っていく。空高く打ち上がる花火のように、ぱあっと光の粒《つぶ》がキラキラと広がり、空に大きな虹《にじ》を作り出した。

その素晴《すば》らしい光景に、招待客から大きな歓声《かんせい》と拍手が送られる。派手にやってくれたなあ。あとでお礼を言っておこう。

とにかく大精霊たちが見届け人となり、僕たちの結婚は正式に成り立った。

生涯の伴侶として、僕は彼女たちと人生をともに歩んでいく。

僕たちは晴れて夫婦《ふうふ》となったのだ。

町の時計塔《とけいとう》から鐘《かね》の音が鳴った。あれは時刻を告げているのではなく、僕らを祝福する鐘の音である。鐘の音は邪気《じゃき》を払《はら》い、不幸を遠ざけるという。

鐘の音に呼応するように、再び花びらが僕らの頭上に降り注いだ。これって花神様がやっているのだろうか。それとも花の精霊かな？

僕は風に舞う花びらの中、エルゼのウェディングヴェールをそっと上げる。

「これからもよろしく、エルゼ」

「任せなさいよ。あんたが腑抜《ふぬ》けていたら引《ひ》っ叩《ぱた》いてやるから」

そいつは怖《こわ》いな。僕らは笑いながら誓《ちか》いのキスをする。人前では恥《は》ずかしいので軽くお互《たが》いの頬にだが。

エルゼはいつだって先陣《せんじん》を切っていく。僕らの人生も一緒に切り開いていってくれるだろう。もちろん、その横には僕も寄《よ》り添うつもりだ。

彼女と一緒ならどんな困難だって怖くない。エルゼは僕に勇気をくれるんだ。

次はその妹であるリンゼの前に立ち、彼女のウェディングヴェールを静かに上げる。

「リンゼもよろしくね」

「っ、はい。力一杯《ちからいっぱい》冬夜さんを支え、ます」

リンゼが涙ぐみながらも微笑《ほほえ》んでくれる。その涙を拭《ぬぐ》うように彼女の頬に僕は口付けた。

同じようにリンゼも僕に返してくれる。

陰《かげ》に日向《ひなた》に僕を支えてくれるリンゼ。その一途な気持ちに応《こた》えられる夫で僕はありたい。

感受性が豊かで、人のために努力を惜《お》しまない彼女はいいお母さんにもなれると思う。

……気が早いか。

続けて八重のウェディングヴェールを上げた。にこやかに微笑む彼女が口を開く。

「この命尽《つ》きるまで貴方《あなた》に寄り添い続けましょう、旦那様《だんなさま》」

「ありがとう、八重」

おそらく、だが。

八重たちは世界神様の指輪と僕の『神の愛』によって、従属神に並ぶ存在になっているので、僕が死なない限りは同じ時を生きることができると思う。

彼女の言葉は少々大げさだが、八重の気持ちの表れなのだろう。僕だって同じ気持ちだ。

彼女たちとともに人生を歩んでいくと決めたのだから。

八重とも頬にキスを交わし、隣のスゥの前に移動する。

「冬夜は危なっかしいからのう。わらわがずっとそばにいてやるのじゃ」

「ははは。頼《たの》もしいよ」

身長差があるため、少しかがんでスゥの頬にキスをする。スゥからは首を掴んで引き寄せられながらされた。相変わらず強引《ごういん》だな。思わず笑ってしまう。

スゥの天真爛漫《てんしんらんまん》な性格にはいろいろと救われる。どんな悲観的な状況《じょうきょう》でも希望を持って進んでいけそうだ。ちょっと好奇心旺盛なのが玉に瑕《たまにきず》だが、それも含めてのスゥだしな。

次いでユミナのウェディングヴェールを上げる。意外と言ったら失礼だが、ユミナの両目には涙が浮かんでいた。そして僕に微笑んでくれる。

「嬉《うれ》しい……。こうして好きな人のお嫁さんになるのが私の夢でした。今……本当に幸せです」

「うん。僕も同じ気持ちだよ」

結婚というものに一番憧《あこが》れを持っていたのは彼女なのかもしれない。自国の立場次第《しだい》では、王家の者として望まぬ婚姻や婿取《むこと》りも可能性としてはありえたのだ。あのベルファスト国王がそんな婚姻を許すとは思えないが、きっと貴族たちの槍玉《やりだま》に上げられたことだろう。

しかし彼女は自ら道を切り開いた。その強さを僕は尊敬する。

ユミナと頬にキスを交わし、今度はリーンの前に出る。

「自分の人生にこんなことが起こるなんて驚きだわ。長生きはするものね」

「まだまだこれからさ。僕ら夫婦の人生はね」

くすっと笑ってリーンと互いに相手の頬にキスを交わす。長い間、彼女には仲間はいても家族と呼べるものはいなかった。ポーラを生み出したのも、長い時を自分のそばにいてくれる存在が欲《ほ》しかったのかもしれない。

これからは僕たちがいる。彼女に寂《さび》しい思いはさせない。

続けてルーの正面へと移り、ウェディングヴェールを上げて、みんなと同じようにその頬にキスをした。彼女も同じように僕の頬にキスしてくれる。

「これから毎日のお食事は任せてくださいね」

「太らない程度にお願いします……」

ルーがはにかんだような笑顔を僕に向ける。彼女の料理は本当に美味《うま》い。食べ過ぎて太らないか心配だ。神化したこの身体《からだ》なら太らないかな？　でも太ってる神様もいたしなぁ。

幸せ太りとは言うけれど、幸せなだけで太るわけでもないはずだしな。奥《おく》さんの料理が美味いとかの理由で、結果、食べ過ぎてしまうわけで。食べたらちゃんと運動しよう……。

心にそんな決意を巡《めぐ》らせながら桜の前に立つ。

「王様、お腹《なか》減った」

「……もう少しだけ我慢してくれ」

こんな状況なのに相変わらず桜はマイペースだな。そこが彼女のいいところだけど。

あまり彼女は口数の多い方じゃないが、なにも話さなくても一緒にいてなぜか落ち着く。

彼女の歌同様、そのマイペースさが安らぎを与えてくれるのかもしれない。

そんな彼女のヴェールを上げて、お互いの頬にキスを交わした。あまり感情を出さない彼女も、さすがにその時ばかりは少し照れるようなそぶりを見せてくれたが。

最後の花嫁、ヒルダの前にやってきた。いつもは凛《りん》とした雰囲気を漂わせる彼女だが、今日ばかりは彼女が本来持っている可憐さの方が際立《きわだ》つ。

「冬夜様、末長くよろしくお願い致《いた》します」

「こちらこそ」

言葉は相変わらず硬《かた》いが、それだけにその真摯な気持ちが伝わってくる。彼女の期待を裏切らないようにしよう。

ヴェールを上げて彼女の頬にキスをすると、いささか緊張《きんちょう》しながらもヒルダも唇《くちびる》を同じように僕の頬に返してくれた。

再び鐘が鳴る。

僕は【スピーカー】を展開し、目の前に並ぶ招待客へ向けて一礼した。

『本日はお忙《いそが》しい中、僕たちのためにお集まりいただきましてありがとうございます。若《じゃく》輩者《はいもの》ではございますが、これからみんなで力をあわせて、豊かな国と幸せな家庭を築いて参りたいと存じます。これからもなにかとご迷惑をかけるかもしれませんが、今までと変わらぬご指導ご鞭撻《べんたつ》をいただけますよう、お願い申し上げます』

花びらとともに万雷《ばんらい》の拍手が僕らに降り注ぐ。僕らは深々と頭を下げ、招待客のみんなに感謝の意を示す。

紅玉あたりの演出か、どこからか一斉《いっせい》に白い鳩《はと》が大空へと羽ばたいていった。僕らは飛び去っていく鳩たちを鳴《な》り響く鐘の音とともにずっと見送っていた。

『さて、冬夜君や私たちの故郷では『ぶーけとす』という風習があるのよ。幸せな花嫁が後ろ向きに投げた花束《ブーケ》を受け取って、意中の相手に贈るとその恋《こい》が実り、幸せになれると言われているものなの。だけど参加者は独身男性のみ。心に想《おも》う相手がいるのなら今すぐ参加！　その手で幸せを掴《つか》み取るのよ！』

【スピーカー】を通した花恋姉さんの声に、『うおおおおおおおおッ！』と野太い声が響き渡《わた》り、我先にと男たちが祭壇前に群がってくる。

ちょっとまて。それ僕の知ってるブーケトスとかなり違う。

壇上《だんじょう》に並ぶみんなもちょっと困惑《こんわく》しているようだ。壇上へ戻《もど》ろうとすると、諸刃《もろは》姉さんに肩を掴まれて引き止められた。

「君の世界のブーケトスだと、女性は気おくれして参加しにくいだろう？　こっちの方が盛り上がるって花恋姉さんがね」

む。確かに最近ブーケトスは『参加したくない』という意見が多いとネットで読んだ。『人前でブーケを必死で取りに行くと、結婚《けっこん》を焦《あせ》っているようで恥ずかしい』とか、『自分だけ独身だと知られるのが嫌《いや》』とか理由はいろいろとあるみたいだが。

男ならまあ、そこまで恥ずかしくはないかな……。そういや男版のブーケトスはブーケではなくブロッコリーを投げるとかも書いてあったな。房《ふさ》がたくさんあるので子孫繁栄《はんえい》、幸せいっぱいになるとか。

ブロッコリーよりブーケの方が綺麗《きれい》だから、投げるならブーケでいいと思うんだが。

祭壇前には独身男たちが集まっている。若い者から年配の者まで……おい、ドランさんまで参加するの⁉

リフレットの町の宿屋『銀月《ぎんげつ》』の主人にしてミカさんの父親。確かに男やもめで独身だけど……。

その横で気まずそうに立っているのは、娘さんのミカさんに惚《ほ》れているランツ君じゃないか。あれ？　騎士団のやつらも参加してる？

「警備の方は大丈夫だよ。ニャンタローたちが目を光らせているから」

諸刃姉さんが笑いながらそう答えるが、あいつら猫《ねこ》ですよ？　まあ、普通の猫じゃないけど……。

よくよく見ると参加者の中には知り合いも多い。

ベルファスト騎士団の見習い騎士《きし》ウィル。砂漠《さばく》でうちの騎士団員となったレベッカさんやローガンさんと行動を共にしていた少年だ。ブーケを取ったら彼女《かのじょ》のウェンディに渡すのかな。

その他、ミスミドの戦士長であるガルンさん、イーシェン出身の冒険者《ぼうけんしゃ》、棒術使いの蓮《れん》月《げつ》さん。新人冒険者のロップとクラウスに……うわ、パルーフの少年王も？　カボチャパンツ王子、ロベールもいる。おい待て、エンデ、お前もか⁉

それ以外にも各国の騎士や、貴族の独身者などが名乗りを上げる。ブーケは九つあるからかなりチャンスはあると思うけど、多すぎない⁉

『前もって言っておくけど、これは身分とかは関係ないのよ。手に入れた者が勝者。故《ゆえ》に一度手にした相手から奪うのは反則なのよ。他人の幸せを奪う者は自分が不幸になるのよ？』

花恋《かれん》姉さんが釘《くぎ》を刺《さ》す。男たちが周りを牽制《けんせい》するように、じりじりと祭壇前から広がっていった。周りの男たちに気を配りながら、目は祭壇上の花嫁たちを捉《とら》えている。他の招待客も面白《おもしろ》がって見物していた。幸せを分《わ》け与《あた》えるブーケトスが、異世界で殺伐《さつばつ》としたもんになってってしまった。

『じゃあみんな、後ろを向くのよ。私の合図で思いっきり後ろへブーケを放《ほう》り投《な》げるのよ』

花恋姉さんの指示に従い、花嫁のみんなが後ろを向く。次の瞬間《しゅんかん》、ドララララララッ！　と、けたたましい音が鳴り響いた。ちょっとなにこのドラムロール？　振《ふ》り向《む》くと奏助《そうすけ》兄さんが一心不乱にドラムを叩いていた。なにやってんだ、音楽神。

『じゃあいくのよー！　せーのっ！』

ぶわっと九つのブーケが空を舞う。高く飛ぶブーケもあれば、低いのもあり、てんで見《けん》当違《とうちが》いの方へ飛んでいくのもあった。ありゃスゥの投げたやつだな。

「もらった！」

獣人のバネを活《い》かし、ガルンさんが跳躍《ちょうやく》する。低く飛んできたやつに狙《ねら》いを定め、他の者より高く手を伸ばして落ちてくるブーケをその手に掴む――――前に、横からさらに高い跳躍をしたエンデがそれをかっさらっていった。うわ。

「いただき！」

ブーケを手に入れたエンデが軽《かろ》やかに着地する。お前はメルと両想《りょうおも》いなんだから、そこは譲ってやれよ……。

「やった！」

「くっ、ちくしょう！」

「おっしゃあっ！」

「あーあ……」

僕がエンデに呆《あき》れていると、あちこちで悲喜《ひき》交々《こもごも》な声が飛んでくる。

僕の知り合いも何人か手に入れたようだ。あれ、パルーフの少年王もゲットしたの？

よくあの身長で取れたな……。

《男たちの手からお手玉のように落ちたのを拾ったのです》

《ああ、なるほど》

横に控《ひか》える琥珀《こはく》が念話で教えてくれた。あ、公爵令嬢《こうしゃくれいじょう》である婚約者のレイチェルが、飛《と》び跳《は》ねて喜んでいる。

お、ランツ君も手に入れたのか。……なんかミカさんと視線で語り合ってますけど。どっちも顔が赤くなっていて、後ろのドランさんが睨《にら》んでるのにも気がついてないようだ。

二人の世界ってやつ？　ちなみにドランさんもブーケを手に入れている。

そしてウィルもブーケを手にしていた。当然というか、彼女のウェンディが後ろの招待客の中で喜んだ表情を浮かべている。カボチャパンツの王子様もゲットしてるな。

……なんかもともと両想いのやつがけっこう手に入れているような？

「そりゃ花嫁のブーケをもらったのに、恋が実らなかったとか、ケチがつくのはまずいからさね」

「にゃははは。花恋お姉ちゃん、やるねー。これでこのブーケトスっての、流行《はや》るんじゃないかにゃー」

狩奈《かりな》姉さんと酔花《すいか》が僕の心を読んだように声をかけてくる。え？　まさか……。

視線を花恋姉さんに向けると、軽くウインクを返してきた。やっぱり。なんか力を使ったな？

あまり褒《ほ》められたことではないが、ここは見なかったことにしておこう……。うん、それがいい。

◇　◇　◇

ブーケトスのあと、『工房《こうぼう》』で造り上げた大きな輸送型ゴレムに乗って、花嫁のみんなと町をパレードした。小さな町であるため、正直こんなにでかい乗り物はいらなかったと思うんだが。

町中を進むのは二階建てバスみたいな本体に、たくさんの脚《あし》がついた多脚型ゴレムである。エルカ技師とバビロン博士のコラボ作品だ。また派手なもの造ったな。ちなみに運転するのはロゼッタだ。

ゴレムバスはゆっくりと町を一周して城へと戻るコースを進んでいく。

もともとこれは『格納庫』に入っていた大型の魔動乗用車《エーテルビークル》を改良したもので、天井《てんじょう》がない二階部分に立つと人混《ひとご》みの中からでも僕らが見えるようになっている。まるでなにかの優勝パレードみたいだな。いや、パレードには違《ちが》いないいんだけどさ。

路上で手を振る人たちに僕らも手を振《ふ》り返《かえ》す。半分くらいは知っている人たちだ。見た覚えのない人たちは、観光客や旅人だろう。

それに交ざって冒険者たちの姿もちらほらと見えるな。

「ん？」

その中に妙《みょう》な行動をとる人物を見つけた。こちらへお祝いの言葉を向けている男性の後ろで、彼《かれ》の肩《かた》からかけたカバンにこっそりと手を忍《しの》ばせている。スリか。

僕がスマホを通して【パラライズ】を食《く》らわせてやろうとすると、スリの男が突然その場にくずおれた。あれ？

よく見ると男の後ろにはレイピアを構えたニャンタローが。ちなみにあのレイピアはニャンタローに頼まれて、僕が【パラライズ】を付与《ふよ》してやったので、スリの男は無傷のはずだ。

ニャンタローは僕に向けてぐっ、と親指だけを立ててみせた。器用だな……。

人が集まればそれだけ犯罪も増える。だが、うちはニャンタローの率いる猫部隊（ケット・シー四匹《ひき》と猫多数）が常に怪《あや》しい人物を監視《かんし》しているため、犯罪者を逃《に》がすことはない。ある意味最高の警備兵とも言える。

ニャンタローに手を振ってお礼を伝える。あとでマタタビ酒でも送ってやるか。

町を一周したゴレムバスは、ゆっくりと城へと向かっていく。ちなみにこのゴレムバス、脚の側面にタイヤが付いていて、車輪モードになると揺《ゆ》れることなく進むことができる。さっきまでのパレード中は車輪モードだった。じゃあ初めから多脚にしないで普通に車輪つけろよ！　と思ったが、町を出ればかなりの悪路や山道も多い。その場合は多脚の方が便利なのだろう。

城へと戻ると僕らはすぐさま着替《きが》えの部屋へと走る。次は披露宴《ひろうえん》だ。結婚式《けっこんしき》をした中庭と、城内で一番広い大広間、そして遊戯室《ゆうぎしつ》を【ゲート】を付与した扉《とびら》で繋《つな》ぎ、招待客に楽しんでもらう。披露宴といってもどっちかというと二次会のようなもので、式の時のように堅苦《かたくる》しくなくてもいい。

みんなと別れて着替えの部屋に入ると、待ち構えていたライムさんが、すぐさま披露宴で着る別の服を持ってきた。白いタキシードを脱《ぬ》いで、それに袖《そで》を通す。

白シャツの上にカジュアルなグレーのベストにネクタイは紺《こん》。そして上下ダークグレーのスーツ。式の時とは違って落ち着いた感じの服だ。

披露宴といっても地球のようにキャンドルサービスやウェディングケーキ入刀などはなく、あくまで飲んで食べて遊んでいってもらうために、招待客をもてなすのがメインである。さっきの式に比べたら気楽なもんだ。

ライムさんにネクタイを直してもらい、足早に部屋を出る。さっきのパレードのうちに、招待客のみんなはすでに食事を楽しんだり、遊戯室で遊んだりし始めているはずだ。

急ぐ必要はないが、のんびりともしてはいられない。花嫁《はなよめ》さんたちはお色直しに時間がかかるから、せめて僕だけでも先に行かなければ。

琥珀たちを引き連れて、大広間へと繋がる扉の前まで【テレポート】で転移する。

突然現れた僕らに扉前の警備をしていた騎士たちが驚くが、僕とわかるとすぐさま扉を開けてくれた。驚かせたのを謝《あやま》りつつ扉をくぐると、大広間にいた招待客みんなから一斉に注目された。

「おう！　今日の主役の登場だ！」

ミスミド獣王陛下の声とともに、招待客から万雷の拍手《はくしゅ》が僕へ向けて送られる。

大広間にはテーブルがいくつも並べてあり、白いテーブルクロスがかけられたその上には、様々な料理やお菓子《かし》が所狭《ところせま》しと並べられていた。招待客は取り皿を使い、ここから好きなものを取って食べるのだ。いわば、ビュッフェのような形式を取ったのである。

初めはちゃんとした席次を設けて、と考えて、わざわざリストまで作っていたのだが、各国の重臣たちや、貴族、政治的な立場やお互いの関係などを考慮《こうりょ》すると、とてもじゃないが決められないと判断し、この形になった。まさか巨大な円卓《えんたく》にするわけにもいかんしな。

この形なら席次を気にすることもないし、知らない者同士でも話ができる。逆に仲が悪い相手には近付かなければいい。

「本日はおめでとう、冬夜殿。先にやっておるよ」

「ありがとうございます、家泰《いえやす》さん。存分に楽しんでいってくださいね」

リーフリース産のワインを飲んで、少し赤ら顔になっている家泰さんが挨拶《あいさつ》をしてくれた。

イーシェンからは八重の家族や親族はもちろん、家泰さんを始めとした徳川家《とくがわけ》の重臣、イーシェンの帝《みかど》である白姫《しらひめ》さんなどが招かれている。

家泰さんから離れると次に声をかけてきたのは、ネイティブアメリカンのような民族衣《い》裳《しょう》に身を固めたイグレット国王だった。鍛《きた》え上げられた褐色《かっしょく》の肌《はだ》に刺青《いれずみ》はいつもと同じだが、頭の羽根飾《かざ》りがいつもより彩《いろど》りが華《はな》やかだな。礼装かな？

「やあ、ブリュンヒルド公王。ついに君も妻帯者だな。……妻たちの機《き》嫌《げん》を損《そこ》ねるようなことは絶対にするなよ」

「……肝《きも》に銘《めい》じておきます、イグレット国王陛下」

南海の王国、イグレットを治める国王陛下のありがたいお言葉をいただく。

この王様も七人の奥《おく》さんがいるお方だ。先達の忠告は素直《すなお》に聞いておこう。イグレットは例のテンタクラー騒動《そうどう》以降、イカ釣《つ》り漁を始めたらしい。なかなか評判が良く、イグレットの名産になりそうだと聞いた。

そのうちイグレット産のスルメとか出回りそうだな。

「公王陛下、この度《たび》はご結婚おめでとうございます」

「おめでとうございます」

「ありがとうございます。次はお二人の番ですね」

次に挨拶に来てくれたのは、トリハラン神帝国《ていこく》のルーフェウス皇太子と、ストレイン王国のベルリエッタ王女だ。

例の魔動乗用車《エーテルビークル》のレースを経て晴れて婚約者となった二人も近々結婚式を挙げる。

「私たちの結婚式にも来て下さいね。最新の魔動乗用車《エーテルビークル》でパレードをやる予定なんです！」

「最近はベルとその整備のことで言い争いが多くて少し困ってます……」

「あら、貴方が私の取り付けたパーツにケチをつけるからいけないんでしょ」

「だからあれはケチをつけたわけじゃなく、安全面から考えてだね……！」

「まあまあ」

ここでケンカを始められても困るので二人をなだめる。これはケンカしつつも仲がいいってやつか？　あっちでやってもらえんかな。

僕が辟易《へきえき》していると、大広間にいた招待客から『おおっ！』という声が上がった。

大広間にある大きな扉が開いて、ウェディングドレスからお色直しをした僕の花嫁たちが会場へ入ってきたのだ。

みんなウェディングドレスと同じようなレース生地《きじ》のドレスだが、全体的に簡易化されたデザインだ。ふわっとしたスカートは膝下《ひざした》まであり、胸から上、肩から肘《ひじ》にかけてのレースが鮮《あざ》やかなラインを描いている。

美しさより可愛《かわい》さが前面に立つドレスだ。

「ほれ、嫁《よめ》を迎えに行かんかい」

僕の背を笑いながら叩《たた》いたのは元・武田四天王《たけだしてんのう》の馬場の爺《じい》さんだ。その両脇《りょうわき》には山県《やまがた》と内藤《ないとう》のおっさんも笑っている。ちなみに高坂《こうさか》さんは他国の重臣たちに挨拶をして回っている。

僕がちょっとおぼつかない足取りでみんなの下《もと》へと向かうと、真っ先にスゥが飛びついてきた。

「おいおい、もう奥さんになったんだから、飛びつくなんてはしたないぞ」

「何を言っておる。奥さんだからこそ誰《だれ》はばかることなくこうして抱《だ》きつけるんじゃろうが。もう遠慮《えんりょ》はいらんぞ、冬夜。わらわたちは夫婦なんじゃからの」

ううん、そうきたか。別に遠慮しているわけではなくて、単に恥ずかしいのだが。

スゥに触発《しょくはつ》されたのか、ユミナまで腕《うで》を組んできた。右腕《みぎうで》にスゥ、左腕《ひだりうで》にユミナと両手に花の状態だが、他の七つの花から笑顔《えがお》とともに謎《なぞ》の圧力を感じる。

ふと視線を上げると、先ほど話したイグレット国王がこちらを同情の眼差《まなざ》しで見ていた。

やめて。

みんなも揃ったところであらためて招待客の皆さんに挨拶をして回る。中庭で夕涼《ゆうすず》みをしながら歓談《かんだん》をする各国の王たちに声をかけ、大広間で様々な国の料理に舌鼓《したつづみ》を打つ王妃《おうひ》たちに、結婚生活での訓示をありがたく頂戴《ちょうだい》し、遊戯室で遊ぶ貴族たちに顔を見せて回った。

やがて夜もふけた。引出物のカタログと折《お》り詰《づ》めの料理を手土産《てみやげ》に帰る招待客は、時江《ときえ》おばあちゃんが転移魔法《まほう》で送り届けてくれることになっている。また、宿泊《しゅくはく》する客は城の客室で泊《と》まってもらうことになっていた。

あとは高坂さんやメイド長のラピスさんにおまかせだ。僕《ぼく》らは最後の挨拶をし、会場を後にする。

「ふぁ～……。つっかれた～……」

ネクタイを緩《ゆる》め、リビングのソファーにぐったりと身体を預けた。みんなも各自の部屋に戻り、緊張に次ぐ緊張からやっと解放されたからか、全身を気だるい疲労《ひろう》が襲《おそ》っている。

「お疲《つか》れ様《さま》でございました」

「ああ、うん……」

執事《しつじ》のライムさんが冷たい水を持ってきてくれたのだが、僕はそれを一気に飲み干してしまった。今日は飲み物をあまり取ってなかったからな。トイレが近くなるとマズいってんで。ただの水がものすごく美味い。

ライムさんが水差しから再びグラスに水を注いでくれる。

「素晴らしい結婚式でございました。招待客も皆、満足していることでございましょう」

「だといいんですけどね」

ライムさんの少しオーバーな言葉に苦笑《くしょう》しつつ、またごくごくと水を飲む。

「あとはお世継《よつ》ぎですな」

「ブフォッ!?」

ゲホ、ゲホッ！　気管に水が入り、思いっきりむせる。お世継ぎって！　早くない!?

焦る僕に対して、ライムさんがしれっと話を続ける。

「王家の者にとって血筋を残すことも責務の一つであると思います。ベルファスト国王陛下の時は王妃様がお一人だったため、ユミナ様がお生まれになるまでやきもきしましたが、公王陛下の場合、九人もいらっしゃる。単純に考えて九倍でございます。当たる確率も九倍だと……」

「当たるとか生々しいからやめて」

いや、まあ。結婚したんだからそういうことも含《ふく》めての夫婦だとは思うんだけれども。

地球での結婚年齢《けっこんねんれい》という僕の我儘《わがまま》で十八まで待ってもらったわけだけれど、それでも最年少のスゥは十二だ。さすがに異世界でも成人として認められるのはだいたい十五前後からだというし、そういう行為《こうい》はもう数年待った方がいいのかなと思う。

戦国武将の前田《まえだ》利家《としいえ》なんかは二十一で正室のまつを娶《めと》ったが、その時彼女の年齢《ねんれい》は十二。奇《く》しくもスゥと同じ歳《さい》だ。さらにまつは翌年に子供も生んでいる。

だからといって、それに僕が倣《なら》う必要はないんだけどさ。

変な話、お嫁さんらの事前の話し合いで（僕は参加してないのだが）『そういうこと』の順番がすでに決まっていたりする。

それは単純に僕が『婚約《こんやく》を交《か》わした順』であった。つまり、ユミナ、リンゼ、エルゼ、八重、ルー、スゥ、ヒルダ、リーン、桜という順番だ。

てなわけで、これからユミナのところへ行かなきゃならないわけですが……。

結婚式の時とは違う、変な緊張が走る。ええい。覚悟《かくご》は決めたはずだろ。

しかしライムさんが部屋から出ていったあとも、しばらく僕は一人で水ばかり飲んでいた。時計の音がやけに大きく響く。

いつまでもぐずついていたって仕方がない。よし、いくか！

ドキドキと早鐘《はやがね》を打つ心臓を押《お》さえつけ、立ち上がろうとしたタイミングでドアをノックする音が聞こえた。

「ふは、はい⁉」

「失礼しまス」

ガチャリと扉を開けてシェスカが部屋に入ってきた。

片手に持った銀盆《ぎんぼん》の上にはガラスでできた小瓶《こびん》がいくつか載《の》っている。なんだ？　景気付けに酒とか持ってきたんじゃあるまいな。

「バビロン博士から結婚祝《けっこんいわ》いデございまス」

「なにこれ？」

テーブルに置かれたルビーやサファイアのように輝《かがや》く、色とりどりの液体が入った小瓶を持ち上げてシャンデリアに翳《かざ》す。まるでかき氷のシロップを薄《うす》めたみたいな色だな。綺麗ではあるが体に悪そうだ。

「そちラの赤いのが精力増強剤《ぞうきょうざい》、青イのが性欲回復薬、緑のが滋養強壮薬《じようきょうそう》でございまス」

「持って帰れ！」

結婚祝いにしてもストレートすぎるわ！

「『錬金棟』のフローラ特製でございまス。副作用はございませン」

「いらないから。自力でなんとかするから」

【リフレッシュ】があるから体力が尽きるということはないと思う。いや、体力が尽きるまでやるということではなく。

スッ、とシェスカが僕の手をとり、手首に親指を当てた。

「ふム。通常時ヨり脈拍数《みゃくはくすう》、血圧とモに上昇《じょうしょう》、呼吸に小さな乱レもあり。緊張していますね、マスター」

「悪かったな」

緊張しない方がおかしいだろ。邪神《じゃしん》と戦った時より緊張してるっての。

「初めテだとうまくいかずにトラウマになることも多いトか。ココはひとつ、奥方《おくがた》と一戦交えル前に私で試《ため》しテみるのが一番かと。ではサッそく。さアさアさアさア」

「ちょっ！」

ぐいっ、とシェスカがソファーへと押し倒《たお》してきて、僕のシャツのボタンを外し始める。

こいつ相変わらず力が強いな！

「痛くしませンから。天井のシミを数えていればすぐに終わりまス」

「て、【テレポート】！」

「むギュ」

ソファーから瞬間移動して脱出《だっしゅつ》する。くそう、こんなところにいられるか！　さっさとユミナのところへ行こう！

扉を開けて僕は外したボタンを直しながら廊下《ろうか》を早足で歩き始めた。


『どうだった？』

「博士の睨んダ通り、ぐずぐずしテおりましタ。まったくヘタレなマスターを持つと苦労致しまス」

シェスカはソファーに座《すわ》ったまま、スマホでバビロン博士と会話を交わしていた。ケタケタと笑う声がスマホから聞こえてくる。

『まあまあ。ヘタな自信家や女を性欲の対象としか見てないクズに比べれば遥《はる》かにマシさ。それにこういったことにも慣れてもらわないと、ボクらに手を出してくれないだろうからねえ』

「私はマだ可能性がありまスが、博士はほぼ無理なのデは？」

人造人間であるバビロンシスターズはこれ以上成長することはない。博士のボディもずっとあのままだろう。

『うーん、そこは酒の力でも借りて、さ。きっとお酒の神様も力を貸してくれるよ』

「罰当《ばちあ》たりでスね」

その酒の神様は博士より幼い容姿だったり。それ以前に神化している冬夜が普通《ふつう》の酒で酔《よ》うことはほとんどないのだが。かつての主従はそんなことはつゆ知らず、ヘタレな新婚《しんこん》少年の未来を彼女らなりに祝っていた。

「【プリズン】」

「あの……。何を？」

きょとんとするユミナをよそに彼女の部屋に【プリズン】を発動する。これで外から覗《のぞ》き見《み》はできないし、侵入《しんにゅう》することもできない。

いや、まだ安心できない。あの博士のことだ、盗聴器《とうちょうき》や監視カメラが仕掛《しか》けられているとも限らないぞ。

【サーチ】を展開して調べてみるが、何も見つからなかった。うーむ。考えすぎかな……。さすがにあの博士でもそんなゲスなことはしないか。疑って悪かったかな。普段《ふだん》の行動が行動だからさ……。

ふう、と安堵《あんど》のため息をついていると、可愛らしい白のパジャマを着たユミナが、むーっ、とベッドの上で唸《うな》り始めた。

「冬夜さん？　さっきから新婚の奥さんをほったらかしにし過ぎじゃありませんか？」

「あ、いや、そんなつもりはなかったんだけど」

やばい。ちょっとご機嫌斜《きげんなな》めだ。焦りながらも必死に弁解すると、なんとか機嫌を直してもらえた。ふう。

ホッとしていると、ユミナがベッドの上で正座して、三つ指をついて深々と頭を下げた。え、それどこで覚えたの⁉　八重から⁉

「不束者《ふつつかもの》ではございますが、末長くよろしくお願い致します」

「あ、いや。こちらこそ、よろしくお願い致しますです」

突然《とつぜん》のユミナの行動に、僕も同じようにベッドに上がり、正座をしながら頭を深々と頭を下げた。

顔を上げるとお互《たが》いに吹《ふ》き出《だ》してしまう。さっきまであった緊張感が、いつの間にかどこかへと消えてしまっていた。
僕はこの子たちを伴侶《はんりよ》としてこれからを生きていく。その想いにもう迷いはない。
彼女の手をとり、結婚式ではできなかった唇へのキスを交わす。
優《やさ》しげな丸い月の光に照らされて、やがてゆっくりと僕らの影《かげ》は重なっていった。

それからその日を含めて九日間、とても大変だったとだけ付け加えておく。

第三章　アナザーワールド・ハネムーン

「これでやっと名実ともに冬夜《とうや》君たちは夫婦《ふうふ》になったわけなのよ」

「まあ、スゥだけは本当に一緒《いっしょ》に寝《ね》ただけらしいけど。まだ身体もできてないしね。ま、無理させることもないいか。これからはずっと一緒なんだから」

「んで？　新婚旅行とやらにみんなで冬夜の世界に行くんだろ？　準備はできてるのかい？」

「冬夜お兄ちゃん！　お酒！　あちし、お土産《みやげ》はお酒がいいなあ！　っていうか、お酒以外却下《きゃっか》！」

花恋《かれん》姉さん、諸刃《もろは》姉さん、狩奈《かりな》姉さん、ついでに酔花《すいか》が勝手なことをのたまう。人の噂《うわさ》話《ばなし》は本人のいないところでしてもらえませんかねぇ！

家族が新婚さんをからかうのって趣味《しゅみ》悪いと思うぞ……。花恋姉さんと諸刃姉さんはみんなにとっては小姑《こじゅうとめ》になるんだし、そんなこと言ってるとみんなに嫌《きら》われ……。嫌われないような気がするなあ。姉さんたちのにも眷属《けんぞく》化しつつあるしな……。

「さすがに僕の力じゃ全員を一気に【異空間転移】で地球へ跳《と》ばすことはできないよ。世界神様が手伝ってくれるって言ってたけど」

先日結婚式をした庭園のテーブルで、人を肴《さかな》にお茶会を開いていた女神《めがみ》様たちに僕はぶっきらぼうに答えた。

僕という存在はあの世界では死んだことになっている。地球では死んだ者は普通生き返らない。そんな存在は世界の理（あくまで地球の、だが）から外れるので、その世界から弾《はじ》き出されてしまう。

なので僕はあくまで人間『望月《もちづき》冬夜』ではなく、神族『望月冬夜』として地球を訪《おとず》れることになるのだ。神様の見習い、世界神様の眷属として。

ただ心配なのは、向こうでは魔力《まりょく》の素になる魔素が極《きわ》めて薄い。つまりこちらのように自由自在には魔法が使えないのだ。

神力なら使えるので、僕はなんとかなると思うけど、みんなは簡単には魔法が使えない。魔力を用いないユミナの【未来視】のような眷属特性なら使えるだろうが。

同じユミナの『看破の魔《ま》眼《がん》』は、無属性魔法が眼《め》という器《うつわ》官に表れたものだからダメだろうなあ。

「それほど心配する必要はないと思うのよ。冬夜君の神器《スマホ》を通せば魔法もある程度、神気を使って発動できるし。あ、だけどあまり多用するのはダメなのよ？　向こうではほとんどない力なんだから。怪しい秘密結社にでも見つかったら、新婚旅行どころじゃなくなるのよ」

縁起《えんぎ》でもないことを。しかし、スマホを通せば少しは魔法も使えるのか。誰かがはぐれたり、迷子になった時に【サーチ】とかが使えるのは助かるな。【ストレージ】も開ければ、お土産を買って帰ることも可能かな？

「しかし世界神様、遅《おそ》いな。電話じゃお昼ごろ来るって言ってたのに」

「仕方ないのよ。今、神界《うえ》じゃ保養地《ここ》の話で持ちきりだから。きっとその対応に追われてるのよ」

僕の結婚式に合わせて『先行体験』という名目のもと、地上に人化して降り立った十人の神々。

舞踏《ぶとう》神、剛力《ごうりき》神、工芸神、眼鏡《めがね》神、演劇神、人形神、放浪《ほうろう》神、花神、宝石神、そして時江おばあちゃんこと時空神。

あれから十日も経《た》ち、地上におけるこの人化した神々のいろんな体験談が神界《うえ》にはもう伝わっているらしい。それを受けてみんな興味津々《きょうみしんしん》、自分も早くバカンスとして地上に降りたい、という神々が増えているそうだ。

「今まで見向きもしなかったくせに勝手なもんさ。ま、堂々と地上に降りて好きに暮らせるんだからわからないでもないけど」

「人間として暮らすのが『面白い』って感覚がよくわからないんだけど……」

「にゃはは。冬夜お兄ちゃんのいた地球でいうところの『ろーるぷれい』ってやつなのだ。『なりきって遊ぶ』のは楽しいよ？」

ろーるぷれい？　ロールプレイングゲームとかのロールプレイかな？　確かに日常の自分を忘れ、別の役割を演じるのは楽しいかもしれないけどさ。神様たちも俗《ぞく》っぽいなあ。

「すでに工芸神や人形神なんかは自分の作品を作り始めているって話だし、演劇神や舞踏神なんかもどこかの劇団に入ったらしいよ。そのうちこの国にも名前が聞こえて来るんじゃないかねぇ」

狩奈姉さんがけらけらと笑いながらそんなことを言うが、人化したとはいえ神は神。その専門職なら有名にならない方がおかしい。絶対に世界的な人間になるだろうな。

「わかんないのは眼鏡神が眼鏡を作るよりも、眼鏡を配って回っていることなのよ」

「布教活動じゃないかな。この世界ではまだ眼鏡の普及率《ふきゅうりつ》は低いし。それに『眼鏡の似合わない者などいない。いたとしたらその者はまだ自分に似合う眼鏡に出合っていないだけだ』とか、いつも言ってたじゃないか」

うん。眼鏡神イコール変なやつ。インプットした。くれぐれも問題は起こさないで欲《ほ》しい。大人しく眼鏡店でも開いて商売に精を出して欲しいところだ。

「これから留守にするってのに、本当に問題は起こして欲しくないなあ……」

ん？　この感覚は……。

「大丈夫《だいじょうぶ》じゃよ。旅行中はワシが目を光らせておくから心配はいらんよ」

気配を感じた方へ視線を向けると、世界神様がフッと唐突《とうとつ》に現れた。眷属であるからか、僕は世界神様だけは出現を察知できる。

「いや、待たせてすまん。保養地計画のことで少し揉《も》めての」

「やっぱりですか」

どんな風に揉めたのかは聞くまい。胃が痛くなりそうだし。

「さて。冬夜君、ちょっとみんなを呼んでもらえるかの。異世界旅行の注意点をいくつか話しておきたいのでな」

「あ、はい」

注意点？　やっぱり異世界へ行くってのはなにか危険が伴《ともな》うのかな？　エンデとかはいろんな世界を渡《わた》っていたみたいだけど、言ってみれば違う惑星《わくせい》に行くようなもんだし……って、行き先は地球なんだからそんなわけないか。

僕は懐《ふところ》からスマホを取り出して、みんなを呼び寄せるため、メールを打ち始めた。

◇　◇　◇

「さて、明日からみんなは冬夜君のいた、『地球』という別の世界へ向かうわけじゃが」

世界神様が集まったみんなを見渡《みわた》して話し始めた。庭園に大きなシートを取り出してそこに座り、みんなで世界神様の話に耳を傾《かたむ》けている。

横のテーブルでは花恋姉さんたちが静かにこちらを見守っていた。

「まず向こうの言葉じゃが、君らが持っている指輪があれば意思の疎通《そつう》は問題ない。あらゆる国の言葉がわかり、話すことができるじゃろう。文字も読めるから安心したまえ。向こうのお金もワシが用意するので心配はいらん」

おお。ってことは外国人とも話せるってことか。それは便利だな。さすが神器。僕は左手薬指に光る結婚《けっこん》指輪を眺《なが》めた。行き先が日本である以上、あまり僕は関係ないが。

それにお金まで用意していただけるとは申し訳ない。最悪、金とか銀とかを持ち込んで、換金《かんきん》することも考えてたからな。

「それとお嬢《じょう》さんたちの持っている『すまぁとほん』な。それもあちらで使用可能なようにしておくよ。向こうは魔素が薄いから通話とかが難しいだろうしの」

博士特製の量産型スマホは電波などではなく、大気に漂《ただよ》う魔素を媒介《ばいかい》とした通話魔法を利用している。よくわからないが、少しでも空気が相手と『繋がって』いるのなら、会話ができるということらしい。

たとえ室内であっても、どこからか空気は繋がっているはずだからな。ってことは、空気も入らない完全なる密閉空間とかなら繋がらないのかな？　水にも魔素はあるというし、海の中でも繋がるのか？　よくわからん。

しかし向こうでも使えるって、それは普通のスマホということではなかろうか。

「魔素が薄いということは、魔法はほとんど使えぬということじゃ。気をつけるんじゃぞ。小さな火や氷などなら出せるかもしれんがの」

大気に魔素が含まれていなければ、魔法は発動しない。酸素のないところで火をつけようとするようなものか。あれ？　でも……。

「大気に魔素がなくても体内の魔力を使えば、自分には魔法を施《ほどこ》せます、か？　お姉ちゃんの【ブースト】とか」

リンゼが僕に代わって世界神様に聞きたいことを聞いてくれた。エルゼも自分に関することなので少し関心があるようだ。

「できんことはないがあまりやらん方がいいのう。すぐに魔力が尽《つ》きて倒れることになるぞ？　せっかくの新婚旅行を寝たきりで過ごしたくはないじゃろ？」

「なるほど……。魔力に変換《へんかん》される魔素が少ないのだから、なくなった魔力もそう簡単には補充《ほじゆう》されないってことね」

リーンが納得《なつとく》したように小さく頷《うなず》いた。魔力を切らすと意識が混濁《こんだく》し、気を失うこともあるからな……。

魔力譲渡魔法《まりよくじようとまほう》の【トランスファー】があるが、僕も向こうじゃ魔力が回復しないわけだし危険か。

「では魔力をこちらで何かに蓄《たくわ》えて持って行くということはできないのかしら？　バビロンにある魔力タンクみたいに」

「無理じゃな。向こうの世界に着いた途端《とたん》に蓄えた魔力は霧消《むしよう》してしまう。魔力で動いている……ほれ、そこのクマなんかもあっちの世界にいったらすぐに動かなくなるぞい」

リーンの後ろにいたポーラがガタガタと震《ふる》え出す。大丈夫だ、お前は留守番だから。ということは琥珀たちも呼んだところで、その存在を保つことができないわけか。あっさりと僕の魔力が尽きて終わりだ。ほとんど回復しないんだからな。

アーティファクトのたぐいも全部使えない、と。フレームギアでさえも向こうじゃ動かない立像に過ぎないのか。

「あれ？　じゃあ魔力で充電《じゅうでん》している僕のスマホは充電できないのかな？」

「……普通に電気で充電すりゃええじゃろ」

「……ごもっともです」

そうだ、向こうには普通に電気があるんだった。なにをトンチンカンな質問をしてんだか。恥《はじ》かいた。ちなみに博士により、みんなのスマホも電気で充電できるようになっているらしい。

「拙者《せっしゃ》たちにはあまり関係ないでござるな」

「確かに」

「ですわね」

八重《やえ》、ヒルダ、ルーの魔法を使えないグループが口々に答える。ちょっと拗《す》ねているみたいに見えて少し笑ってしまった。

「向こうじゃ魔法が使えないのは当たり前だから、そんなに気にしなくてもいいと思うよ」

「じゃが、なにか危険なことがあったら、魔法が使えないと困らんか？」

スゥがそんなことを質問してくる。うーむ、ここは魔法があって当たり前な世界だからなあ。やっぱり不安なのかもしれない。

「別に紛争《ふんそう》地帯に行くわけじゃないんだから、そんなに危険なことなんかないって。僕らの行く国は比較的《ひかくてき》平和だから」

日本であればそれほど魔法が使えなくても困ることはないと思う。というか、それが普通だし。逆に魔法が使えたりする方が危険だ。

「それとこれが一番問題なんじゃが。冬夜君のことじゃ」

「え、僕ですか？」

突然話を振《ふ》られてキョトンとしまう。

「前にも話したが、冬夜君は向こうじゃ死んだことになっとる。当然、そのままの姿で行けばいろいろと問題なのはわかるじゃろ？」

「はい。それはまあ」

死んだ人間がうろついていたら驚《おどろ》くだろうし。でも【ミラージュ】で姿を変えて行けば、それほど……あ。

「ひょっとして偽装魔法《ぎそうまほう》って向こうじゃ使えません？」

「使えないことはないよ。ただ、さっきも言った通《とお》り魔力は使えんから神力を使うしかない。自分の神力を使ってずっと姿を騙《だま》し続けるのはかなり身体《からだ》に負担がかかると思うがの。何かの拍子《ひょうし》に気が緩んで姿が戻《もど》るとかありそうじゃし」

う、ありそうだな……。魔力と違《ちが》って神力はコントロールが難しい。加減がしにくいのだ。だから失敗すると髪《かみ》の毛《け》が伸《の》びたり、とんでもない威力《いりょく》の魔法を放ってしまう。そもそものコントロールができていれば、時江おばあちゃんに頼《たよ》らないでも僕が世界の結界を直せたわけだし。

神力の常時発動はかなりキツいだろう。せっかくの帰郷なのに気が休まらないし、みんなと旅行を楽しむ余裕《よゆう》がなくなるのはちょっとな。

「そこで、じゃ。ワシが旅行中だけ、冬夜君の姿を変えてあげようと思ってな。これなら君本人に負担はかからんし、何かの拍子に戻ることもない。戻ってくるまで姿は変わったままじゃがの。少し不便かもしれんが、ま、なんとかなるじゃろ」

お、それはありがたいかも。やっぱり常時気を張っているのは疲れるからね。

「むう。王様の姿がずっと変わったままじゃ、一緒に旅行する楽しみが減りそう。ちょっと困る」

「うむ。桜《さくら》のいう通りじゃ。中身は冬夜でも別人と旅行している気分になりそうじゃし。そこはなんとかならんかのう？」

桜とスゥが世界神様に異議を唱える。うーん、確かに僕もせっかくの新婚旅行だし、みんなの思い出に残るような旅にしたいとは思うな。

それに一番の目的である、両親の夢枕《ゆめまくら》に立って結婚の報告をするってのも、別人の姿じゃなあ……。いや、その時だけ神気を使って元の姿の幻《まぼろし》をまとえばいいのか？　数分くらいなら持つだろうし。

「大丈夫じゃ。そこらへんもちゃんと考えておるよ。君たちが確実に冬夜君と認識《にんしき》できる姿にするからの。ほれ」

世界神様がパン、と手を打ち鳴らすと、一瞬《いっしゅん》にして僕の周りにブワッと煙《けむり》が立ち込めた。

「ぷわっ⁉　な、なんだなんだ⁉」

僕は煙を払《はら》おうと手を振った。……あれ？　なんかおかしい。なんでこんなにコートの袖《そで》が余ってブラブラしているんだ？

それにさっき出した声もなんか高かったような。なんか変だぞ？　煙が晴れて僕の視界に飛び込んできたのは、目を見開んばかりに驚きの表情を浮《う》かべたみんなの姿だった。

……………どったの？

「これなら冬夜君と旅行している気になるじゃろ？」

したり顔で笑う世界神様だが、あれ？　おかしいな。世界神様、そんなに背が高かったっけか？

というか……、みんなの背も急に伸びた、よう、な……。ま、さか。

「す、【ストレージ】！」

慌《あわ》てふためきながら【ストレージ】を開き、姿見を取り出して中庭の低木に立てかける。

そこに映っていたのはスゥよりも遥かに小さい、五歳児くらいの僕だった。え⁉　姿を変えるって、そういうこと⁉　若返りですか⁉

「なにこの子！　本当に冬夜なの⁉」

「ふ、ふわぁ……！　ミニ冬夜さん、です！」

「か、かわいいです！　かわいいです！」

「はい！　小さくなったら魅力《みりょく》が増しましたわ！」

エルゼとリンゼの双子《ふたご》姉妹が左右からステレオで叫《さけ》び、ユミナとルーが駆《か》け寄《よ》ってくる。て、テンション高いな！

「おお！　確かに旦那様《だんなさま》の面影《おもかげ》があるでござるな！」

八重まで駆け寄ってきた。あるに決まってるわい。息子《むすこ》とかじゃなくて本人なんだからさ！

八重はがっしと僕の両脇の下を掴《つか》み、たかいたかーいとばかりに軽々と持ち上げた。うわ！　ちょい待ち！　ズボンが脱《ぬ》げる！

身体は小さくなったが、服までは小さくなってはいない。パンツごとずり落ちるズボンをなんとか掴もうとしたが、八重に持ち上げられている僕にはどうしようもなかった。

いたずらな風が吹き、シャツがめくれる。……寒い。


「と、冬夜様。そんなに落ち込まないでも……」

「君には下半身を大衆の前で露出《ろしゅつ》した気持ちはわかるまい……」

ルーの慰《なぐさ》めも僕の心には響《ひび》かない。そりゃいじけたくもなるってもんさ。頭も小学生のままなら恥《は》ずかしくなかったのだろうか……。

「や、すまんでござる……。つい、城下の子供たちと同じような感覚で……」

八重は子供好きだからな。気持ちはわかるけれども。それにしたってさ……。

「いつまでも拗《す》ねるでない。わざとではないのだから笑って許せ。わらわたちの旦那様なのだからのう」

スゥに頭を撫《な》でられた。いつもの逆だろ、これ……。なんとも面映《おもは》ゆい気持ちになる。

照れくさいというか、なんというか。

隣《となり》のテーブルでそれを見ていた狩奈姉さんと酔花がケラケラと笑う。

「小さいことを気にするねえ。みんな身内なんだから見られたって照れることもなかろうに」

「にゃははははは。冬夜お兄ちゃん、小さい小さい」

小さい小さい連呼すんな！　それは人としての器のことか⁉　それとも別なもんのことか⁉

僕が酔花に噛《か》みつこうとしたその時、【テレポート】で城下の『ファッションキングザナック』に行っていた桜が戻ってきた。

「とりあえず下着も含めていくつか買ってきた」

テーブルの上にどかっと桜が紙袋《かみぶくろ》を置く。買ってきたって……なんでこんな量を⁉

大量の紙袋からは様々な子供服が飛び出してきた。ちょっとまて、なんでスカートまである⁉　女の子のも交ざってるぞ！

「この服なんか似合いそうですわ！」

「こっちのもカワイイですよ？」

「こんなことなら子供用の騎《き》士鎧《しょろい》を用意しておくべきでした……」

楽しそうに子供服を手に取るルーとユミナに対し、残念そうにつぶやくヒルダ。ヒルダに子供が生まれたら本当に作りそうだな……。

というか、どうでもいいから早くしてくれ。

あれがいいこれがいいと、お嫁《よめ》さんたちに散々着《き》せ替《か》え人形にされた挙句、無難なズボンとパーカーの姿に落ち着いた。……まあ、これなら向こうでも普通の子供に見えるか。

「……もういいかね？」

「っ、あ！　す、すみません！」

いかん、世界神様ほったらかしだった！

「その姿なら冬夜君だとバレないし、まったく別人の姿より、君らも冬夜君だと認識しやすいじゃろ。向こうで冬夜君の子供の頃《ころ》を知っている者に会っても『よく似た子供』とか思わんしの」

確かに『死んだやつが若返って現れた』なんて、誰も思わないとは思うけど。

「あの、これって僕を老《ふ》けさせて中年とかの姿にしてもよかったんじゃ……」

「…………子供の方が一緒に行動しやすいじゃろ？」

変な間が気になるが、確かにみんなと一緒に行動するならこの姿の方がいいか……。中年の姿でみんなと歩いていたら、おまわりさんに職務質問とか受けかねない。

もっと老けさせて老人の姿で、という考えも浮かんだが、それだとみんなの方が落ちつかないか。小さな男の子一人と女の子九人という組み合わせより、老人一人に女の子九人という組み合わせの方が目立つしな。それに自分の老け顔なんて今から見たくはない。あれ？　神化したら老化はしないんだっけ？

「その姿は君を若返らせたのではなく、その姿に固定させた、いわば『変身』しているようなものじゃ。上級神になれば自由に使える。ちなみにワシもこの姿以外にいくつかの姿を持っておるよ？」

「そうなんですか？　……なんで老人の姿に？」

「その方が威厳《いげん》があるじゃろ？」

なんとも俗っぽい理由だった。わからんでもないけど。

「とりあえずはそれくらいじゃな。お嬢さんたちも明日の出発前には服装を変えた方がよいと思うぞ。向こうに行ったらおそらく目立つからのう」

まあ目立つだろうな。ただ、服装云々《うんぬん》ではなく、彼女《かのじょ》たちの容姿そのものでだろうけど。八重はまだしも、他のみんなは髪や目の色で外国人だと思われるだろうからなあ。それだけで目立つ。桜なんか髪も派手な色してるし。

向こうでウィッグでも買うか？　毛染めってのもアレだし。

「服なら『ファッションキングザナック』に新作がたくさん出てた。あれは王様の世界の服をもとにしているから向こうでも大丈夫なはず」

「それならこれからみんなで買いに行きましょうか。数日分の着替《きが》えが必要になるわけだし」

桜の提案にリーンが乗り、他のみんなも賛成とばかりにはしゃぎ出す。いや、向こうで買えばいいいと思うんだけどな。せっかく世界神様がお金を用意してくれるわけだし。

「ほら冬夜、いくわよ」

「え、僕《ぼく》も⁉」

ぐいっ、とエルゼに手を引かれる。驚いていると、反対側の手も八重に引っ張られた。

「向こうでは旦那様しか【ストレージ】を使えぬのでござろう？　ならば我々の荷物を持ってもらわねば」

荷物持ちかい。いや、別にいいんだけどさ。それよりもこの捕《つか》まった宇宙人のような扱《あつか》いをやめて下さい。

「では明日の朝、またここでな」

「あ、はい！　すいません、なんか！」

去っていく僕らに笑いながら手を振る世界神様。その姿を振り返《かえ》りながら謝《あやま》っておく。

出発前からこの騒《さわ》ぎ。この新婚旅行、大丈夫《だいじょうぶ》かね……。

◇　◇　◇

当然のことながら城のみんなには、なぜそんな姿に？　と不思議がられた。【ミラージュ】などで姿を変えたりはよくしていたので、それ自体は突っ込まれなかったのだが、なぜ子供姿に？　というところに突っ込まれたわけで。

結局、理由は曖昧《あいまい》に誤魔化《ごまか》すしかなかった。神様の力で子供になりましたなんて言えないしさ。

「世界神様も出発直前に変身させてくれたらよかったのになあ……」

小さくなってしまったので、みんなの買い物のついでにザナックさんのところで買った子供用の寝間着《ねまき》に着替《きが》える。寝室《しんしつ》の鏡に映った自分の姿に、なんとも言えない気持ちになった。

「出発直前では着替えも用意できないでござるよ。そこらを考慮《こうりょ》されたのではなかろうか」

「うわっ⁉」

八重がまたしても僕を抱《だ》き上《あ》げた。くっ、せめて小学生高学年とかなら、それなりに重……くても、八重なら持ち上げるから関係ないか……。

しかし、こうも軽々と持ち上げられると男としてなんとも情けない気持ちになってくるな。いや、子供の状態なんだから仕方がないんだけど。

「しかし、かわいいでござるな～。息子が生まれたらこんな感じなのでござろうか」

「……ザナックさんのところでは女装までさせてくれたな、君たち」

「息子だけじゃなく、娘版《むすめばん》も見てみたかった。他意はない」

だからってなあ……。悪びれる様子もなくしれっと答える桜を睨《にら》む。こっちはなにか大切なものを失った気がするんだよ……。

「そういえばさ、リーンの羽ってどうするの？【インビジブル】が使えなきゃ隠《かく》せないんじゃない？　向こうには妖精《ようせい》族みたいなのっていないんでしょ？」

巨大《きょだい》ベッドの上で髪をとかしていたエルゼがツインテールの髪をほどいているリーンに疑問を投げかけた。あ、そういやそうだな。

「問題ないわ。この羽は魔素の濃度《のうど》に反応して特定の色素を反射……まあ、空気に魔素がある程度ないとくっきりと見えないものだから、魔《ま》法《ほう》も使えないほど薄《うす》い向こうの世界ならたぶん大丈夫よ。それにいざとなったらこうして身体にぴたっと合わせれば服の下にも隠せないこともないし」

背中の羽を身体に合わせるように曲げてみせながらリーンが答える。神様に消してもらおうかとも考えたけどどうやら必要なさそうだ。

「桜ちゃんの角も大丈夫なの、かな？」

リンゼが桜の方を見ながら同じような疑問を口にする。

「私のは短くすれば髪に隠れるし、伸ばしたり縮めたりする時しか魔力を使ってないから問題ない。断言する」

なるほど。なら縮めっぱなしにしとけば大丈夫か。桜の角は『王角』。魔力により自由に伸ばせる、人でいうと爪《つめ》と同じような皮膚《ひふ》の一部らしい。動物の角のように角質が硬化《こうか》したものなんだろうか。ヴァンパイア族なんかは爪がある程度自由に伸び縮《ちぢ》みさせることもできるらしいけど、あれと同じなのかね。

あとは桜は魔族なのでちょっと耳が尖《とが》っているのだが、あれくらいならまあ大丈夫かな。聞かれても『ファッションです』って答えれば通りそうだ。

「しかし冬夜の世界はすごいのう。夜中でもキラキラ光ってまるでお星様のようじゃ」

スゥが僕のスマホから寝室の空中に投影《とうえい》されている地球の映像を見ながら呟《つぶや》いた。スゥの目の前には東京の夜景が浮かび上がっている。

　僕らの行くところはそこまで都会じゃないけどね。

「いろんな魔動乗用車《エーテルビークル》が走ってますわね」

「確かこの『しんごう』の青で『進め』、赤だと『止まれ』でしたね」

　ルーとユミナは事前に教えたあちらでのルールの再確認《かくにん》をしていた。向こうで彼女たちのわからないものをいちいち説明するよりも、せっかくこういう道具があるのだから、事前に見せてある程度の勉強をさせておいた方がいいに決まっている。

　記憶譲渡魔法《きおくじようとまほう》の【リコール】を使えば、ある程度の知識は共有できるしな。八重とかが向こうでテレビなどを見て、『おのれ、面妖《めんよう》な箱め！』などと、タイムスリップしてきたサムライのようなコントをしないでもすむ。事前に知っていれば、そういうものだ、と受け入れられるだろう。こっちの世界にだって似たようなアーティファクトもあるしな。

　まあ、もともと映画とかを見せてはいるから、テレビぐらいで驚いたりはしないだろうけどね。

「ですけど、向こうでは帯剣《たいけん》してはいけないというのが少し不安ですね。武器も無しに戦うというのは……」

「で、ござるなあ。まさか脇差《わきざし》一本もダメとは。体術だけで対応せねばなるまいて」

ヒルダが少しばかり眉《まゆ》を寄せてつぶやくと、それに八重もうんうんと頷く。

だからー。まず戦うような状況《じょうきょう》になんてあんまりならないし、なっても向こうも武器なんて普通《ふつう》持ってないから。仮にナイフとか持ってたとしても、君らなら圧勝だから。

本人たちが気付いているかどうかわからないが、彼女たち九人ははっきりいって強い。魔法なんか使わなくてもそんじょそこらの男たちでは相手にならないほどだ。おそらく一番弱いであろうスゥでさえも、屈強《くっきょう》な冒険者《ぼうけんしゃ》が数人がかりでも勝てはしまい。

八重やヒルダ、エルゼにルーなどの前衛組は日常として、ユミナやリンゼ、リーンや桜などの魔法使《まほうつか》い後衛組も、定期的に諸刃姉さんや武流叔父《たけるおじ》の訓練を受けているのだ。スゥや桜はラピスさんや椿《つばき》さんなどに隠密《おんみつ》術的なものまで教わってたりするし。

その上、さらに姉さんたちの加護やら眷属化もあるんだぞ。向こうの男たちでは相手にもならないだろう。逆に痛めつけすぎてしまわないかと心配するはめになりそうだ。

ま、そんなトラブルはないことを祈《いの》るばかりだ。

「さて、明日は早いですし、そろそろ寝ましょうか」

ユミナが枕《まくら》をポンポンと叩《たた》く。今までは一緒に寝るといっても僕はソファの方で寝たり、ベッドの端《はし》っこで寝たりと、一応遠慮《えんりょ》していたが、もうすでに僕らは夫婦なので、誰《だれ》はばかることなく同じ布団《ふとん》で寝れる。

まあ、その……正直に言えば、子供になってしまったので、今日は本当の意味で寝るしかないのだが……。少しばかり世界神様を恨《うら》む。

「冬夜はわらわの隣じゃ！　いつもとは逆に抱っこしてやるぞ！」

「わっ⁉」

スゥがぎゅうっと後ろから抱き着《つ》いて、そのままベッドへとダイブする。

「むう。ずるい、スゥ。私も」

今度は桜が反対側から抱き着いてきてサンドイッチ状態になった。なんだろう、とても嬉《うれ》しい状況のはずなのに、子供の状態だから押《お》し潰《つぶ》されそうで、苦しさの方が先に立つ。

「むぐぐ……」

「お二人ともそこまでですわ。冬夜様が苦しんでおられますわよ？」

冷静にルーが二人のことを引《ひ》き剥《は》がしてくれた。助かった……。スゥと桜は口を尖らせていたが。

こんな風によくスゥと張り合うのは桜だったりする。歳《とし》でいうと桜の方がルーやユミナより上なのにな。

「大丈夫でしたか、冬夜様？」

「ああ、大丈夫。ありがとう、ルー」

「いえいえ。ささ、今日は早めに寝ませんと」

「え？」

今度はルーに抱きしめられて、そのままベッドへと倒《たお》れられてしまう。あれ⁉　スゥの時と同じですよ⁉

「ちょっ、ルーさん！　ずるいですよ！」

今度はユミナが反対側から抱き着いてきた。それに乗じて、再びスゥと桜も飛び込んでくる。だから苦し……！

「ぬぬぬ。これは参戦するべきでござろうか」

「黙《だま》って見ているのも癪《しゃく》ですわね」

「ど、どうしようか、お姉ちゃん？」

「そ、そうね。あたしたちももう奥《おく》さんなんだから遠慮することないわよね……！」

「はいはい、そこまで。いつもとは違うダーリンにテンションが上がっているのはわかるけど、あなたたち旅行から帰ってくるまで毎日こんなことを続ける気？　ここはひとつ公平に決めましょう」

そう言ってリーンがベッド横のサイドテーブルから持ってきたのは直方体の積み木が入った箱だった。彼女はそれをテキパキと組み上げていき、ひとつのタワーを完成させる。

タワーは全部で五十四の直方体が縦横に三つずつ交互《こうご》に組まれている。最上段を除いた下の段の一本を抜《ぬ》き取《と》って、上に積み重ね、バランスを崩《くず》して倒した者が負けという、日本でも大人気のパーティーゲームだ。

あれはストランド商会のオルバさんに渡した試作品の残りである。

「なるほど、それで決めようってのね？　面白《おもしろ》いじゃない」

「崩した者は脱落《だつらく》、というわけですか」

エルゼとリンゼが小さく頷く。一応、あのゲームはみんな経験済みだ。それほど実力の差はないと思う。

「よし！　では始めるのじゃ！」

スゥが意気込んで腕《うで》まくりを始める。他のみんなも『面白くなってきやがった……！』みたいなノリで、ゲームに参加していく。いや、夜更《よふ》かししないでさっさと寝《ね》た方がいいと思うんだけどなぁ……。

それから何度か、ガシャーン！　と積み木の崩れる音を聞いた気がするが、ベッドに一人取り残された僕は、そのまま寝てしまったので勝負の結果はよく知らない。

その夜、僕はテンタクラーの群れに捕まる夢を見てうなされた。

あまりの息苦しさに夜中に目覚めると、なぜか僕はみんなに手足をホールドされていて、身動きがとれない状態であった。さすがにそのままでは苦しかったので【テレポート】で脱出《だっしゅつ》したが。

そりゃあんな夢も見るわ……。

みんなが眠《ねむ》るベッドから離《はな》れ、ソファーで気持ちよく眠る子虎《ことら》状態の琥珀《こはく》を枕にして、僕は二度目の眠りについた。

おかげでテンタクラーの悪夢を見ることはなかったが、琥珀が押し潰される夢を見てうなされたようだ。すまん。


「さて、準備はよいかの」

世界神様が僕らに声をかける。

場所はバビロンの『庭園』。花恋姉さんたちカミサマーズに加え、バビロン博士にシェスカたち、エンデやメルまでも見送りに来てくれた。

僕の姿を見てエンデはずっと爆笑《ばくしょう》していたが。お前にはおみやげ無しだ。こんにゃろう。

ユミナたちは地球の服装にすでに着替えている。どこからどう見ても普通の女の子だ。

もちろん、とびきり可愛《かわい》いという注釈《ちゅうしゃく》がつくけれど。

見た目だけだと八重以外は外国人だからなあ。ま、その方が変に声をかけられなくて済むかな。どっちにしろ目立つのは間違《まちが》いないが。

日本人の姉弟《きょうだい》（八重と僕）が、ホームステイに来ている外国人の子たちを案内している……とか思ってくれればいいのだけれど。無理があるか。

ちなみに僕らはスマホ以外の手荷物は持っていない。僕のスマホを通して神気を使えば、疲《つか》れるけれど【ストレージ】も使えるようだし、その中に必要なものは全部入れてある。みんなの着替えとか世界神様からもらったお金とかね。

魔法の力で動くような……例えばフレームギアや魔動乗用車《エーテルビークル》なんかは向こうで出しても動かないけど。

ブリュンヒルドとかもブレードモードに変形とかはできないだろうな。っていうか、それ以前にあんなもん持ってたら捕まるわ。

「ではこれからみんなを向こうの世界へと送る。冬夜君の神器《スマホ》ならワシにも連絡がつくから、帰るときは電話をな。迎《むか》えをよこすからの」

「わかりました」

「ではな。楽しい旅を」

世界神様が僕らへ向けて手をかざしたかと思ったら、なにかが爆発《ばくはつ》したかのような閃光《せんこう》が視界を襲《おそ》った。眩しっ⁉

眩《くら》んだ目をおそるおそる開くと、真っ白だった視界がだんだんと戻ってきた。

そこはすでにバビロンの『庭園』ではなく、森の中の一本道であった。

「も、もう着いたんでしょうか？」

キョロキョロとリンゼが辺りを見回す。木々が生《お》い茂《しげ》る鬱蒼《うっそう》とした森の中を、ただまっすぐに道は伸びていた。上からはエメラルドグリーンの木漏《こも》れ日《び》が降り注いでいる。

「ねえ、ここって本当に『ちきゅう』なの？　あたしには普通の森にしか見えないんだけど……」

「……いえ、間違いなくここは私たちの世界じゃないわ。ほら、見てごらんなさいな」

首をひねるエルゼにリーンが背中を向ける。普段《ふだん》ならそこにあるはずの、燐光《りんこう》を発する彼女の小さな羽が消えていた。いや、目を凝《こ》らしてよく見れば、輪郭《りんかく》がボンヤリと見えるような見えないような……。普通に見たらわからないぞ、これ。

「ということは、やはりここは『ちきゅう』でござるか。……でも、どこでござる？」

困惑《こんわく》している八重の声が聞こえてくるが、それに答えられるのは僕だけだ。

ここって……。

「あっ、冬夜様!?」

ルーの声を背に僕は走り出す。森の中を伸びる道はだんだんと狭《せま》くなり、勾配《こうばい》が上がって、上り坂となっていった。

そして坂の上に見えてくる赤い屋根と懐かしい風見鶏《かざみどり》。

その建物を見上げて、僕は立ち止まる。目の前にそびえるのはレンガ造りの古びた洋館。

確か建てられたのは大正時代とか言ってたな。

追いかけてきたみんなも同じように洋館を見上げる。

「この家は……。ひょっとして冬夜さんのおうち……ですか?」

リンゼの言葉に僕は小さく首を振る。ここは僕の家じゃない。僕の家は洋館があるこの町から、電車で何駅か先に行ったところにある。だけど、この家もほとんど実家と同じように懐かしく感じられるのだ。なぜならここは……。

「僕の家じゃない。ここは……僕のじいちゃんが住んでた家だよ」

中学の時にじいちゃんが亡《な》くなってからはほとんど来てなかったけど、まったく変わっていない。確か母さんが管理しているはずだけど、ちゃんと庭とか手入れしてあるな……。

……おかしい。

母さんはじいちゃんの娘だ。絵本作家のくせにいろいろと豪快《ごうかい》な人である。家の手入れなんかするとは思えないんだけど……。

どうも腑《ふ》に落ちない気持ちを抱《かか》えていると、ズボンのポケットに入れていたスマホが震え始めた。世界神様からだ。

「もしもし？」

『おー、無事に着いたようじゃな』

「あ、はい。あの、なんでここに？」

『そっちで動くための拠点《きよてん》が必要じゃと思ってな。水道や電気など使えるようにしといたよ。そこなら勝手知ったる場所じゃろ？』

いや、そりゃそうだけど。子供ばかりでホテルになんか泊《と》まれるか怪《あや》しいし。通報されたりしたら面倒《めんどう》なことになるしな。

「でも勝手に使っていいんですかね？」

『わずか数日じゃし、構わんじゃろ。息子なんじゃし、問題ないと思うがの』

問題ないか？　もうこっちじゃ死んでるし、子供の姿なんだけど。

山の上の一軒家《いつけんや》だからほとんど人は来ないと思うけれども。だから母さんも『不便で住めるか！』って放《ほう》り投《な》げたわけだし。

……うん、夢枕に立つときに謝っておこう。

「うん？　カギが開いてるぞ？　物騒《ぶっそう》じゃな」

世界神様との通話を切っている間に、スゥが玄関《げんかん》の扉《とびら》をガチャリと開ける。ためらいなく開けるなあ……。

僕が呆《あき》れていると足下《あしもと》にポトリと古臭《ふるくさ》い鍵《かぎ》が光とともに落ちて来た。これも世界神様の配慮《はいりょ》か？

というか、鍵がかかってなかったのは世界神様が開けておいてくれたのか、母さんがかけ忘れたのか、どっちだ？　後者だとしたら不審者《ふしんしゃ》とか住んでたりしないだろうな……って、不審者は僕らか。

諦《あきら》めに似た境地で鍵を拾い上げる。数日間だが厄介《やっかい》になるよ、じいちゃん。

◇　◇　◇

「おお！　明かりがついたのじゃ！」

扉を入ってすぐのところにあるスイッチを入れると、玄関とそれに続く廊下《ろうか》のライトがついた。確かに電気が通ってるな。じいちゃんが死んだ時のままにしてあるなら、テレビとか冷蔵庫も置きっ放しのはずだ。ん？

頭上の明かりが点《つ》いたり消えたりしている。電球が切れかけているのか？　と思ったら、リーンがスイッチをパチパチと何回も切り替《か》えていただけだった。おい。

「本当に魔力《まりょく》を流さずに動くのね。これは電気……雷《かみなり》の力を使っているのよね？」

「そうだよ。そのスイッチで流したり止めたりしているんだ」

「なるほど。興味深いわ」

リーンが玄関からぶら下がる、レトロチックな笠《かさ》をかぶった電球を見て微笑《ほほえ》んだ。

「お邪魔《じゃま》しますなのじゃー！」

スゥを先頭にみんながドカドカと廊下に土足で上がっていく。ちょっと待ったーッ！

「ちょ、ダメでござるよ！　家に入るときはここで靴《くつ》を脱ぐのでござる！」

「正解！　八重1ポイント！」

日本と風習が近いイーシェン出身の八重だけは理解していたようだ。この家は外観が洋館といってもあくまで洋館『風』である。外国人を招待するために造られたわけではないのだ。

「あ」と、気がついたみんながまたドタバタと廊下を戻ってくる。あとで掃除《そうじ》しないとな……。雑巾《ぞうきん》あるといいけど。

みんなはイーシェンや日本の風習を一応は知っているのですぐに間違いに気がついたようだ。外見が洋館だったから勘違《かんちが》いしたらしい。靴を脱いであらためて廊下に上がる。

訪問客が多かったじいちゃんの家でも、さすがにスリッパは十人分もない。世界神様か、母さんかはわからないが（おそらく前者だと僕は判断した）、幸《さち》いきちんと清掃《せいそう》されているらしいので、ホコリひとつないし、それほど足は汚《よご》れたりはしないんじゃないかな。

まず洗面所にいって水が流れるか確認しようと思ったが、背が低くて蛇口《じゃぐち》に届かなかった……。なんとも情けない。

「ちゃんと出るわよ、ほら」

エルゼが代わりに水を流してくれた。ということはトイレも大丈夫《だいじょうぶ》だな。世界神様ありがとう。さすがにトイレが流れないのは困る。

「王様王様王様！　これ、『てれび』⁉」

「おお！　これが『てれび』か！」

桜とスゥがリビングにある薄型《うすがた》テレビを興奮気味に眺《なが》めていた。異世界《むこう》で映画とかを見せていたので二人ともテレビの存在は知っているが、実際に見るのは初《そ》めてなのでテンションが上がっているのだろう。

「これはどうやったら映るんですか？　魔力を流すわけではないんですよ、ね？」

「さっきの明かりと同じく、スイッチがあるんじゃない？」

リンゼとエルゼもテレビに興味を持ったのか、桜たちに近づいていく。えっとリモコンはどこかな……。ああ、あったあった。

ローテーブルの上にあったリモコンを手に取り、電源を入れる。下部の小さなランプが緑色に点滅《てんめつ》し、パッと、画面にシマウマが現れた。どうやら動物番組の再放送かなにかららしい。

「おお！　馬じゃ！　馬はこっちでも同じ形をしておるのか」

「なんでこんな縞々《しましま》？」

「琥珀と同じような色ね。……虎じゃないわよね？」

「でもどう見ても馬だよ、お姉ちゃん」

そういえば確かに異世界あっちじゃシマウマなんて見たことなかったな。タイガーベアとかいう、虎だか熊《ぐま》だかわからない縞々の魔獣《まじゅう》はいたけど。うわっ⁉

いきなりルーに抱え上げられ、リビングから連れていかれたのはキッチンである。それほど大きくない流し台にふたつのガスコンロ、冷蔵庫に電子レンジ、トースターにコーヒーメーカーと、いろいろ揃《そろ》っている。じいちゃんは基本一人暮らしで、全部自分でやっていたからな。

「冬夜様っ！　ここの設備は使えるのでしょうか⁉」

「え……いや、どうだろ……？」

料理好きのルーらしく、目がキラキラと輝《かがや》いている。ルーに抱え上げられたまま、蛇口を捻《ひね》ってこちらも水が出るのを確認し、ガスコンロも点火して火がつくのを確かめた。ガスも大丈夫なのか。これでお風呂《ふろ》にも入れるな。この家の風呂は小さいから順番だけど……。

「この大きな箱と小さな箱はなんですの？」

「大きいのは冷蔵庫。食材を冷やして保管するものだよ。小さいのは電子レンジ。こっちは逆に冷めた料理を温めたりする機械さ」

ルーが僕を下ろして、がぱりと冷蔵庫のドアを開いた。

「本当ですわ……。ひんやりとした空気が中から漂《ただよ》ってきます……」

「あー……。さすがに中には何もないか……」

開けた冷蔵庫の中身はカラッポだった。さすがに世界神様もそこまではしてくれないか。ピカピカにきれいではあったけれど。

ルーは包丁とか泡立《あわだ》て器《き》とか、調理器具を見つけて、いろいろと僕を質問責めにしてきた。だけど僕も知らない道具がいくつかあって、正直困ってしまう。

そのうち戸棚《とだな》の中から料理本が数冊見つかると、ルーの興味はそちらへと移り、それに夢中になったので、そろりそろりとキッチンを脱出した。ふう。

リビングでは相変わらずエルゼ、リンゼ、スゥ、桜がテレビに夢中になっている。

あれ？　ユミナたちはどこ行った？　廊下を歩いていると二階から話し声が聞こえてきた。書斎《しょさい》か？

階段を登って、すぐにあるじいちゃんの書斎。たくさんの本があったけど、僕はあまり入ったことはない。リーンはもちろん、ユミナが興味を持つのはまだわかるが、八重やヒルダが本に興味を？

書斎からはしゃぐ声が聞こえてくる。やはりここか。

「これは何歳《なんさい》くらいでござろうか？」

「三つか四つではないですかね」

「泣いていますね」

「こういうダーリンも可愛いわね」

ん？　なにその不穏《ふおん》な会話……。書斎を覗《のぞ》くと、四人がなにやら分厚い本を見ていた。

あれ？　ちょっ……！　それって！

「あ、冬夜さん」

「どこで見つけたの、それ！」

「この部屋の机の上にあったわよ。何かと思って開いたら、どこかで見た顔がいっぱい入ってたわ」

リーンが、ふふ、小さくと笑う。そりゃそうだ。それは僕のアルバムだからな！　じいちゃんはカメラ好きで、子供の頃はここに来るたびによく写してくれた。写してくれたというより、写された。変なところばかり撮《と》るので嫌《いや》がったら、隠し撮《ど》りまでされたのだ。

「没収《ぼっしゅう》ー！」

ユミナの手からアルバムをひったくる。こんなの無防備に置いとくな！　まさか世界神様の仕業《しわざ》じゃなかろうな!?

「おねしょした写真ならもう見たでござるよ？」

「忘れて！」

そんな写真まで貼《は》ってあるのかよ！　神力を使い、【ストレージ】を開いてアルバムをみんなの手の届かないところへ放り込む。……っ、おお!?

突然驚《とつぜんおどろ》いた僕を見て、リーンが首を傾《かし》げる。

「……どうしたの？」

「いや……。【ストレージ】を使ったらいつもよりごっそりと神力が減った。こんなに負担がかかるのか……」

そういえば花恋姉さんが神器《スマホ》を通して魔法を使えって言ってたな。

直接ではなく、神気をスマホにチャージして【ストレージ】が付与《ふよ》されたアプリを開く。ああ、確かにこっちの方が楽だな。サポートしてくれるというか、神気を後押《あとお》ししてくれるという感覚がある。……電動アシスト付きの自転車みたいなもんか？

「確かにこの世界は魔力の元になる魔素が少ないわね。ここまで希薄《きはく》だとは思わなかったわ。私たちがあっちで普通に使っていた魔法を使おうと思ったら、いろんな補助アイテムや魔法陣《まほうじん》、入念な下準備をこなして、徹底的《てっていてき》に魔力をかき集めないととても無理だわ」

リーンの言う通りなら、それを行えばこっちの世界でも魔法を使えるということなのかな。世界中にある魔法使い云々《うんぬん》の伝説もまるっきり嘘《うそ》というわけではないのかもしれない。

「冬夜ぁー。お腹《なか》が空いたのじゃー」

階下からスゥの声が聞こえてくる。書斎に掛《か》けられている時計で時間を確認すると、もうお昼を越《こ》えていた。あれ、もうこんな時間か。

冷蔵庫はカラッポだったし、さて、どうするかな。一応【ストレージ】の中には食料があるけれど……せっかく地球に戻《もど》ってきたんだ、やっぱり地球《ここ》の料理が食べたいよな。


「うまあ！　これうまあ！」

一口料理を食べたスゥが大げさに叫《さけ》ぶ。あれ、なんかデジャヴ。初めてロールケーキを食べさせた時と同じような反応だな。

昼食についてはみんなも【ストレージ】の中にある料理ではなく、こちらの世界の料理を実際に食べたいというので、町まで下りてきた。

けっこう距離《きより》があったが、【ストレージ】に人数分の自転車があったので、それほど時間もかからず町に来れた。……僕だけ足がペダルに届かなかったので、エルゼの後ろに乗せてもらったが。

ちょうど町の大通りに差《さ》し掛かる手前にファミレスがあったので、とりあえずそこに入ることにした。

というか、みんなが走る車や信号、カーブミラーやガードレールなどに目を取られてキョロキョロしっぱなしなので、危ないのだ。車道の真ん中を走ろうとするしさ……。

お昼だというのにそのファミレスはあまり混《こ》んではいなかった。大人数が座《すわ》れる席に案内され、料理の写真が載《の》っているメニューをみんなでワイワイと騒ぎながら注文した。

料理が運ばれてくるともうみんなのテンションはＭＡＸになり、それぞれの料理に夢中になっている。

ちなみにユミナはふわとろオムライス、エルゼはサイコロステーキ、リンゼはエビグラタン、八重はビーフシチューセット（＋ロースカツ定食＋豚丼《ぶたどん》＋チキンステーキ）、ヒルダはナスとトマトのスパゲティ、ルーは焼魚＆和食セット、スゥはハンバーグ＆エビフライ、リーンはクラブハウスサンド、桜はベーコンピザを注文した。僕はお子様ランチセットだ。いや、こんな機会でもないと注文できないかなと思って……。

「変わった味ですが美味《おい》しいです。いくつか食べたことのない味が混ざっていますが……」

塩の一粒《つぶ》でさえ見分ける舌を持つルーが、和食セットを頷《うなず》きながら食べていた。食べたことのない味ってのは食材のことだろうか、それとも化学調味料とかのことだろうか……？　分析《ぶんせき》しながら食べるのはやめたまえ。

みんなは自分の注文した物だけではなく、互《たが》いに分け合いながらそれぞれの料理を楽しんでいた。僕はといえば身体《からだ》が小さくなったからなのか、それほど食べられず、お子様ランチでお腹がいっぱいである。

「さて、次は『でざあと』でござるな！」

大食《おおぐ》らいの八重だけではなく、他のみんなもさも当然とばかりにメニューのデザートを見ながらはしゃいでいる。これが甘《あま》い物は別腹ってやつか……。

「え、まだ食うの⁉」

やがて僕らのテーブルに苺《いちご》のパンケーキやチョコレートパフェ、アップルパイにミルフィーユ、フォンダンショコラに抹茶《まっちゃ》クリームあんみつ、プリン・ア・ラ・モードにモンブラン、アイスクリーム＆ケーキ各種と、デザートがドカドカと運ばれてきた。ちょっ、メイン料理より数が多くない⁉

甘ったるい匂《にお》いに囲まれながら、僕は食後のコーヒーを飲んでいた。

「冬夜様、夕食はどうしましょうか？」

「もう夕食の話かい？」

ルーの言葉に思わず苦笑いしそうになるが、実際のところ冷蔵庫にはなんにもないわけだしな。僕《ぼく》もせっかくこちらに来たんだから、なるべく【ストレージ】の中の料理ではなく、こっちの食事を楽しみたい。

食材も含《ふく》めて午後は買い物にいくとするか。

「私はこっちの本屋を見て回りたいんだけど」

「あ、私も、です」

と、リーンとリンゼ。本屋か。

「えっと、あたしは服を見たいかな……」

「わらわはどこか遊べるところに行ってみたいのう」

「私《わたくし》は武器屋などに」

エルゼとスゥの希望はまだしも、ヒルダのはちょっと厳しい。こっちには剣《けん》とか槍《やり》とかは売ってないって教えたんだがな……。あ、でも剣道《けんどう》の竹刀《しない》とかなら売ってるか？

しかし見事に行きたいところがバラバラだ。そんなにあっちこっちに行ってられないし、じいちゃんの住んでいた町といっても僕もそこまで詳《くわ》しくはない。さて、どうするか……

待てよ？

「あの、すみません」

「はい。あら、なあに？」

通りかかったウェイトレスさんが、声をかけたのが子供《ぼく》とわかると、微笑みながら少しかがんでくれた。

「確かこの近くで新しくデパートを造るって五年くらい前に聞いたんですが、どこにありますか？」

「デパート？　ああ、ショッピングセンターならこの前の通りをまっすぐ行くと左手にすぐ大きな看板が見えてくるわよ。……えっ？　五年前に聞いた？」

「あっ⁉　ええっと、お、お姉ちゃんが！　お姉ちゃんが、聞いたって！」

「え？　え⁉　なにがでござる⁉」

慌《あわ》てて隣《となり》にいた八重の腕を引き、笑ってごまかす。危ない。見た目が五、六歳児が何を言っているのか。

ウェイトレスのお姉さんは『変な子』とでもいうように小首を傾げて仕事に戻った。くう。自分でも変な子だと思うよ……。

ユミナがくいくいと袖《そで》を引く。

「冬夜さん、ショッピングセンターってなんですか？」

「ええっと、いろんな店がひとつに集まった建物だよ。服や靴や、食べ物も売ってる」

「あ、ひょっとしてその中に本屋も？」

「ああ、あるよ」

リンゼが嬉しそうに微笑む。世界神様の指輪があればこっちの本も読めるからな。

「よし、じゃあ食べ終わったらそのショッピングセンターに行こうか。夕飯の食材も買わないといけないしな」

「そうこなくちゃですわ！」

地球の食材に興味津々《きょうみしんしん》のルーが手を叩いて喜ぶ。他のみんなも嬉しそうにはしゃぎながら、頼《たの》んだデザートを片付け始めた。

テーブルに並べられた甘いデザートが、次々とみんなの口の中へと消えていく。よくあんなに甘いものを食べられるな……。食べてもいないケーキの甘さを感じながら、再び僕は苦いコーヒーに口をつけた。

◇◇◇

「へえ……。けっこう大きいんだなあ」

「おお！　これが『しょっぴぐせんたぁ』か！」

駅から離れているのにかなり大きなショッピングセンターに僕は驚《おどろ》いていた。数年前までここには何もなかったんだがなあ。

駐輪場《ちゆうりんじよう》に自転車を停《と》めたあと、みんなでぞろぞろと入口へと向かう。みんなはキョロキョロと買い物に来ている人たちや建物を興味深そうに見ているが、周りの人たちも僕らの方をちらちらと見ていた。僕と八重以外はみんな外国人に見えるだろうからなぁ。桜とか髪《かみ》の色を染めているだけだと思ってくれればいいけど。

「わ……！　キラキラしてるわね！　すごい……！」

エルゼからため息が漏《も》れる。まず僕らを出迎《でむか》えたのは煌《きら》びやかな照明に照らされた様々な服飾店《ブティツク》だった。それぞれの店舗《てんぽ》ごとに違《ちが》った特色を出しているのがわかる。その他にもバッグや靴、アクセサリーなどを売っている店もあった。

ふらふらとそこに引き寄せられそうなエルゼの手を引きながら、僕はエスカレーター横にある案内板を見る。地下一階、上は五階まであるのか。かなり揃ってるな。

「冬夜様！　階段が動いてます！」

「ああ、これがダーリンの記憶《きおく》にあった『えすかれいたあ』ってやつなのね。面白いわ」

「あの、ヒルダ、リーン。静かにね。迷惑《めいわく》になるから」

横を見ると案内板のすぐそばにあるエスカレーターにみんな釘付《くぎづ》けになっていた。エスカレーターに乗った人たちは、少女たちになぜ注目されているのか怪訝《けげん》そうに首を傾げながら上っていく。すみません、すみません。

「これって地図……ですか？」

「うん、そう。何階にどんな店があるかすぐにわかるだろ？」

リンゼが僕の頭越《あたまご》しに案内板を眺める。

えっと、書店は四階、ＣＤ、ＤＶＤなんかも同じ階か。五階にアミューズメント……ゲーセンがあるな。

こんなに人がいたんじゃ大っぴらに【ストレージ】は使えないし、食材とかの買い物は最後だな。まずは本屋あたりから……あれっ？

「……みんな、ちょっとだけここで待ってて」

「え？　冬夜さん？」

僕はユミナたちにそう言って小走りで駆《か》け出《だ》した。さっき通り過ぎていった、ある人を追いかける。……いた。

僕の視線の先には仲の良さそうな老夫婦《ろうふうふ》が一緒《いっしょ》に歩いていた。浅野《あさの》さん夫婦《ふうふ》だ。懐《なつ》かしいなあ……。

浅野さんはじいちゃんの友達だ。僕も何回か会ったことがある。会うたびになぜかよく飴玉《あめだま》を貰《もら》った。そういやじいちゃんの葬式《そうしき》でも飴玉をくれたな……。元気そうでよかった。

しばらく二人を遠くから眺めていたが、いつまでも覗いているわけにもいかない。ちょっとだけ感傷的な気持ちを感じながらエスカレーターのところへ戻ってくると、みんなが忽然《こつぜん》といなくなっていた。

「え⁉」

キョロキョロと辺りを見回す。彼女《かのじょ》たちは目立つからすぐに見つかるはずだが、いかんせん僕の背が低いため視界が悪い……！

いた！　すぐ近くにあったブティックの店内にエルゼの銀髪《ぎんぱつ》が見える。んもー、勝手に動いてからに！

慌てて店内に入ると、エルゼが何着かの服を手に店員さんと会話をしていた。あれ？　エルゼ一人だけでみんながいないぞ？

「あ、冬夜。ねえねえ、どっちの服がいいと思う？」

エルゼが紺地《こんじ》のふんわりとしたワンピースと、赤いチェック柄《がら》のワンピースを両手に持って嬉しそうに微笑んでいた。かわいい。

そうだなー、やっぱりエルゼは赤い服の方が……って、違う！

「じゃなくて！　みんなは⁉」

「あの案内板を見れば行きたい場所がわかるから、先に行くって。みんなでぞろぞろと回るより時間を有効に使えるでしょ？」

いや、そうだけど！　経験から申しますと、異世界をその世界の住人じゃない人間がうろつくと、大抵《たいてい》トラブルってやつが向こうからお出迎えするんだよ！

懐からスマホを取り出し、とりあえずユミナにかけてみたが、まったく出ない。おいおい、もうトラブったかあ⁉

「あ、スマホなら家に置いてきたわよ、みんな」

「はい⁉　なんで⁉」

「だって魔《ま》法《ほう》が使えないのよ？　落としたり盗《ぬす》まれたりしたら大変じゃない。魔法で戻ってこないんだから」

本来なら【テレポート】と【アポーツ】を付与してあるみんなのスマホは無くしても手元に呼《よ》び戻すことができる。だけどその機能は地球に来て失われてしまった。みんなが家に置いていこうって気持ちもわからんでもないですが！

こういう場合のためにそこは持っていて欲《ほ》しかった！

「くっ、仕方ない。【サーチ】」

神気を流してスマホからこっそりと【サーチ】を発動させる。これでみんなの位置がわかるはず……うあ。

しまった。真上からの検《けん》索《さく》画面じゃ何階にいるのかよくわからん……。すぐ近くにスゥがいるけど、姿は見えない。おそらくこの場所の上、二階から五階にいるのだろう。

顔をしかめる僕の後ろで、エルゼが未《いま》だに服をどちらかにするか悩《なや》んでいた。

「うーん……色だとこっちだけど、動きやすさだとこっちなのよね……」

「すみません、どっちも下さい」

僕は店員さんにそう告げて、エルゼの悩みをぶった斬《き》る。早くみんなを探さないと。何か壊《こわ》したりして警察沙汰《ざた》とかになるのだけは勘弁《かんべん》だ。身分を証明するものなんかなにもないからな。絶対面倒なことになる。

はあ……。なんで僕はショッピングセンターでダンジョン探索《たんさく》をしているかのような気持ちになっているのだろうか。

◇　◇　◇

はぐれたといえ、ユミナたちは僕の眷属《けんぞく》でもある。僕が神の力を十全に使えていれば、彼女たちがどこにいるか細かいところまでわかるのだが、今の僕ではだいたいの方向と距離くらいしかわからない。

彼女たちに危険が迫《せま》っていたりするとこの感覚が跳《は》ね上《あ》がるのだが、それがないところをみると、今のところみんなはなにも危機的状況《じょうきょう》に陥《おちい》ってはいないようだ。いや、こんなところで危機的状況にそうそう陥りようもないのだが。

「ちょっとくらいなら離れても大丈夫《だいじょうぶ》かなって思ったの。ごめん」

「いやまあ、目を離した僕も悪い。それよりも早くみんなと合流しよう」

ここには危険はないが、面倒は起こりえる。とりあえずエルゼを連れて店を出た。もうはぐれないように手を繫《つな》ぎ、残った彼女の片手は買ったばかりの洋服が入った紙袋《かみぶくろ》を手にしている。

「一階にはいないみたいだな……」

それぞれの階層に分けて検索魔法《けんさくまほう》を使うと、誰《だれ》がどこにいるかわかった。大きいといっても、こういったらなんだが、ブリュンヒルドの城とそう変わらない大きさだ。捜《さが》せばすぐに見つかるだろう。

しかし見事に全階に分かれてくれたな……。ええい、面倒だ。一番上から順番に拾っていこう。どうせ最後は地下の食料品売り場に行くわけだし。そっちを最後にしよう。

ちなみに食料品売り場にいるのは、検索結果を見る限り、八重とルーだ。予想通りというかなんというか。

「あれ？　『えすかれいたあ』に乗るんじゃないの？」

「五階だからエレベーターで一気に行く。こっちだよ」

エルゼの手を引いてエスカレーターを素通《すどお》りする。すぐその先にあったエレベーターの前に行き、僕は『△』ボタンを押《お》した。

光り始めた『△』のボタンをエルゼが興味深そうに見ている。やがてエレベーターが一階に到着《とうちゃく》し、扉が開いて親子連れの二人が降りてきた。

中に入り、『開』のボタンを押す。

「ほら、入って」

「え？　あ、うん」

降りてきた親子を目で追っていたエルゼを手招きする。ちょっとビビりつつも、エルゼがエレベーターに乗り込んだのを確認《かくにん》してから『閉』のボタンを押した。

「し、閉まったわよ⁉」

「心配ない。すぐ開くから。よっ、と」

「ひゃっ⁉」

ジャンプして五階のボタンを押すとエレベーターが動き出し、不安そうな顔をしたエルゼが僕にしがみつく。やっぱりこの感覚には驚くか。

「大丈夫だよ。僕らの入った箱が上に引っ張られているだけだから。すぐに五階に着くよ」

「わ、わかってるわよっ。『えれべえたあ』もあんたの観せてくれた映画で見たから。ただ、この感覚に驚いただけっ」

妙《みょう》な強がりをみせるエルゼを横に、僕の視線はエレベーターの階層表示に向けられる。なぜか見ちゃうよね、これ。

五階のランプが点灯し、ゆっくりと扉が開く。先ほどと違う階だとわかっていても驚いたのか、エルゼはキョロキョロと辺りを見回していた。

五階にいるのはスゥである。この表示を見る限り、奥《おく》の方にある店にいるようだ。

エルゼの手を引いて辿《たど》り着《つ》いたそこは、クレーンゲームやビデオゲーム、プリントシール機などが所狭《ところせま》しと置かれている、いわゆるアミューズメントコーナーであった。

「なにここ？　ちょっとうるさいところね……」

エルゼが眉《まゆ》をしかめるのをよそに、スゥを捜す。エルゼ同様、あの金髪《きんぱつ》は目立つからすぐに見つかるはず……っと、いた。

スゥは半円球の小さなクレーンゲームの中にあるお菓子《かし》の山を、アクリル板に顔を押し付《つ》けるようにして覗き込んでいた。なにしてんだ……？

「スゥ」

「おお、冬夜にエルゼ！　この『きかい』がなぜか動かんのじゃ……。他の者がやっていたようにボタンを押してもさっぱり動かぬ。わらわは嫌《きら》われているのかのう……？」

スゥがむむ、と眉根《まゆね》を寄せながらカチャカチャとボタンを押してみせる。いや、それたぶんお金入れてないだろ。みんなに渡《わた》してないし……。

店とかでお金を払《はら》って物を買うのは向こうと同じでも、コインを入れる自販機《じはんき》的な物はそんなに馴染《なじ》みがないか。僕が作ったオルバさんのところのカプセルトイくらいか？

僕は財布《さいふ》から取り出した百円をスゥがへばりついていたクレーンゲームに入れる。それからボタンを押すと、当然ながら今度はちゃんとアームが動き、お菓子の山へとその腕《うで》先を突っ込んでいった。

「おお！　動いたのじゃ！」

ググッ、とアームがラムネ菓子をすくい上げる。跳ね上がった衝撃《しょうげき》でバラバラと大半が落ちたが、なんとか三つばかりをゲットすることができた。

「と、まあこうやって取るわけだ」

「わらわも！　冬夜、わらわも！」

スゥに場所を譲《ゆず》る。ここは百円で三回できるみたいだから、あと二回できるはずだ。

はしゃぎながらクレーンを操《あやつ》るスゥを眺めていると、背後から肩《かた》を叩《たた》かれる。振《ふ》り向《む》くと笑顔《えがお》でエルゼが右手を差し出していた。……君もやんのかい。

お金を受け取ったエルゼもクレーンゲームに勤《いそ》しみ、両者五百円ほど使ったところで切り上げた。というか、切り上げさせた。ずっとやっているわけにもいかんし。

クレーンゲームの筐体《きょうたい》にくくりつけられていたビニール袋《ぶくろ》に、ゲットしたチョコや飴《あめ》、ラムネ菓子を詰《つ》めてスゥに渡した。お菓子が取れたのでスゥはほくほく顔である。五百円も出せばもっといいお菓子が普通《ふつう》に買えたと思うんだが、それは言わぬが花か。

さて、次は四階だ。

三人でエスカレーターに乗って階下へと下りていく。

下りてすぐに桜を見つけた。ＣＤショップの店頭に置いてあるアイドルグループのＭＶ《ミュージックビデオ》を眺めて、同じ曲を小さく口ずさんでいる。遠巻きながら人が集まっているぞ。

桜は髪の色もあって容姿が目立つ。アイドルのＭＶを見ながら同じように歌っている姿は、微笑ましくもあるが、少し近寄り難《にく》いものもあるのだろう。誰一人《だれひとり》として声をかけてはいないようだ。

「桜」

「王様。この曲すごくいい。欲しい」

鼻息荒《あら》く桜が迫ってくる。わかった、わかったから落ち着け。

確かじいちゃんちにはCDプレイヤーもあったはずだから買って帰れば聴《き》ける。というか、ダウンロードすればすぐにでも聴けるのだが、ここはお金を払って買っておこう。桜の思い出にもなるかもしれないし。

「よほど気に入ったんだね」

「うん。もう歌詞も覚えた。歌う?」

「あ、いや。家に帰ったら聴かせてもらうよ」

こんなところで桜に本気で歌われたら間違《まちが》いなく騒《さわ》ぎになってしまう。博士のマイクはないし、そもそも魔素がないから歌唱魔法は発動しないだろうが、それを抜《ぬ》きにしたって桜の歌は人々を惹《ひ》きつけるのだ。目立たないはずがない。

買ったCDを手にした桜を連れて、ショップを離《はな》れた。四階にはあと二人、リンゼとリーンがいる。

二人とも同じ場所……書店にいるようだ。マップで見るとけっこう大きな店舗でいろんな本が置いてあるっぽい。一部、文房具店《ぶんぼうぐてん》も入っているんだな。

「冬夜、あそこにリーンがおるぞ」

「え?」

書店の中を捜していると、スゥがすぐにリーンを見つけた。場所は『神話・伝承』のコーナーで、立ち読みしている彼女の前には何冊かの本が積まれている。ギリシャ神話から北欧《ほくおう》神話、インド、日本まで様々だ。

眷属効果で僕が近付いていることに気が付いていたのだろう、リーンは僕らに驚くことなく微笑んで読んでいた本を閉じた。

「ダーリン、ちょうどよかったわ。この本、買っていいかしら」

「いや、まあいいけど……。こっちの神話なんか読んで面白《おもしろ》いのか？」

「ええ。物語として色々とね。私たちの世界にも似たような英雄譚《えいゆうたん》があったりするから面白いわ」

あ、そうか。異世界《むこう》の人たちから見たらそうなるのか……。どちらがオリジナル、というわけでもないんだろうな、この場合。

世界神様いわく、少しずつ似通った部分を持ちながら、まったく異なる世界が僕と彼女たちの世界らしいからな。歴史や名称《めいしょう》、法則なんか似通ったものはたくさんある。だからこそ、世界神様は僕をあの世界に送ったわけで。

さて、とりあえずリーンは見つけたけど、リンゼはどこかな？

「あの子ならなにか小説を探していたはずだけど」

小説？　っていうと……こっちか。

棚《たな》に貼られた本のジャンルを示しているラベルを頼《たよ》りに店内を進んでいく。ホラー、歴史、ミステリー、ＳＦ、ファンタジー、とジャンル分けされた本棚《ほんだな》を横切るが、リンゼの姿は見えない。感覚的に近くにいることはわかるのだが。

「リンゼなら恋愛《れんあい》小説とかの方だと思うわよ。こっちの作品も読みたいって言ってたし」

双子《ふたご》の姉の指示に従ってそちらへと足を向けると、夢中になって本を読んでいるリンゼがすぐに見つかった。

………確かに恋愛小説のコーナーだけど。

なぜかリンゼの持つ表紙には赤面した可愛《かわい》らしい少年にクール系で眼鏡の青年が後ろから抱《だ》きついている。

「ふぅわあぁぁぁぁ……！」

あまりにも夢中になっているからか、リンゼは僕たちのことに気が付いてないようだった。鼻息荒く、すごい勢いでページをめくっている。ううむ、この姿を世間に晒《さら》し続けるのはあまり良くない気がするな……。やっぱり目立ってるし。

さすがにいたたまれなくて声をかけた。

「……それ、買おうか？」

「え？　ふわっ⁉　と、冬夜さん⁉　あっ、みんなもっ⁉」

わたわたと振り向いたリンゼが本を閉じて、背後に隠《かく》す。いや、もう遅《おそ》いから。背景にそのジャンルの本棚背負ってるから。

「買ってうちで読もう。立ち読みは他のお客さんに迷惑だからね」

「あっ、そ、そうですよ、ね！　そうします！」

「他に買いたいのはある？」

「あ、はい。えっと、これとこれとこれと……あ、これも。このシリーズもちょっと面白そうかなって。それと……」

多い多い多い！　リンゼがドカドカと本棚から本を取り出して、棚の下、新刊平積みの上に載《の》せていく。いや、買えないわけじゃあないけどさ！

みんなで手分けして本を持ち、レジカウンターにそれらを積んだ。店員のお姉さんがちょっとびっくりしていたけど、何事もなく会計を済まし、手提《てさ》げの紙袋に本を入れて店を出た。

次は三階……の前に、まずトイレへ行くことにする。もよおしたわけではなくて、誰にも見られないトイレの個室で【ストレージ】を開き、重い荷物を収納するためだ。

男子トイレ内に入ると、手を洗っていた男の人が僕を見て驚いていた。大きな紙袋をいくつも抱《かか》えた子供が個室に入っていったらちょっと驚くか。

中に入って鍵《かぎ》を閉め、男の人が出て行くまで待ってエルゼの服や、スゥのお菓子、桜のCD、リーンとリンゼの本を神気を通した【ストレージ】で収納する。これでよし、と。

ふう、軽くなった。

こちらの世界に戻って、あらためて魔法って便利だなあと実感するね。見られないようにするのが大変だけど。

外で待っていたみんなと合流する。今度はちゃんとみんないる。動かないように念押《ねんお》ししておいたからな。

「三階には誰が?」

「えっと……ヒルダだね。下りてすぐのところにいるな」

リンゼの質問に答えながらエスカレーター横にある案内板を見る。そこには『↑五階■アミューズメント　■カフェ　■百円均一　■インテリア　■一般寝具《いっぱんしんぐ》』と『↓三階■子供服　■スポーツ用品　■きもの　■ベビー用品　■玩具《おもちゃ》』と書かれていた。

エスカレーターで三階に下りると、すぐにヒルダは見つかった。店内入口からそう遠くないところで商品を手に、何やら難しい顔をしている。

「むむむ……」

「……なにしてんの？」

「あ、冬夜様。いえ、この全身鎧《よろい》の騎士《きし》ですが、このように様々な人形や模倣《もほう》した武器などが売られているところを見ると、こちらではかなり有名な方なのでしょうか」

「うん、まあ……有名っちゃ有名かな……」

だけどそれ、全身鎧じゃないから。特撮《とくさつ》スーツだから。

ヒルダが持っている変身ヒーローの人形フィギュアを見ながら、なんと説明したらよいものかと僕は少し困った。

おもちゃ売り場には所狭しと、その変身ヒーローのグッズが並んでいる。ベルトやら剣やら銃《じゅう》やらといろいろ。

「気に入ったのなら買うかい？　それ」

「そうですね。それほど有名な方ならば記念にひとつ」

まあ、残念ながら来年には新しい奴《やつ》に取って代わられるわけだが。

「おお、ポーラみたいなものも売られておるぞ」

「あら、本当ね。ダーリン、あれもひとつ買いましょう。ポーラにいいお土産《みやげ》になるわ」

いや、クマのぬいぐるみにクマのぬいぐるみをお土産ってどうなんだろう……。ポーラの嫁《よめ》さんか？　【プログラム】を施《ほどこ》せばポーラのようになるかもしれないが……。そういやあいつってオスなの？　メスなの？

「こっちは魔動乗用車《エーテルビークル》の小さいのが並んでるわ」

「ふええ……。すごい数だね、お姉ちゃん」

エルゼリンゼ姉妹がミニカーを見て驚いているが、そこにあるのはそのシリーズのごく一部だけだぞ。

「王様。これ、面白い。欲しい」

ふと桜の方に視線を向けると、音が出る魔法少女のステッキ的なものを持った彼女がいた。いや、君らそれ使わなくても魔法使えるでしょうが……。

いかん、この場所にあまり長くいるといろんなものを買う羽目になるかもしれぬ。さっさと脱出《だっしゅつ》せねば。

僕は変身ヒーローの人形とクマのぬいぐるみ、それに魔法ステッキをレジに持っていき、さっさと会計を済ませた。絶対にレジのお姉さんは僕がおもちゃを買ってもらったと思っているに違いない。違いますよ？

ヒルダがすぐに見つかったので、僕らは次の階に下りることにした。二階にはユミナがいるはずだ。あとは地下にいる八重とルーだけか。

「えっと……こっちか」

二階はハンドバッグや化粧品《けしょうひん》、婦人雑貨など女性メインのフロアだった。どうもこういったフロアは場違《ばちが》いな気持ちになるな。今の姿は子供なんだから気にすることはないかもしれないが。

ユミナはエスカレーターからそう遠くないアクセサリーの店ですぐに見つかった。店頭に置いてあったブローチを手に取って眺《なが》めている。

「あ、冬夜さん。皆《みな》さんも」

僕たちに気が付いたユミナの手元をリーンがひょいと覗《のぞ》き込む。そこには時計を持ったウサギのブローチが握《にぎ》られていた。『不思議の国のアリス』がモチーフかな？

「あら、なかなかいいブローチね」

「可愛いでしょう？　造りが少々粗《あら》いのが残念ですけど」

ユミナさん、店員さんに聞こえるので造りが粗いとかあまりハッキリと言わないでいただけると。

どうやらここは高級アクセサリー店というわけではなく、お手頃《てごろ》価格で買える店のようだった。そりゃあ、お姫様《ひめさま》のお眼鏡にかなうレベルのものは置いてないだろ……。

「あっ、このペンダントも可愛いです、ね」

「わらわはこっちの髪留《かみど》めがいいのう」

ユミナに便乗してスゥとリンゼもちゃっかり欲しいものを見つけたようだ。きゃいきゃいと僕のお嫁さんたちが店内へとなだれ込んでいく。

ああ、またショッピングタイムか……。このあと八重とルーを迎《むか》えに行くんだから早くしてねー、という僕の声は聞こえたのだろうか。

ついでというわけではないが、僕も八重とルーのためにアクセサリーを買っておく。八重は簪《かんざし》風の髪留めで、ルーは薄緑《うすみどり》色のガラス玉が装飾《そうしょく》されたブレスレットだ。気に入ってもらえるといいが。

みんなのぶんのお金も払って店を出る。これでやっと本来の目的である夕食の買い物ができるな。

エスカレーターで一気に地下まで下りる。よくある食品売り場のはずだが、なぜか少し騒がしい。なんだろう？　なにがあった⁉

◇　◇　◇

「んん！　これも美味《うま》い！　プツッとした歯触《はざわ》りのあとに肉の旨味《うまみ》が滲《にじ》み出《で》て最高でござる！」

「だろう！　こんだけ美味いソーセージはそうそうないよ！　お嬢《じょう》ちゃん、わかってるじゃないか！」

「ちょっとお嬢ちゃん、これも食べとくれよ！　ほっぺたが落ちる美味さだよ！」

「では遠慮《えんりょ》なく……。ふおっ！　この桃《もも》も瑞々《みずみず》しくて美味いでござるな！　これは病《や》みつきになりそうな……！」

なんだこれ。

エスカレーターから下りてきた僕らが見たものは、地下食品売り場で試食のおばちゃんに囲まれている八重の姿だった。

いや、正確にはさらにその周りにお客さんたちの輪ができている。その人たちは八重が食べていたものを指差して、食品売り場から買い物かごの中に入れた。え、なにこれ。なんで八重ってば販促《はんそく》手伝ってんの？

「美味そうじゃのう……。なんで八重はあんなにもてなされているのじゃ？」

「いや、もてなされているわけじゃないと思うけど……」

どっちかというと、利用されている？

八重はオーバーアクションだからな。あんだけ美味そうに食べているところを見せられたら、自分でも食べたくなる。試食のおばちゃんたちにとってはいい客寄せパンダなのだろう。

八重はあまり味にうるさくない。好き嫌《す》いがほとんどないし、どんなものでも喜んで食べる。彼女の食べ物のカテゴリーには『美味《おい》しいもの』と『ものすごく美味しいもの』の二つしかないのではないかと思うほどだ。

決して味オンチ、というわけではない。彼女の名誉《めいよ》のため、それだけは断言しておく。ただ、テレビタレント並みに反応がオーバーなだけなのだ。

しかしさっき昼ごはんを食べたばかりなのに、よく食えるな……。

おばちゃんたちには悪いが、いつまでもこうしているわけにもいかない。まるで親鳥から餌《えさ》をもらう雛鳥《ひなどり》状態になっていた八重の下へと僕らは足を向けた。

「あー！　八重お姉ちゃん、こんなところにいたー！」

「おお、だんなさ……むぐっ……！」

子供っぽくとわざとらしく声をかけたにもかかわらず、『旦那様《だんなさま》』と返そうとした八重の口を素早《すばや》くヒルダが塞《ふさ》ぐ。ナイスだ。

「ダメじゃないかー。お母さんたちが捜してたよぉ。早くもどろー」

自分でも喋《しゃべ》っていてむず痒《がゆ》くなるような話し方でなるべく普通の子供を装う。高校生が子供の姿になってしまうアニメを前に観《み》たが、こんな気分だったんだな……。確かに地味にダメージがくる。恥《は》ずかしいし、なんか虚《むな》しい。

「お母さん？　いや、母上はイーシェンに……」

そんな僕の気持ちを察しない八重が、ヒルダに肘《ひじ》でつつかれる。そこでやっと『あ』と察してくれたようだ。

「お、おおー。そうでござった。では戻《もど》るとするでござるかなー」

「なんだいお嬢ちゃん、行っちまうのかい？」

「申し訳ござらん。ちと、用があるゆえ、これにて」

おばちゃんたちに困ったような笑いを浮《う》かべながら八重が謝《あやま》る。

その場を離れようとした僕《ぼく》らだったが、ついでだから試食したものを買わないかい、とぐいぐいくるおばちゃんたちに負け、買い物かごの中にいろいろと放《ほう》り込まれた。

いや、どうせなにか食料は買わなきゃいけなかったし、別にいいんだけどね……。ルーも捜さなけりゃならないから、おばちゃん相手に時間をくってもさ。

「いや、こっちの食べ物は変わっていて実に美味いでござるな」

「気に入ってくれてなによりだよ。だけど買い物より先に、まずはルーを見つけないと」

えっと……こっちか。

スマホの表示に従って進むと、やがて鍋《なべ》だのフライパンだのが並ぶコーナーが見えてきた。調理器具売り場か。納得《なっとく》。

その一角で真剣《しんけん》な目をしながら、四角いフライパンを不思議そうに矯《た》めつ眇《すが》めつしている僕のお嫁さんを見つけた。

「ルー」

「…………」

「ルーってば」

「え？　はっ！　ああ、冬夜様。すみません、つい考え込んでしまって……」

ルーがフライパンから目を離し、やっとこちら向いてくれた。何をそんなに考えることがあるのか。一見普通のフライパンだが。形が四角いだけで。

「いえ。なぜこれだけ形が違うのか、と。他の物はほとんど丸い形なのに……」

「ああ。卵焼きをきれいに作るためじゃないのかな、たぶん」

確かプロの料理人は卵焼き専用のフライパンを持っているって聞いたぞ。他の料理をすると匂《にお》いが移るからって、それ以外は絶対に作らないとか。そういや海外にはあまり四角いフライパンはないんだっけか。

「卵焼き専用ですか……。すごいですね。あの……」

「お土産にひとつ……いや、コック長のクレアさんのぶんも入れてふたつ買おう。きっと喜ぶよ」

「ええ！　間違いないですわ！」

ルーが四角いフライパンを握りしめて笑顔を向けてくる。クレアさんはルーの料理の師《し》匠《しょう》だ。いろんなことを一から彼女に学び、身分をこえた師《し》弟《てい》関係を築いている。弟子《でし》からの贈《おく》り物《もの》をきっと喜んでくれることだろう。

ヒルダの持つ買い物かごにフライパンを入れようと振り向くと、彼女と八重が売り場のフックにかけられていた透明《とうめい》ケースに入った包丁を手に取り、先ほどのルーのような目で睨《にら》みつけていた。

「造りが甘《あま》いでござるな……。すぐに刃《は》が欠けそうでござる」

「そうですね。それにこれには魂《たましい》が込められていない気がします。包丁一本とて作り手が心を込めねば切れるものも切れません」

いや、それって工場で作られたものじゃないのかな……。プレス加工で作られたものと職人による鍛造《たんぞう》されたものではそりゃ違うとは思うけど、最近の技術はかなり向上してるらしいですよ？　その包丁はダメみたいだけど。

「とりあえずこれで全員揃《そろ》ったわね。で？　夕飯は何を作るつもりなの？」

「これですわ！」

リーンの質問にルーがバララッ、と手に持っていたカードを広げてみせた。なんだそれ？

よく見ると表には料理の写真が、裏にはその材料と作り方が書かれている。

「ここの入口に置いてあったのです。無料でいただけるとのことでしたので、遠慮なくもらいました。食材の分量、料理の手順、守るべき注意点などが事細かく書かれていて驚きました！」

ああ、無料配布のレシピカードか。しかしまたえらい数もらってきたなあ。

「どれもこれも美味しそうなものばかり……。腕が鳴りますわ！」

おお。ルーが燃えている。今までルーにはこちらの世界のレシピをスマホを通して教えていたけど、当たり前だが食材はあちらの世界の物だった。言い方は悪いが、まがい物を作っていたようなもので。それが正真正銘《しょうしんしょうめい》こちらの食材を使って作れるのだから、ハイテンションになっても仕方がないのかもしれない。

だけど、まさかそれ全部作る気じゃないだろうな？

「作る気ですけれど？」

疑問を口にすると、しれっとした答えが返ってきた。いや、お姫様？　そんなに作っても食べ切れないでしょうが。何日かに分けて作るってことかな？

「八重さんがいますわ」

「……そうか」

それを言われちゃあ、なにも返せないよ。

とりあえず僕らはみんなでぞろぞろと、地下の食品売り場をめぐることにした。ルーが欲しい食材を伝え、その場所へと僕が導く。

来たこともない場所だけど、日本だとこういった食品売り場はだいたい同じ配置だから、ある程度わかるのって便利だね。

野菜、肉、鮮魚《せんぎょ》なんかは一番外回りにあるしさ。お弁当なんかもね。

スゥがまたお菓子コーナーであれこれと買い求めたり、リンゼと桜がアイスコーナーで様々なアイスを次々とカゴに入れたりと、多少の寄り道はあったが、ルーの求める食材は全《すべ》て買い求めることができた。ちょいと米は重かったよ。あと君らデザート買いすぎ。

そうそう、会計のとき、表示された金額に思わず息を呑《の》んでしまった。

向こうの世界ではかなりお金持ちになった僕だけど、こっちの金銭感覚ってまだ残っていたようで……。

九人もいればこれくらい当たり前なのかな？　大家族の日本のお母さんは大変だ……。

いやでも、八重がいるからな……実際はこれの半分くらいじゃないかな。

逆に九人もいれば、これだけ買ってもみんなで分けて持つことができる。たくさんの大きなレジ袋に食材をパンパンに詰めて、僕らは地下を後にした。

駐輪場《ちゅうりんじょう》の隅《すみ》で人がいないのを見計らい、念のためみんなにバリケードのごとく囲ってもらいながら、こっそりとスマホから【ストレージ】を開く。

買った商品を全て収納すれば、手ぶらで帰れる。本当に魔法は便利だよな。

だから人気《ひとけ》のないところまで行って、そこから【ゲート】で帰るという手もあったが、僕らは普通に自転車で帰ることにした。みんなもこちらの世界をもっと見たがってたしちょうどいい。

帰る途中《とちゅう》に小さなブティックを見つけてさらにみんなの服や小物を買ったり、寄り道をしながらじいちゃんの家にたどり着くと、もう夕暮れが近づきつつある時刻だった。

「さて！　やりますわよ！　リンゼさん、スゥさん、手伝って下さいませ！」

「あ、うん。わかったよ」

「わかったのじゃ！」

ルーが勢い込んでキッチンへと向かう。その後をリンゼとスゥが追った。助手に二人を指名したのはその他は助手にならないからだ。

ユミナ、ヒルダは王族のため、あまり自分で料理をしない。八重は食べる専門（少しは作れるはずだが）、リーンと桜は関心無し。エルゼは作るもの全てを激辛《げきから》料理に変化させてしまうスキルの持ち主ときてる。

リンゼは元から料理ができるし、スゥも花嫁修業《はなよめしゅぎょう》とかで多少は身につけたようだ。

八重もサンドイッチとか作ってくれたから、まったく作れないことはないはずなのだが、ルーが指名しなかったのはつまみぐいを恐《おそ》れてなのかもしれない。

「冬夜様！　食材を出して下さいませ！」

「ああ、はいはい」

【ストレージ】から食材をキッチンのテーブルの上に呼び出す。じいちゃんは一人暮らしだったが、料理が趣味《しゅみ》だったし、お客が多かったので冷蔵庫は大型だった。

今日食べるとはいえ、傷《いた》みそうな食材を優先的に入れていく。それでも入りきらない分はテーブルに出しっ放しにしておいた。野菜とかだし、そんなにすぐ痛みはしないと思う。それに料理ができていけば冷蔵庫もスペースが空くだろ。

料理を待っている間、僕らはテレビを観たりとのんべんだらりと過ごした。

画面に出てくるあらゆるものをみんなからいちいち質問されるので、僕はそれに答えるマシーンと化してしまっている。

やがてキッチンの方から美味しそうな匂いが漂《ただよ》ってくると、テレビを観ていたみんなは気もそぞろとなり、ぶつけてくる質問が少なくなった。リーンだけにはちょいちょい質問されたけど。

「できましたよー」

リンゼの声にみんなでいそいそと部屋を移動する。じいちゃんちの食堂には大勢で食べられるように大きなテーブルがあった。それでも左右に四人、計八人掛《か》けだが、他の部屋から椅子《いす》を持ってくればなんとか十人でも大丈夫《だいじょうぶ》だ。

「うわっ、すごいわね！」

「これは豪勢《ごうせい》でござるなあ！」

食堂に入ると、テーブルの上に所狭しと様々な料理が並んでいた。

タルタルソースのかかったサーモンのソテー、白菜と林檎《りんご》のサラダ、カジキのレモンソース焼き、じゃがいもとチンゲン菜のクリーム煮《に》、あさりと鶏《とり》モモ肉のパエリア、羽根つき餃子《ぎょーざ》、大皿に盛られた焼きそば、その他細々としたものがたくさんある。

よくこんなに作れたな……。というか、電子レンジやグリルとかを、すでに使いこなしているルーがすごい。ちょっと教えただけなのに。

「ささ、席について下さいませ！」

満足げに微笑《ほほえ》むルーに急《せ》かされながら、僕らはそれぞれ席に着く。みんなの前には取り皿と箸《はし》やフォークが置いてあった。

「じゃあ、いただきます」

「「「「「「「いただきます！」」」」」」」

ルーたちの作ってくれた料理はどれもこれも美味かった。残念なことにファミレスの時と同じく、胃袋《いぶくろ》まで小さくなってしまった僕はそれほどの量は食べられなかったのではあるが。

やはりこちらの食材を使うと味が違《ちが》う気がするな。それとも単に僕が懐《なつ》かしく感じているから美味く感じるのだろうか。思い出補正、的な。

ひととおり夕食を食べ終えたあと、リンゼたちが冷凍庫《れいとうこ》から様々なアイスクリームを持ってきた。それだけじゃなく、ケーキ類やプリン、ゼリー、和菓子《わがし》なども一緒《いっしょ》に。……また食うんですか。

この新婚《しんこん》旅行でお嫁さんたちが太らないか心配です。『幸せ太り』というやつなら大歓迎ですが。ま、みんなの体型が変わっても僕は気にしないけどね。

……というか、神の眷属《けんぞく》と化しているならそこらへんも変化ないのか……？

そんなことを頭の隅で考えながら、僕はリンゼたちの買ってきたアイスをパクつく。

……美味い。このアイスも久しぶりだ。求肥《ぎゅうひ》に包まれたアイスクリームが懐かしい。これ好きだったなあ。

「明日はどうするのでござるか？」

八重が何個目かわからない饅頭《まんじゅう》をもぐもぐとさせながら僕に尋《たず》ねてくる。

「父さんたちの夢枕《ゆめまくら》に立つにしても、昼間じゃどうしようもないからなあ。夜まで家に閉じこもっていても仕方ないし、どこかに遊びに行こうか」

せっかくの新婚旅行なんだし、みんなといろいろ思い出を作りたい。

「でしたら冬夜さん、私、電車というものに乗りたいのですけれど」

「よいのう！　ユミナ姉様、わらわも賛成じゃ！」

電車か。まあ、ここらは朝夕でなければそんなに混《こ》まないし、今度はちゃんとスマホを持たせておけば大丈夫《だいじょうぶ》かな。

ただ電車に乗るだけじゃ面白くない。やはりどこかへ行こうと思うが、さて、どこへ行くかね。

スマホを取り出して沿線を調べる。美術館、博物館……はこちらの歴史に詳《くわ》しくなければあまり楽しめないかもな。僕も向こうの世界で英雄《えいゆう》とかの武器を見せられてもよくわかんなかったたし。

映画館……も、いつもスマホの投影《とうえい》で映画は見てるしなあ。映画館は映画館でしか味わえない迫力《はくりょく》と雰囲気《ふんいき》の良さがあるんだけど。

遊園地はさすがに遠すぎるか。となると動物園とか水族館かなあ。電車で一時間もかからないし。

「どうぶつえん……というと、動物がいっぱい見られるところ、ですか？」

ユミナが小首を傾《かし》げながら尋ねてくる。向こうの世界だと動物どころか魔獣《まじゅう》も普通にウロついているので、動物園というものはあまり見たことがない。植物園とか薔薇園《ばらえん》は王宮の中にあったりするんだけどな。

「いろんな動物がいるのか⁉　『しまうま』もか⁉」

「いや、シマウマはいるかな……」

スゥがはしゃぐが、シマウマってアフリカとかにいる動物じゃないのか？

そう思ってその動物園のサイトで調べてみたら普通にいました。グラントシマウマ。国内の動物園でもよく見られるシマウマらしい。知らんかった。

「いるみたいだ」

「おお！」

ライオン、トラにカンガルー、ラクダにクマにチンパンジー、ゴリラ、カバ、ゾウ……

けっこういるんだな。

「食事はどうするの？」

「園内で食べられるみたいだから大丈夫だと思う」

チーズケーキを食べながら聞いてくる桜に苦笑《くしょう》しながら答える。もう明日の食事の心配か。

お弁当を作りたかったのか、ちょっとルーが残念そうにしていたが。さすがにじいちゃんでも弁当箱を十個も持ってないし（重箱ならあったかもしれない）、【ストレージ】に入れて向こうで出すには人が多すぎる。まさかこそこそトイレに行って料理を出し、持ってくるわけにもいくまい。

エルゼがプリンを食べる手を止めて質問してくる。

「こっちには魔獣はいないのよね？　普通の動物？　危険はないの？」

「みんな檻《おり》の中だったり、安全なところから見るから大丈夫だよ」

「襲《おそ》ってきたら殴《なぐ》ってもいいのよね？」

「いやっ！　できれば穏便《おんびん》にすませてほしい……！　ま、まあ本当に危なかったら仕方がないけど……」

ありえないとは思うが、虎《とら》とかライオンとかが逃《に》げ出《だ》して、入園者を襲うような状況《じょうきょう》なら仕方がないと思う。しかし、羊とか山羊《やぎ》とか、レッサーパンダなんかなら捕獲《ほかく》に留《とど》めてもらいたい。

動物園にいる全ての動物より、目の前の女の子の方が遥《はる》かに強いんだよなあ……。【ブースト】がなくてもゴリラにもゾウにも勝てると思う……。

「なんか今失礼なこと思わなかった？」

「うんにゃ!?　なにも！」

「そ。ならいいけど。あっ、リンゼ、それあたしが先に目をつけてたのよ!?」

「早い者勝ちだよぉ！」

クリームたっぷりのショートケーキを取り合う双子姉妹。君らそれ何個目？　デザートになるとみんなが八重化するな……。

「なんか失礼なことを思われた気がするでござるが……」

「奥《おく》さん、気にしないでどんどん食べたまえ！」

「？　もちろん遠慮なく」

八重が首を傾げつつ、カステラに手を伸《の》ばす。

ふう……。なんか結婚《けっこん》してから考えが嫁さんたちに筒抜《つつぬ》けになる時が多々ある。これってテレパシー的なものが築かれつつあるのだろうか。琥珀《こはく》たちとの念話みたいな。

単に眷属化してみんなの勘《かん》が鋭《するど》くなっただけかもしれないが。どっちにしろ気をつけよう。

◇　◇　◇

じいちゃんの家がある町から大きな市街まで、電車で揺《ゆ》られること三十分。そこから地下鉄に乗《の》り継《つ》いで十数分で今日の目的地である動物園前の駅に辿《たど》り着《つ》いた。

市街地に来るまでは、初めての電車で興奮気味に流れる景色を眺めたり、揺れる車内で吊《つ》り革《かわ》に掴《つか》まったりして、楽しんでいたみんなだが、地下鉄に乗り換《か》えた途《と》端《たん》、真っ暗なトンネルや、ゴーッ、という騒音《そうおん》に不安そうな表情を見せていた。ユミナだけは興味深く観察していたが。

「地下を走らせる、というのは面白い考えですね。これなら魔獣や盗賊《とうぞく》の襲撃《しゅうげき》はないし、ある意味一番安全かもしれません。土魔法《つちまほう》の使い手が数十人いれば、向こうでも造れそうです」

異世界に地下鉄？　まだフェルゼンで造られた魔導《まどう》列車を走らせようって段階なのに。このお姫様はいろいろとこちらの世界から吸収しているようだ。

地下鉄を降り、長い階段を上がって地上へと出る。そこから歩いて数分のところに目的の動物園があった。

大きすぎず小さすぎず。最新ではないが、かといって古臭《ふるくさ》くもなく。そんな動物園だった。

さて、チケット売り場で入場券を買おう。一般《いっぱん》五百円、小・中学生百五十円か。

「ええっと、一般五人に小・中学生五人……かな？」

八重、ヒルダ、エルゼ、リンゼは間違《まちが》いなく高校生に見える。桜も十六歳《さい》だし、まあなんとか。ユミナとルーは高校生と言い張るには少し難しいか？　十五歳なんだから高校生とも言えるけど。

まあ動物園としては高い入場料を払《はら》ってくれた方がいいんだから、ダメですとは言わないだろうが。

リーンとスゥはどう見ても中学生だし、僕に至っては間違いなく小学生以下にしか見えないしな……。

チケット売り場のカウンターに背が届かないので、八重にお金を渡《わた》し、入場券を買ってもらう。入場券と一緒に小さなパンフレットをもらった。

「あ、地図になってるのね、これ」

「わ、いろんな動物がいます」

双子姉妹の声に僕もパンフレットを開いてみると、そこにはこの動物園の地図が描《えが》かれていた。そこかしこに動物たちのイラストが散りばめられている。なるほど、これに沿っていけばいいのか。

園内に入ると高い木々もあり、自然の中に造られた動物園という感じだった。

平日だからかあまり人はいない。小さな子供を連れた親子や、なぜか中学生らしき子たちも数名いた。遠足か何かの課外授業だろうか。

入口正面にある、いくつかのベンチが置かれた休憩所《きゅうけいじょ》のような場所には鳩《はと》が数羽《すうわ》たむろしていたが、これは動物園の動物ではないだろう。

どこからか勝手にやってきているとみた。

「おお！　真っ白い鳥がいるぞ！」

スゥが飛び出していく。鳥ぐらいで、と思うかもしれないが、城暮らしをしていると、大きな鳥なんかはあまり見ないからな。紅玉《こうぎょく》に頼《たの》めばいくらでも見られるんだけどさ。

まずは柵《さく》で囲まれた池の中からたくさんの鳥たちが僕らを出迎《でむか》えた。柵の横に動物の説明が書かれているプレートがある。

「オオハクチョウ、コハクチョウ、ハクガン、カルガモ……」

ガンにカモ、ハクチョウか。数羽のそれらが柵の中に造られた小さな池でクァ、クァと鳴いている。

ハクチョウなんて実際に見たのは初めてだ。テレビなんかで何度も見たはずなのに、リアルに見るとちょっとテンション上がるな。

ふと見ると、さっきの鳩たちが、ハクチョウらのエサのおこぼれを食べていた。なるほど、あれ目当てで来てるのね。

「冬夜様、こっちのも鳥なんでしょうか？」

「え？　おっ！　ペンギンか！」

ヒルダが指で示したハクチョウたちの隣《となり》の柵には、なんとペンギンがいた。これも僕は初めて見る。さらにテンションが上がったね。

なんかみんなよりも僕の方が興奮しているな。見た目的には子供がはしゃいでいるのはおかしくないんだろうが。

プレートにはフンボルトペンギンと書かれている。数羽のペンギンが小さなプールの脇《わき》をよちよちと歩いていた。

プレートには一羽一羽名前が書かれていたが、僕には見分けがつかない。飼育員の人はわかるんだろうなあ。

「かわいいですねぇ」

「これは持って帰りたいですわ……」

よちよちと歩くペンギンにユミナとルーがやられていた。確かにペンギンもかわいいけれども、それを見てほんわかしている二人が僕としてはもっとかわいい。

ペンギンに後《うし》ろ髪《がみ》を引かれつつ、右手の方の道へ進むとそこには数頭のラマがいた。

……ラマってなんだっけ？

プレートを確認《かくにん》。なになに……ああ、ラクダの仲間か。アンデスの方にいるコブのないラクダなんだな。

みんなが近寄ってくるラマにはしゃいでいた。それを横目で見ながら僕は解説文を読み進める。

「えっと、怒《おこ》った時や興奮した時にはとても臭《くさ》いツバ（胃の内容物）を吐《は》きつけて相手を攻撃《こうげき》してきます……？」

プレートを読んだ僕の声に、みんなが笑顔《えがお》のまま一歩下がった。さっきからなんか臭いと思っていたが、それか？

ラマが準備運動よろしく、くっちゃくっちゃと口を動かしている。僕らはそそくさとラマの前から離《はな》れた。

隣にはフタコブラクダがいた。初めて見るが大きいなあ。ちゃんとコブが二つあるな。乗りやすそうだ。

昔はあれに乗って砂漠《さばく》とかを越《こ》えたのか……。ラクダは水も飲まずに数日間動けるらしい。砂漠を越えるにはラクダ以外の使役《しえき》動物ではほぼ不可能だったとか。人間はラクダをパートナーとしたことによって、初めて大砂漠《だいさばく》を越えることができたってわけだ。

しかしこっちをじっと見ているな。微動《びどう》だにしない。あ、ちょっとだけ動いた。

「あまり動きませんね。のんびり屋さんなのでしょうか？」

「ラクダレースとかがあるみたいだから、足は速いんだろうけどね。この広さじゃ走る意味はあまりないし」

ラクダのいる、柵と堀《ほり》で囲まれた場所はそれほど広くはない。敵もいないし、急ぐ理由がなければのんびりになるのも無理はないか。

動かないフタコブラクダに別れを告げ、次の場所へと移動する。

フタコブラクダの次はレッサーパンダだ。意外と大きい。そしてかわいい。

なぜかずっと柵の周りをぐるぐると回っている。時たまこちらにちらりと視線を向けてくるが、テレビで見たように後ろ足で立ち上がってはくれなかった。

その後、道なりに歩きながら、僕らは遊具で遊ぶニホンザルを見たり、ゴロゴロと転がるツキノワグマを見たり、日なたでうたた寝《ね》をするニホンイノシシを見たりした。

「ちっちゃくてかわいい」

桜が覗き込んでいる、透明なアクリル板で囲まれた中には数匹《すうひき》のオグロプレーリードッグがいた。尾《お》が黒いから『オグロ』か。

巣穴の近くで立ったまま小さい前足を使ってエサを食べている。あれって確か歩哨《ほしょう》のように、見張りをしているんだっけか。

「あ、抱《だ》き合《あ》っていますよ！」

ヒルダの前にいた二匹《ひき》のプレーリードッグが正面から抱き合っている。それだけではなくキスまで交《か》わしていた。あれがプレーリードッグの挨拶《あいさつ》らしい。なんとなくほんわかした気持ちで僕らは次のエリアへと向かう。

「猛獣《もうじゅう》舎……？　危険な動物ってことかしら。……あまりそうは見えないけど」

リーンが案内板に書かれた文字に首をかしげる。まあ、その気持ちもわかる。

僕らから強化ガラス越しに見える百獣《ひゃくじゅう》の王ライオンは、全身を横たえてぐてっ、と岩場の上に寝ていた。

なんて無防備な……。雄々《おお》しさのかけらもない。まるで大きなネコだ。

ライオンは寝たままずっと動かない。……死んでないよな？

その隣のトラ舎に行くと、スマトラトラがライオンと同じように寝そべっていた。ごついカメラを持ったおじさんがそのトラを撮《と》っていたが、トラはそれに一切《いっさい》反応することなく、惰眠《だみん》を貪《むさぼ》っていた。

「城でゴロゴロしている琥珀と同じでござるな……」

八重がトラを見ながらぼそりとつぶやく。いや、まあ。琥珀は琥珀で町中の動物たちを統率《とうそつ》したり、城内を見回ったりしてるんだよ。……たぶん。

トラ舎を離れ、洞窟《どうくつ》のように造られたトンネルに入ると、壁《かべ》一面に強化ガラスが嵌《は》め込まれた場所に出た。ガラスの向こう側には水が溜《た》まっていて、その水面は八重の背よりも高い。まるで水族館みたいな展示だが、なんの動物だろ。アザラシとかかな？

突然《とつぜん》、その水の中にものすごく大きな白いものが飛び込んできた。うおわっ⁉

「な、なになになに⁉」

「熊《くま》じゃ！　真っ白い熊じゃ！」

エルゼがガラスの向こう側に現れたシロクマに対して拳《こぶし》を構える。ちょっ、待った！　殴るなよ！　ガラスが割れる！

エルゼもそれは察したのか、すぐに拳を下ろした。ここの強化ガラスがどれだけのものかわからないが、彼女《かのじょ》が放つ本気の一撃《いちげき》ならおそらく簡単に砕《くだ》けると思う。

「なんだ、熊じゃない……。びっくりさせないでよ……」

プレートを見る。ホッキョクグマ、か。そうか、猛獣舎だった。アザラシなわけがない。

ホッキョクグマはゆっくりと水の中を泳いでいる。器用に泳ぐもんだなあ。

ホッキョクグマは水面に顔だけを出して、ガラス越しに立って僕らを眺《なが》めていた。

「ふふ。ポーラを思い出すわね。元気かしら、あの子」

リーンがガラスに手を当てて、ホッキョクグマを見上げる。しかしホッキョクグマはすぐにふいっと視線を逸《そ》らし、泳いでいってしまった。

「あら。嫌《きら》われたかしら」

リーンはくすりと笑って去って行くホッキョクグマを見つめていた。

ホッキョクグマの洞窟を抜《ぬ》けると、目の前に現れたのはハヤブサやフクロウ、オオワシといった猛禽類《もうきんるい》のエリアだった。高い金網《かなあみ》に囲まれた中で、睥睨《へいげい》するかのように枝に止まり、僕らを見下ろしている。背が低くなったせいか見下ろされるのも慣れてきたなぁ……。

園内の東側をぐるりと回って、今度は西側へと向かう。

ワオキツネザル、フクロテナガザル、シシオザル、チンパンジーと、サルの入っている檻の前を過ぎて、緩《ゆる》やかな坂道を上り、上の方へ行く。西側は坂の上になっているのか。先ほど訪《おとず》れたハクチョウたちが下に見えた。

すれ違う人たちに子供連れが多いな。いや、僕らも子供連れなのか……。老夫婦《ろうふうふ》もちらほらと見かける。ご近所での憩《いこ》いの場なのだろう。

「綺麗《きれい》な鳥じゃのう」

「インドクジャクか」

スゥが檻の中で歩く二羽のクジャクに目を引かれた。青と緑のカラフルな色だからこれはどっちともオスだよな。メスは確かもっと地味な色のはずだ。メスが見当たらないけど、岩陰《いわかげ》にでも隠《かく》れているのかしら。

飾《かざ》り羽《ばね》を広げた姿を見たいと思い少し待ってみたが、二羽とも広げることはなかった。あれって求愛行動などの時に広げるらしいから、メスがいなきゃ広げないのは当たり前なのかもしれない。

「オス同士でも広げるかもしれませんよ？」

「うん、まあ、相手への牽制《けんせい》で広げることはあるらしいけど」

なぜだろう、リンゼの言葉が違う意味に聞こえるのは。

「おおっ、旦那《だんな》さ……冬夜殿《どの》、あそこに食事処《どころ》があるでござるよ！」

八重が指し示した先に、園内レストランがあった。たくさんのテラス席があり、外で食べることもできるみたいだ。まだお昼にはなっていないので、それほど人もいないようだ。

「少し早いけどお昼に……」

しようか、と僕が言う前に、八重、ルー、スゥ、桜の四人が早足で先行し始めた。食《く》いしん坊《ぼう》バンザイ。

四人の後から僕らは店の自動ドアをくぐる。「いらっしゃいませー！」と元気な店員さんの声が飛んできた。

「わあ……。いい感じのお店です、ね」

リンゼが店内を見渡《みわた》して、嬉《うれ》しそうな声を漏《も》らした。木造の店内は明るくおしゃれな雰囲気で、広々とした開放感がある。ガラス扉《とびら》の先にあるテラス席には暖かい日差しが降り注いで、なんとも気持ちよさそうだ。

ヒルダが入口横にある機械に目を向けている。券売機だな。

「冬夜様、これは『じどーはんばいき』ですか？」

「券売機だね。これにお金を入れて食べるものの券を買うんだ。ほら向こうに写真が貼《は》ってあるよ」

どうやらここでは券売機で料理を選ぶようだ。反対側のアクリルパネルにいろんな料理の写真が貼ってある。これがメニューなんだな。

「あ、かわいい」

「あら、ほんと」

エルゼとリーンが写真の料理を見て、微笑みを浮かべる。確かにかわいい料理だな。

ハンバーグがディフォルメされたクマの手の形で、その上にチーズでできた肉球がのっている。横のご飯もクマの頭の形になっているな。

その他にもゾウのシルエットにご飯が盛られたカレーや、ヤギやウサギの形をしたクッキーがのったパフェなど、動物が散りばめられた料理がいろいろあった。もちろん普通《ふつう》のスパゲティやピザ、オムライスなんかもある。

僕らはそれぞれ食べるものを決め、券売機で食券を買い、カウンターへ持っていった。料理を受け取り、せっかくなのでテラスでいただくことにする。日差しも暖かいし、行楽日和《びより》でよかった。

さすがにテラスには十人座《すわ》れる席がないので、五人ずつに分かれる。……ちょっと待て、八重。そのお子様用の椅子はいらない。

「ん。なかなかいける。ばっちぐー」

「かわいいし、美味《うま》いのう。クレアに向こうで作ってもらおう」

桜とスゥは同じ『くまくまプレート』という料理を頼んでいた。あのクマのハンバーグとご飯がのっているやつだ。他にもエビフライやサラダ、ポテトなんかが一緒にのっている。なかなか豪華《ごうか》だな。

ルーやコック長のクレアさんなら普通に作れると思う。子供が喜びそうだし、こういう料理も必要だろう。いずれ九人も増えるんだしな……。

僕らの席にはスゥと桜、八重にルーが座っていた。そのせいか、テーブルの上には所狭《ところせま》しと多くの料理が並んでいる。他のお客さんもぎょっ、とした顔で横を通り過ぎていく。

「……ふむふむ。生地《きじ》が分厚くてもっちりとした食感を生んでいるのですね。トマトの酸味と甘み、チーズの濃厚《のうこう》さがまた絶妙《ぜつみょう》な組み合わせを……」

ルーがぶつぶつと言いながらピザを食べている。このテーブルにある料理のほとんどが彼女の注文だが、その大半を食べているのは八重だった。ピザもルーが一切れ食べる間に、三つは八重の胃袋に消えている。シェアしてんの？

「んんー！　いやあ、美味いでござる！」

ルーはいろんな料理が食べられるし、八重はたくさん食べられるし、互《たが》いにウィンウィンなのかな……。まあ、二人とも喜んでいるからいいか。

僕《ぼく》も目の前のボロネーゼを食べることにする。うん、美味い。

「王様、この後はどこにいくの？」

「東側は回ったから西側だね。えーっと、ゾウとかゴリラ、サイやシマウマなんかが見れるよ」

「おお、シマウマか！　それは楽しみじゃのう！」

他にもダチョウやキリン、フラミンゴなんかがいるな。この先のエリアはアフリカエリアらしい。

「しかしここの動物たちはおとなしいでござるな。檻に入れられているというから、もっと凶暴《きょうぼう》なやつかと思ったでござるが」

「いや、トラとかライオンは普通危険だからね？　琥珀とか基準にしたらいけない」

まあ、ここのトラやライオンもずっと寝たままで危険な感じはしなかったが。それでも猛獣は猛獣だ。

放し飼いにして安全な車の中から動物たちを観察する、いわゆるサファリパークのような形ならもっと野生的なところを見れたのかもしれないけど。

「しかしこのような形にしないと動物を見ることもできないとはのう。森や山に行けばいろいろ見られるのではないのか？」

「んー、日本《ここ》だと大型動物とかはあまりいないからね。いても熊ぐらいかなあ。それも箇単に見られるもんじゃないし。危険だしね」

他にもイノシシとか危険な動物はいるけどな。野生の猿《さる》とか迷惑《めいわく》な動物もいるし。異世界《むこう》みたいに、森に入れば狼《おおかみ》が、なんて高いエンカウント率じゃない。野良犬《のらいぬ》でさえあまり見ないからねえ。

人間にとっては住みよい世界なんだろうが、動物たちにとってはどうなんだろうな。異世界《むこう》じゃ巨獣《きょじゅう》や竜《りゅう》とか、人間ではほぼ勝てない生物もいるからな。共生していかないと仕方がないし。

こっちにも竜とかが普通にいたら動物園で見られたのだろうか。瑠璃《るり》のような大きな竜の檻となると、かなり大変な気もする。飛ぶしな。

というか火を吐くから危険か。地球で竜の動物園はないな。うん、ない。

「さて、そろそろ行こうか」

しっかりとデザートも食べ、食事を終えた僕らは再び園内を歩き始めた。

ポケットからパンフレットを取り出して、地図を見る。この先はアフリカエリアと……爬虫類館《はちゅうるいかん》？

◇　◇　◇

見下ろす先でゾウが二頭、悠々《ゆうゆう》と歩いていた。

こういった堀のような形で隔《へだ》たれた場所から見る形式をモート形式というんだそうだ。確かに檻に囲まれた形よりこの方が視線を遮《さえぎ》らず、より自然な動物たちの姿を見ることができる。ちょっとばかり距離《きょり》があるのが残念ではあるけど。

「けっこう大きいですわね。捌《さば》くのが大変そうです」

「食いでがありそうでござるなあ」

ちょい待て。ルーと八重のゾウを見る目がなんか違う。

ちょっとそれはどうなのよ……って、あれ？　でもマンモスとかって確か食われてたような。

検索《けんさく》したらアフリカとかじゃ象牙《ぞうげ》目的で密猟《みつりょう》されたゾウ肉が市場に流れ、売られたりしてるらしい。

向こうで竜とか狩《か》ったり食ったりしたからか、そうわかるとどんな味なんだろうとか興味がわいてくる。……美味いのかしら。いや、食べないけどね。

そんな考えが伝わったのか、ゾウは僕らの前から去っていった。少しばかり足早だと思ったのは気のせいだろうか。

ゾウエリアを離れ、隣のダチョウエリアへと移る。同じように堀のようになった先に、こちらもダチョウが二羽でたたずんでいた。

「ミスミドにいる大駆鳥《おおかけどり》に似ているわね」

リーンがダチョウを見ながらそんなことをつぶやく。なんでもミスミドの南方にこのダチョウによく似た鳥がいるんだそうだ。ミスミドに住む獣人《じゅうじん》の一部族では、この大駆鳥を飼い慣らし、馬の代わりに乗り物として乗りこなすとか。荷車も引かせたりするらしい。

「確かミスミドでは食べられてもいるんですよね?」

「よく知ってるわね。私は食べたことがあるけど、脂身《あぶらみ》が少なくて馬肉のようにあっさりとした味だったわ」

「美味そうでござるなあ……」

僕らの会話にルーと八重が加わる。君らそこから離れなさい。

長命種なだけあって、リーンはいろいろなものを食べている。もともと好奇心《こうきしん》が旺盛《おうせい》なので、珍《めずら》しい食べ物を見ると口にせずにはいられないようなのだ。

友達にもいたなあ。必ずヤバめの新発売ジュースとかに手を出すやつ。飲んだ後に『まずい！』だの『これはこれでイケる』とか言うのだが、『うまい』とは一度も聞いたことがなかった。

またしても八重たちの獲物《えもの》を狙《ねら》うような目に危機を察したのか、ダチョウたちが走って去っていく。あらら。

「おおっ！　シマウマじゃ！」

遠目にシマウマを見つけたスゥが走り出す。それに追従して、みんなも早足でシマウマがいる場所へと向かった。

柵の向こうのシマウマはのんびりとエリア内を歩き、こちらを見ようともしない。シマウマとの間には人工の川のようなものが流れていて、それが僕らとの間を隔てていた。

シマウマのさらに向こうには先ほどのゾウたちが見える。同じエリアなのか。池のような水辺で区切られてはいるが。

「むう。乗ってみたかった」

桜が残念そうな声を漏らす。いや、そういう動物園もあるらしいけど、ここは違うから。それにシマウマってけっこう気性《きしょう》が荒《あら》いらしいぞ。

「あ、子供がいますよ！」

ユミナが指差した岩陰から、小さなシマウマの子供がひょっこりと出てきた。ちょこちょこと大人シマウマの周りを回っている。

「お母さんに甘《あま》えているんでしょう、か？」

「ってことはあっちで寝そべっているのはお父さんかしらね」

リンゼとエルゼの視線の先には腹ばいになって寝そべっているもう一頭のシマウマがいた。家族なんだろうか。

……待てよ、向こうの寝そべっているのがお母さんで、こっちがお父さんかもしれんぞ。一瞬《いっしゅん》、旦那に子供を任せ、ゴロ寝しながらテレビドラマを見るオバさんの姿が脳裏《のうり》に浮《う》かんだ。うう。がんばれ、シマウマのお父さん……。

シマウマ（主に子馬の方）に和《なご》んだ僕らは次のエリアへと進む。

「ふわ……」

「長い首ですねぇ……」

八重とヒルダが口を開けてそれを見上げる。高い金網の奥に、地球で最も背の高い動物であるキリンが立っていた。動かないから一瞬作り物かと思った。おとなしいな。

「まったく動きません、ね……」

「あっ、瞬《まばた》きしたわよ」

エルゼが言う通り、キリンがゆっくりと目を閉じてまた開いた。それきりまた動かない。

生きてんのか？

疲《つか》れてんのかな……。まあ、動物だって何かしらストレスや気苦労はあるよね。

こっちに来てもらいたかったが、僕らはキリンさんの休息を邪魔《じゃま》しないようにその場を静かに立ち去った。

次のエリアは至る所に水辺が造られていて、川のようなものも流れていた。アフリカで水辺……なんの動物だろ？

そう思った矢先、水の中からのそっとそいつが陸上へと上がってきた。

「カバか」

初めて見たけど大きいな。えっと……陸上ではゾウに次いで重い動物なのか。一・五トンから三トン……。重っ。

性質は獰猛《どうもう》……？　特に出産前、育児中のメスは子供を守るため特に気が荒くなる……。

そんなイメージは受けないが。まあ、母は強しというしな。

うちも母さんには敵《かな》う気がしなかった。あのじいちゃんの娘《むすめ》だからな……。怖《こわ》さでいったらじいちゃんよりも怖い。

本気の母さんに怒られるくらいなら、ライオンの檻の中に入った方がマシだ。前にも……。

「どうしました?」

「いや……ちょっと……。嫌《いや》なことを思い出して……」

ユミナがしゃがみこんだ僕に心配そうに声をかけてきた。

中学の時にやんちゃして、しこたま怒られたのがフラッシュバックしたんです。今でもあのビンタを避《さ》けられる気がしない……。

カバエリアをすぎると木製の橋が池に架《か》けられた場所に出た。池には何羽《なんわ》ものフラミンゴが羽を休めている。……なんか一羽だけ色味の濃《こ》いやつがいるな。あれだけ派手だ。目立ってる。

「桜ちゃんの髪《かみ》みたいにきれいですね」

「ん」

フラミンゴを見ながらリンゼが微笑《ほほえ》み、言われた桜が照れたように自分の髪を触《さわ》る。

「なんであんな珍しい色をしているのかしら?」

「確か赤い色素が含《ふく》まれる食べ物を摂取《せっしゅ》してるからこういった色になるんだったかな」

「へえ」

エルゼの疑問に僕が答えると感心したように彼女は頷《うなず》いた。確かそのはず。

僕はフラミンゴの説明板の前にいき、確認する。うん、やっぱりそうだな。へえ、これはヨーロッパフラミンゴっていうのか。

あ。一羽だけものすごく赤いフラミンゴがいたから八重のような食いしん坊なのかと思ったら、ベニイロフラミンゴという違《ちが》う種だったようだ。ごめん。

その次にゴリラエリアに行ったが、あいにくとゴリラは体調を崩《くず》してるのか、飼育舎の裏の部屋に入れられていた。その姿を強化ガラス越しに見ることはできたが、やっぱりどこか元気がないな。お大事に。

さて、これでほとんどこの動物園は回ったわけだが、ひとつ残していたものがある。

「ここが爬虫類《はちゆうるい》館か……」

その建物入口の両サイドには、大きなヘビと龍《りゆう》の木彫《きぼ》りの置物が置いてあった。ヘビはわかるが、龍はこの中にいないよね？　異世界《むこう》の世界ならいるかもしれないけどさ。

「うわっ」

重い扉を押《お》して中に入ると、むわっとした熱気が襲ってきた。外と比べて室内の温度が高い。これは爬虫類に適した温度設定にしているんだろうな。

透明《とうめい》なアクリル板で遮られた壁の向こうには、様々なヘビが種類ごとに入っている。

シマヘビ、アオダイショウ、ニシキヘビ、アナコンダ……。

うわああ……。なんだろうな、黒曜《こくよう》で慣れてはいるはずなんだけれど、意思疎通《そつう》ができないからか、不気味さは拭《ぬぐ》えない。

「どれもこれも動きませんね」

「まあ獲物もいないし、速く動く必要がないのかもしれないね」

ヒルダがアオダイショウのケースを覗《のぞ》き込み、首を傾《かし》げる。確かにとぐろを巻いたまま、ヘビたちはさっきからあまり動かなかった。

さすがに魔獣《まじゅう》とも戦う彼女らにはヘビに恐《おそ》れるようなそぶりはない。しかし『かわいい』という感覚にはならないようで、他の動物たちのときのようにはしゃいだりはしなかった。

壁に展示されている爬虫類を通路に従ってひとつひとつ覗いていく。

ヘビ、ヘビ、カメ、カメ……おっ、ワニだ。ブラジルカイマン。世界で二番目に小さいワニ、か。

「大樹海に似たようなのがいたわね。主に食用だったけれど」

リーンがそんなことを語ると、すぐさま例の二人が飛びついた。

「ほほう。それは美味いのでござるか？」

「調理法は？　大樹海の部族だと丸焼きですか？」

「味は鶏肉《とりにく》に近いわね。かなり弾力《だんりょく》はあったけど美味《おい》しかったわ。調理法はちょっとわからないけれど、焼いたものだったわよ」

やれやれ。律儀《りちぎ》に二人に答えるリーンも人がいいな。意外と、と言ったら怒られるが、彼女は世話好きである。あまり表立ってそれをしないだけで。

目の前の柵の下に目を向けると、大きなカメがのそのそと歩いていた。

ケヅメリクガメ、か。ヘビに比べると少しだけ和むな。こんなことを言ったら黒曜に『差別だわっ！』と嘆《なげ》かれそうだが。

ヘビやカメの他にトカゲもいるんだな。ニホントカゲ、シナワニトカゲ、ヒョウモントカゲモドキ……こっちもあまり動かないけど。

館内にはベンチもいくつかあって、休めるような造りになっている。ヘビやワニを見ながらだとあまり落ち着けない気もするが、好きな人にはたまらないんだろうな。

まあ、こうやってじっくり見るとヘビもいろいろと模様や色彩《しきさい》が違っていて面白《おもしろ》い。黒曜は真っ黒だからなあ。それこそ黒曜石みたいにツヤツヤしているし、それはそれで綺麗なんだけどね。

入ってきた入口とは違う出口から爬虫類館を出ると、涼《すず》やかな風が僕らを出迎える。ああ、気持ちいい。高温多湿《たしつ》な環境《かんきょう》からやっと抜け出《だ》せた。

心地《ここち》よい風に酔《よ》っていると、隣にいたユミナが右手前方を指し示す。そこには二階建ての比較的《ひかくてき》新しめの建物があった。

「冬夜さん、あそこはなんですか？」

「ん？　ええっと……展示館兼休憩所《けんきゅうけいじょ》……みたいだね。動物の剥製《はくせい》や骨格標本、資料なんかが展示されているところみたいだ。あ、お土産《みやげ》の売店もあるんだな」

パンフレットを見ながらユミナに答える。

「お土産ですか。それはぜひ買っていきたいですね」

「で、ござるな」

「ほら、冬夜！　いくわよ！」

「ちょ、わかったから引っ張らないで！」

ヒルダ、八重、エルゼに引っ張られて、展示館へと走らされる。だから君らと歩幅《ほはば》が違うんだよ……。

展示館の自動ドアをくぐると、先ほど見たホッキョクグマの剥製がすぐそばに展示されていた。おお、思ったより迫力《はくりょく》あるな。

なになに……へえ。ホッキョクグマの毛って、白いんじゃなくて透明なのか。下の黒い皮膚《ひふ》に反射された光や、太陽光が乱反射して白く見える、と。

さらにホッキョクグマの毛はマカロニみたいに芯《しん》がなく、この空洞《くうどう》が断熱効果を生み出し、熱を逃《に》がさないようになっている……か。環境に適して進化しているんだなあ。

「いろんなものが置いてあります、ね」

リンゼの言う通り、他にも様々な動物の剥製や骨格標本などが細長い広間に所狭しと展示されている。壁には先ほど騒《さわ》いでいたシマウマの全身を剥《へ》いだ皮がかけられていたりして、なんともやるせない気持ちになったりするるが。

「こうして見ると、違いがいろいろわかるわね。興味深いわ」

リーンが草食動物と肉食動物の骨格標本を見比べていた。えっと、こっちのはゾウの骨格標本か？　やっぱり鼻に骨はないんだな。ないとイメージ変わるな……。あ、鼻だけの剥製もある。

その他にもツキノワグマにカモシカ、イノシシにホンドテンなどの剥製が並び、天井部《てんじょうぶ》には鳥の模型が編隊を組んでいた。いろいろと凝《こ》っているなあ。

「わらわはやはり生きている動物の方がいいのう……」

「同感。勉強にはなるけど」

どうやらスゥと桜はあまりこっち方面に興味はないみたいだ。逆にリーンやリンゼ、ユミナなんかは感心しながら展示物の説明を見ている。

おや？　意外にも八重とエルゼが熱心に骨格標本を見ているぞ。

「だからここの骨さえ砕けばでござるな……」

「そうね。こちら側からこう回して捻《ひね》れば一気にボキリと……」

うん。違った。なんか物騒《ぶっそう》なこと話し合っている。

「あっ、さっきのキリンさんですよ！」

リンゼが小走りで駆《か》けていった先にはキリンの骨格標本が立っていた。この距離で見るとやはりかなり高いよな。それとも僕の身長が縮んだからそう感じるのか？　四、五メートルはあるよな……。

「お土産はどこで売っているのでしょう……？」

キョロキョロとヒルダが辺りを見回すが、それらしき売店は見当たらない。

あ、壁に矢印が書いてある。こっちだな。

矢印通りに進むとガラスの自動ドアの先に、広い売店があった。

暖かな色で壁は統一され、明るい照明が店内を照らす。木目の床板《ゆかいた》がナチュラルな雰囲《ふんい》気《き》を醸《かも》し出していた。

棚《たな》やローテーブルには様々な動物グッズがこれでもかとばかりに並んでいる。動物柄《どうぶつがら》のクッションや食器、小さい動物フィギュアや、ぬいぐるみ、動物の形をしたリュックなどもあった。

「ユミナさん、ユミナさん！　これかわいいと思いませんか！」

「いいですね！　あ、ルーさん、こっちもかわいいのが！」

「お姉ちゃん、この背負い袋《リユツク》どうかな？」

「わ、いいじゃない。あたしも欲《ほ》しいかも……」

店に入るなり、みんなバラけて興味のあるコーナーへと駆けて行ってしまった。ま、ショッピングセンターの時のように迷子になる広さでもないからいいけどさ。

しかしいろいろとあるなあ。キーホルダー、ランチョンマット、お弁当箱まで……僕も城のみんなにお土産を買っていこうかな。執事《しつじ》のライムさんにはネクタイなんかどうだろう？　羊がプリントされたものがあるし……執事に羊……いやいや。

動物耳付きパーカーに肉球手袋《てぶくろ》、肉球スリッパ……。これはみんなが着たら破壊力抜群《はかいりよくばつぐん》だろ。……全員分買っとくか。うん、記念になるからね。他意はない。

この動物フィギュアとか種類が多いなぁ。全部集めるのは大変そうだ。ぬいぐるみも大中小と様々な大きさと種類が揃《そろ》っている。

「やはりシマウマは外せんのう」

「それにする？」

「うむ！　エドにお土産にするのじゃ！」

スゥが満面の笑《え》みで答える。弟のエドワード君へのお土産か。赤ん坊でもお姉ちゃんからのプレゼントだ。きっと喜んでくれるさ。

ユミナも弟のヤマト王子にぬいぐるみを買っていくようだ。あれはライオンか。未来の王に百獣の王をプレゼントってところかな。

それから僕らは売店のお姉さんがちょっと驚《おどろ》くぐらいの量のお土産を買った。ほとんどがぬいぐるみとお菓子《かし》系だったが。

十人で持てば持てないことはない。園外に出たらこっそりと【ストレージ】にしまえばいいのだし。

なんとなしに思い立った動物園巡《めぐ》りだったけど、楽しかったな。新婚《しんこん》旅行に動物園ってのはいささかどうなのかと思わないでもないのだが、まだ二日目だし。

さて、今夜は最大のミッションが待っている。僕の両親にみんなを紹介《しょうかい》するというこの旅の目的とも言えるミッションが。

一応、魔法《まほう》を使って夢を見ているかのように偽装《ぎそう》するつもりだ。父さんも母さんもこの姿でも僕とわかるだろうが、一応【ミラージュ】で元の姿に変身しておいた方がいいよな。

夢だと錯覚《さっかく》しても、元気にやっているということを二人に伝えたい。

お嫁《よめ》さんが九人というのは激しくツッコまれそうな気はするけど……。それとも呆《あき》れられるかな？

ま、なるようになるさ。

第四章 夢で逢えたら

深夜のミッションに向けて動物園から帰還《きかん》した僕らは少し仮眠《かみん》を取った。父さんは漫画《まんが》家《か》、母さんは絵本作家というある意味特殊《とくしゅ》な職業ながら、二人とも徹夜《てつや》は滅多《めった》にしない。父さん曰《いわ》く、『徹夜は結果的に非効率』だそうだ。眠《ねむ》らないという行為《こうい》は思考力も鈍《にぶ》るし、集中力も散漫《さんまん》になる。母さんは肌《はだ》が荒《あ》れる、とも言っていたが。

仕事をこなすために身体《からだ》を壊《こわ》しては元も子もない。健康だからこそ仕事ができるのだ。僕もそう思う。

とは言うが、どうしても徹夜しなければ間に合わない状況《じょうきょう》というものは不意に来るものなのだけれど。突然の修正とかね。

確か父さんが連載《れんさい》している作品の〆切はついこないだのはずだ。昔と変わっていなければ、だが。昔通りなら今日は普通に寝ているはず。

僕の実家はじいちゃんの家がある町から隣《となり》の隣、電車なら十五分でいけるところにある。駅から駅までは電車で十五分だが、じいちゃんの家から駅までは三十分、電車に乗って十五分、そして僕の住んでいた町の駅からさらに十五分で実家と、ざっと一時間はかかる。

時間が時間なので、当然電車は動いていない。まあ、電車で行く気は初めからなかったけどね。こんな人数でぞろぞろと深夜に歩いていたら間違《まちが》いなく補導されるしな。そんな危険を冒《おか》す気はない。

「【ゲート】」

スマホを通して神気を使い、じいちゃんの家から実家へと転移の扉を直接開く。勝手知ったる我《わ》が家《や》だ。どこにでも開くことができる。

先陣《せんじん》を切り、僕が一番最初に【ゲート】をくぐった。明かりがついていないので暗いが、その先は見慣れたリビングがあった。僕が最後に見た状態とそれほど変わってはいない。

あ、テレビは新しくなっているな。

懐《なつ》かしいな……。おっと、感傷に浸《ひた》っている場合じゃなかった。

「【闇《やみ》よ誘《さそ》え、安らかなる眠り、スリープクラウド】」

僕の足元に魔《ま》法陣《ほうじん》が広がり、そこから発生した薄紫《うすむらさき》の雲が家全体に漂《ただよ》っていく。この家にいる者全《すべ》てを眠りの世界へと誘う雲だ。父さんたちが起きている可能性もあるからな。泥棒《どろぼう》かと思われて、通報されでもしたら面倒《めんどう》だし。これで物音で起きる心配はない。

【ゲート】をくぐって、リビングにユミナたちが次々と現れる。

「ここが冬夜《とうや》さんのおうち、ですか……」

リンゼが薄暗《うすぐら》い十五畳《じょう》ほどの部屋の中をキョロキョロと見回す。狭《せま》いとか思っているんだろうか。や、これが普通の家ですよ？　お城とかと比べたらダメだからね？

「で、どうするのダーリン。ご両親に夢を見ているように錯覚させるって話だったけど、【ミラージュ】とか【ヒュプノシス】を使うの？」

「いや。神気を媒介《ばいかい》として、僕らと父さんたちの意識を繋《つな》ぐ。その方が現実感がなく、夢だと錯覚しやすい」

初めはリーンの言う通りの方法を考えていたが、こっちの方が安全だとさっき花恋《かれん》姉さんからメールが来たのだ。

世界を隔ててもメールが届くってすごいよな……って、今までもネット見たり、神様に電話してたか。今更《いまさら》だった。

もちろん神器である僕のスマホだからできるのであって、ユミナたちのスマホでは不可能である。

つまり夢と錯覚させるのでなく、本当に夢の中で会ってしまおうってわけで。この方法なら僕も子供の姿じゃなく二人の前に出られるし、臨機応変に対応できるしね。

ユミナが首を小さく傾げながら尋《たず》ねてくる。

「召喚獣《しょうかんじゅう》との意識の共有……みたいなものですか？」

「まあ、それに近いかな。正確には閉じられた別の空間にみんなの意識を持ってくるって感じ？　心の中を覗かれるわけじゃないから大丈夫《だいじょうぶ》だよ」

神の力で作られた空間にみんなの意識を繋げる……ネットゲームの世界にログインするようなものだ。ネットゲームと言っても伝わらないだろうから説明は省くけど。

父さんたちの寝室《しんしつ》は二階だ。とりあえずこの家全体を指定範囲《はんい》にしとこう。見習いのぺーぺー神ではこれ以上だと神気をコントロールできない。

みんなにはリビングのソファーなどに座ってリラックスしててもらう。僕はリビングの中央に立ち、意識を集中させていく。家全体に神気の触手《しょくしゅ》を這《は》わせて。

ゆっくりと深呼吸をする。……よし。

「じゃあいくよ。【コネクト】」

スゥッと、みんなの意識が眠りに入るように落ちていった。回線が繋がるように、神力《じんりょく》で作ったサーバー的な擬似《ぎじ》世界へとみんなの意識が誘導《ゆうどう》されていく。

最後に僕も意識を手放して、ゆっくりと横たわるように絨毯《じゅうたん》の上に横に倒《たお》れた。

「ここはどこでござるか……？」

「神力で作られた極小の異世界……ってとこかな。なにもないけど。ま、【ストレージ】の中に入ったとでも思えばいいさ」

キョロキョロと辺りを窺《うかが》う八重《やえ》の疑問に答えながら、僕は久しぶり（といっても二日だが）に元に戻《もど》った自分の姿に喜びを感じていた。視界が高いっていいなあ！

擬似世界なので服が破れるといったこともなく、いつものコート姿になっていた。まあ今じゃこれが自分でも無意識に一番イメージしちゃうからなあ……。

「それはいいんですけれど……なぜこんな足下《あしもと》には霧《きり》が漂っていて、上は薄暗いん、ですか？」

「あ、いや、僕って一応死んでるからさ。幽霊《ゆうれい》っぽさを出さないといけないかなー、と思ったんだけど」

リンゼが指摘《してき》した通り、神力で作り上げたこの空間は、なにもない薄暗い空間に霧というかスモークが足下に立ち込める空間だった。ほら、なんか『霊界《れいかい》』って感じだろ？　まあ、実際に見たことはないんで、昔の映画やテレビドラマとかを参考にしたんだけれども。

神界はしょっちゅう行ってるんだけどね。

「でもこれじゃ、まるで未練があって迷い出たように思われるんじゃないの？　幸せにやってるよ、って伝えるために来たんでしょう？」

「あ」

……確かに。エルゼの言う通りだな。これではまるで恨《うら》み言《ごと》でも言いに来たような雰囲気だ。幽霊だから、とあまりにも安直だったか。反省。

となると、どんな感じの舞台《ぶたい》がいいんだろう。

「明るい太陽に白い雲、それと花畑とか……。そんな美しい自然の風景の方がよいのでは？　幸せに暮らしているように見えますし」

「そうね。天国で幸せに暮らしている、という体裁《ていさい》を取るならそっちよね」

ヒルダの提案にリーンも小さく頷く。なるほど。そっちか。

イメージを固めて指を鳴らす。刹那《せつな》、霧が吹《ふ》き飛《と》び、薄暗かった空間に柔《やわ》らかで明るい日差しが降り注ぐ。頭上には抜《ぬ》けるような青空が広がり、足下には吹き飛んだ霧の代わりに美しい花々が百花繚乱《ひゃっかりょうらん》とばかりに広がっていった。

この世界は僕が作り上げた擬似空間だ。海外のＳＦドラマなんかでよくある、ホログラムで仮想空間を生み出す部屋のように、僕の好きなように作り変えることができる。ちょっと爽《さわ》やかな風も吹かそう。芳《かぐわ》しい花の香《かお》りが辺りに漂う。

「すごい……。まるで本物みたいですね」

ユミナが足下の花をちょんとつつく。触ったという感覚もちゃんと認識《にんしき》できるから、現実とそう変わらないのかもしれない。残念ながら長い間保持する力は僕にはまだないのだけれど。持って一時間かな……。まさに泡沫《うたかた》の夢、といったところか。

「それで冬夜の父上と母上はどこじゃ？　もうこの世界に呼んでおるのか？」

「うん。あの家にいた全員の意識を繋いだから、この世界のどこかにいるはずなんだ……けど……」

そうスゥに返した僕だったが、彼女《かのじょ》の頭越《あたまご》しに花畑をズンズンとこちらへ進んでくる人《ひと》影《かげ》を見つけ言葉を止めた。後ろからは慌《あわ》てるようにもう一人が突《つ》き進《すす》む人物を追いかけてくる。

前者はひとまとめにした髪を肩《かた》から流した二十代後半に見える、本当は三十前半の女性。そしてその後ろから困ったような顔で追いかけてくるのは、四十過ぎの丸眼鏡《めがね》をかけた優《やさ》しそうな背の高い男性だ。

言うまでもなく、僕の両親である。父の名は望月冬一郎《もちづきとういちろう》、職業・漫画家。母の名は望月綴《つづり》、職業・絵本作家。

その絵本作家さんの方が、無表情でこちらへと爆進してくる。

長年一緒《いっしょ》に暮らしてきた僕にはわかる。母さんがあの表情をするときは、ものすごく不《ふ》機嫌《きげん》な時なのだ。もしかして、もしかしなくても、怒《おこ》ってらっしゃる……？

あれ？　亡《な》くなった息子《むすこ》さんとの感動のご対面シーンじゃないの、かな？

母さんが僕の前で立ち止まる。母さんが放つ無言の圧力に、周りにいたユミナたちも少しずつ離《はな》れていった。

「や、やあ、母さん……。元気だった？」

当《あ》たり障《さわ》りのない会話を引《ひ》き攣《つ》る笑顔《えがお》で述べた僕の顔に、母さんが手を伸《の》ばしてきた。細い手が僕の頬に触《ふ》れる。冷たい。こんな感覚まで感じるんだな。

もう片方の手も頬に触れた。目の前の母さんがほんのわずかに微笑む。子供の頃《ころ》に見た懐かしい笑顔だった。

そんな懐かしさに僕が浸っていると、母さんの両手に次第《しだい》に力が込められていく。……あれっ？

母さんの背丈《せたけ》は僕とそう変わらない。もともとモデルもしていたというだけあって、女性にしては高身長だ。この細身の身体のどこにそんな力があるのかと思うくらい、母さんの両手ががっしりと僕の頭をホールドしていく。

さっきの笑顔はどこへやら、目の前の実の母親は一瞬で険しい顔に変貌《へんぼう》し、僕《ぼく》に盛大な頭突《ずつ》きをかましてきた。

「コンの馬鹿息子《ばかむすこ》がッ!!!!」

「痛《い》ってぇッ!!!?」

目の前に無数の星が飛び散る！　後方に倒れた僕は、割れるような額の痛みに悶絶《もんぜつ》し、花畑をゴロゴロと転がり回った。ちょっと待って！　痛みとかの感覚も伝わるの!?　いや、実際にはそういう衝撃《しょうげき》があったと脳が錯覚しているんだろうけど！　あ、そうか。じゃあ痛くないと思えば……！

痛くない、痛くない、痛くない……。おお、痛みが引いた。さすが僕の世界。でもまだ痛い気がする……。

「今ごろやっと顔見せか！　死んだその日に夢枕《ゆめまくら》に立つってのがせめてもの親孝行ってもんじゃないのかい!?　しかもやっと来たと思ったら嫁が九人だぁ!?　こっちの気も知らんと楽しそうだなぁ、おい！」

「ちょっと待って!?　なんで知ってんの!?」

腕《うで》を組み、仁王《におう》立ちした母さんを見上げながら僕は驚いて声を上げる。ユミナたちがお嫁さんとはまだ一言も言ってないのに。テレパシーか!?　もともと勘《かん》の鋭《するど》い人ではあったけど……ってそんなバカな。

「ち、ちょっと待って、綴さん！　やり過ぎじゃないの⁉　大丈夫《だいじょうぶ》かい、冬夜君？」

「どうせ夢なんだからかまわないわよ、これぐらい！」

　心配そうに父さんが母さんの背後から声をかけてきた。どうやら二人ともこれは夢だと思っているようだ。狙い通りではあるのだが、だからといってまさかこんな攻撃《こうげき》を食《く》らうとは……。普通《ふつう》こういう場合、ハグとかじゃないの？　相変わらず現実でも夢でも容赦《ようしゃ》ないなあ！

「いや、ていうか、なんで母さんがみんなのこと知ってんの⁉」

「一週間前の夜にね、神様と名乗る変なじいさんが夢に出てきたのよ。あなたの息子さんを奪《うば》ってしまい、申し訳ないってね」

「僕も見たよ。白髪《しらが》のメガネをかけたおじいさんを」

　まさか、世界神様……？　先に母さんたちの夢に現れていたのか。僕を死なせたお詫《わ》びをしに……。

　……あれ、なんかヤな予感が。

「……それで、どうしたの？」

「腹立ったからビンタかまして、」

「うぉい⁉」

「……やろうと思ったけど夢の中で冬一郎さんに止められたから、勘弁《かんべん》してやったわ」

ブスッとした表情で母さんがそっぽを向く。

「いくら夢だとはいえ、さすがに神様って名乗る人をひっぱたいちゃ、と反射的にねぇ。おじいさんは引き攣った笑いを浮かべていたけど」

父さんが苦笑いをしながら答える。……帰ったら謝《あやま》っておこう。

「息子を殺されたんだからそれぐらい怒って当然でしょうが。だいたいあんたも悪い！雷《かみなり》なんかで死ぬなんて気合いが足りん！　それぐらい避《よ》けな！　情けない！」

無茶《むちゃ》言うなや。ただの雷じゃないんだぞ、神雷だぞ。邪悪《じゃあく》を打《う》ち払《はら》う神の雷《いかずち》なんだぞ。

「神様が『あなたの死んだ息子が嫁を九人連れて夢に現れるからよろしく』なんて、どんなお告げだってての！　自分の夢ながら起きて思わず『おいおい』って、ツッ込んだわ！」

「不思議なんだけれど、僕も同じ夢を見てねえ。しかし、綴さんも冬夜君もまるで本物みたいだ。これは本当に夢なのかな？」

そうか、父さんも母さんも自分以外はお互《たが》いも全部夢だと思ってるのか。父さんがほっぺたをつねろうとする。おっと。こっそりと痛覚を阻害《そがい》しておく。

「……痛くない。やっぱり夢か。だよねえ。でもまた冬夜君に会えて嬉《うれ》しいよ。元気そうだね……って死んでるのに元気ってのは変か」

「父さん……」

父さんが、ははは と笑う。相変わらずマイペースだな……。おおらかというか、鈍感《どんかん》というか。母さんも父さんと同じく頬《ほお》をつねる。当然こちらも痛覚カットをしておいた。

「……あれ？　さっきは少し痛かったけど」

「キノセイジャナイ？」

「そうか」

額をさすりながら首を傾げる母さんだったが、深く考えるのはやめたらしい。相変わらず単純……いや、細かいことにこだわらない性格で助かる。

「あんた、ちっとも背が伸びてないわね。ああ、私の夢なんだからそりゃ死んだ時のまんまか。……大人になったあんたを見られないのは残念だね」

母さんが少し寂《さび》しそうに笑う。僕の身体は神化しているので、人より成長が遅《おそ》い。それでもいつかは大人の身体になると思うが。その時にもう一度会いに来ようかな……。世界神様の許可をもらえたら、だけど。

「しかし……」

不意に母さんの視線がユミナたちに向いた。かなり衝撃的《しょうげきてき》な僕らの再会にみんな若干《じゃっかん》引いている。無理もない。出会《であ》い頭《がしら》にヘッドバットは僕だって引いた。

それでも義理の両親に挨拶《あいさつ》をと、ユミナが勇気を出して一歩前に出る。

「あ、あの、わ、わたし、いえ、私《わたくし》、は……」

「あんたがユミナだね？」

「え？」

母さんに名前を言い当てられたユミナがポカンとした表情で動きを止める。名前まで知っているのか。世界神様ってば、そこまで話したわけ？

「そっちの銀髪《ぎんぱつ》で長い子がエルゼ、短いのがリンゼ、ポニテが確か八重……だったかな、冬一郎さん？」

「うん、確かそう。そっちの金髪《きんぱつ》で小さい子とツインテールの子は覚えがあるよ。スゥさんにリーンさんだったかな。あの子らも冬夜君のお嫁さんになったんだねえ」

相槌《あいづち》を打つように父さんが小さく頷く。んん？　なんか変だな？　ユミナを始め、エルゼやリンゼ、八重まで知っているのに、スゥとリーンは嫁だと知らなかった……みたいな？

「あとの三人は知らないけれど……。ああ、ごめん！　まだそこまで読んでないからさ！」

ルー、ヒルダ、桜《さくら》の三人が母さんの言葉にショックを受けたように泣き顔になり、慌てた母さんが三人の下へ駆け寄《よ》る。

「……『読んでない』ってどういうこと？」

「日村《ひむら》君。知ってるだろ、同級生の」

え？　や、知ってるけど。中学の同級生でよく一緒に遊んでた友達だ。……なんで彼《かれ》の名前が出てくるの？

「彼、今僕のところでアシスタントをしているんだけど……。彼も神様が出てくる夢を何度も見たんだって」

え？　世界神様、日村君の夢にまで行ったのか⁉　相変わらずほいほいとフットワークが軽いなあ！

「その夢の中で、神様のおじいさんが冬夜君の活躍《かつやく》を見せてくれたそうだよ。君が別の世界に行って大活躍《だいかつやく》するって話で……。で、彼がその話をネームにして僕らに見せてくれたのさ」

「はあ⁉」

なにそれ⁉

ネームとは漫画《まんが》を描《えが》く際に、構図やコマ割り、キャラの動きやセリフなどを簡単に表した、いわば漫画の設計図である。下書きの下書きで、この時点で作品の良《よ》し悪《あ》しが決まると言っても過言ではない。

ネームを見れば、話がどんな流れなのかがわかる……ってことは、僕のあっちでの行動

が筒抜《つつぬ》けだったってこと⁉

もちろん、日村君の見た変な夢、という認識の上でだろうが。聞いてないよ、世界神様⁉

「そ、それってどこらへんまで……」

「えっと確か……先週持ってきたやつは、亀《かめ》と蛇のモンスターを仲間にしていたなあ」

珊瑚《さんご》と黒曜《こくよう》だ……。ってことはバビロンを見つける直前あたりか。それならルーたちは出てこないはずだ。

「神様からお嫁さんが九人と聞いてびっくりしたよ。なにがどうなってそんな……まあ、夢に説明を求めても仕方ないか。まったく最近変な夢ばかり見るよ。面白いからいいけどねえ」

「ソウダネー」

バビロン博士や神様ズの時もそうだったけど、僕の行動を覗き見している奴《やつ》多くないか……？　まさか友達に見られて、それを両親に漫画で知らされてるとか、どんな羞恥《しゅうち》プレイだよ！　日村君、今すぐそれは打ち切りにして別の作品を描きたまえ。

というか今のこの状況も、誰《だれ》かに見られたり読まれたりとかされてないだろうな……？

「んう？」

「？　どうしたんだい、桜？」

母さんと話していた桜があさっての方向に視線を向ける。訝《いぶか》しんだ母さんも、桜が視線を向けた方向へと首を回した。

自然と僕もそちらの方向へと目を向けてしまったが、その先はどこまでも花畑が続いているだけで何も見えない。というか、この世界に僕ら以外の何かがいるわけがないのだが。であるにもかかわらず、桜は耳に手を当てて、何かを聞き取ろうとしていた。桜は眷属《けんぞく》特性『超聴覚《ちょうちょうかく》』を持っている。人の聞き取れない音域の音や、遠くの音でも選び取り、聞き取ることができるのだ。なんか聞こえるのか？

「変な声がする……うめき声？」

「え？」

うめき声⁉　なにそれ、怖っ！　ホラー的な⁉　そんなのを設定した記憶《きおく》はありませんが⁉

「……や、違《ちが》う……。なんか赤ちゃんがぐずってるような……」

「「あっ」」

父さんと母さんが『ひょっとして……』と足早に歩き出す。え？　なに？

僕らも慌てて二人の後を追う。

数分歩いた先の花畑の中に、埋《う》もれるようにして、ベビー服を着た赤ちゃんを見つけた。今にも泣き出しそうな顔をしてぐずっている。

「やっぱり。よしよし。えらいねー、泣かなかったねー」

「だうぁ……」

母さんが花畑の中からその赤ちゃんを抱《だ》き上《あ》げる。ひょっとしてその子って……まさか。

母さんが笑顔であやしながら、僕の方へと赤ちゃんを向ける。

「ほら、冬花《ふゆか》ー。お兄ちゃんだぞー」

「う？」

やっぱりそうか。まんまるで小さな黒い瞳《ひとみ》が僕に向けられる。この子が僕の……。妹が生まれたんだな。

そうか、あの家全体を【コネクト】の効果範囲に指定したから、眠っていたこの子までこっち側に引っ張り込んでしまったのか。

「やっぱり冬花さんでしたか。冬夜君に会いたくて僕の夢に入り込んできたのかな？」

「私の夢にだよ。兄に挨拶に来るとはさすが私の娘《むすめ》、気配りができる子だよ」

「いやいや、綴さん。僕の娘でもあるんですよ」

二人とも変な言い争いをしながら赤ちゃんをあやしている。あれ、二人ともこんなに親

バカだったろうか？　どっちかというと僕の時は放任主義だったはずだが。じいちゃんに任せっぱなしだったし。

ちょっと嫉妬心《しっとしん》を感じてしまったが、「ほら」と、その子を母さんに渡《わた》されて、そんな気持ちは吹っ飛んでしまう。

「だぁう」

「わ……」

冬花が紅葉のような小さな手を僕に伸ばしてくる。かわいい。赤ちゃんを抱いたのは初めてではないけれど、一番かわいく見えるのは妹だからだろうか。

「うわあ、うわあ！　かわいい、です！」

「本当じゃのう！」

「これはかわいい。断言する」

僕の周りをリンゼとスゥ、桜が囲んだが、冬花は泣き出すようなそぶりもなく、彼女たちを興味深そうに眺《なが》めている。

「『ふゆか』ちゃん、というのですね」

「『ふゆか』か『とうか』か、読ませ方を悩《なや》んだけどね。女の子なのにあだ名が『とうちゃん』になったらかわいそうかと思ってこっちにした」

ケラケラと笑いながら、母さんがユミナに説明している。そのあだ名、小学生の時に付けられそうになったぞ、僕。母さんの後ろで苦笑している父さんもおそらく経験があるに違いない。『冬二郎』だしな。

「だぁう、だぁ」

「おっとと」

「わ」

冬花が身をよじって、そばにいたリンゼの方に手を伸ばす。物怖《ものお》じしない子だな。なかなかアグレッシブな性格のようだ。……母さん似かな。

「かまわないから抱いてごらん」

「え、いいんです、か？」

「お義姉《ねえ》ちゃんなんだから当たり前だろ。遠慮《えんりょ》しないでいいんだよ」

母さんの言葉を受けて、リンゼに冬花をゆっくりと手渡《てわた》す。こっちは落とさないようにと気をつけているのに、冬花はリンゼの方へと早く早くと、まるで急《せ》かすように手をじたばたさせていた。

「だぁう、どぅ」

「初めまして、冬花ちゃん。リンゼお義姉ちゃん、ですよ」

「だぁう♪」

リンゼが話しかけると、冬花はご機嫌《きげん》な笑顔を返してくれた。花がほころぶような笑顔とはこのことをいうのだろうか。ちょっと奥《おく》さん、天使がいますよ？

「あ、あたしも抱いていいですか？」

「落とさないように気をつけてくれれば、かまやしないよ」

自分も抱きたくなったのだろう、エルゼが母さんに許可を求めていた。他のみんなも代わる代わる冬花を抱いて、幸せそうな笑顔を浮《う》かべていく。モテモテだな、僕の妹は。

「よく笑う子でござるなあ」

「こっちまで微笑《ほほえ》ましくなりますわ」

八重の腕の中できゃっきゃっ、とはしゃぐように笑う冬花をルーが覗《のぞ》き込む。

「あまり人見知りをしない子のようですね」

「さすがダーリンの妹ね。肝《きも》が座《すわ》っているというかなんというか……。将来、かなりの女傑《じょけつ》になるんじゃない？」

「おいおい……」

ヒルダとリーンの会話に思わず突っ込んだ。女傑ってなんだ。男をばったばったとなぎ倒していく巴御前《ともえごぜん》のような姿に成長した冬花が僕の脳裏《のうり》に浮かぶ。まあ、優しい子に育ってくれればそれでもいいけどさ……。

難しい顔をしていた僕の肩を、母さんがぽん、と叩《たた》く。

「ま、冬花もいるし、私たちは楽しくやっているから、あんたは心配しないでちゃんと成《じょう》仏《ぶつ》するんだよ？」

「いやまあ……うん」

なんと言ったらいいものか。親に成仏を願われるってのはけっこうクるものがあるなあ……。

母さんたちは日村くんのネームを読んだ記憶から、都合よく作られた夢だと思っているから仕方ないけどさ。

いっそ全部本当のことをぶちまけてもいいような気がしたが、あくまで僕がここにいるのは新神研修の一環《いっかん》で、こちらに自由に来ることはできない。

世界神様の許可をもらえば来られるのかもしれないが、世界神様だって僕ばかりに何度も便宜《べんぎ》を図《はか》ることはできないだろう。眷属だからといって依怙《えこ》贔屓《ひいき》しているように見られるのもなんだしな。

それにもう僕は向こうの世界で生きていくと決めたのだ。彼女たちとともに、これからもずっと。

◇
◇
◇

「小学校の先生から電話が来たときはびっくりしたよ。朝に家を出たはずの冬夜が学校に来てないってんだからね。事故か誘拐《ゆうかい》かってこっちが騒《さわ》いでたら、警察署から連絡《れんらく》が来てさ。なにしてたと思う？　筏《いかだ》で川下りだよ。途中《とちゅう》で筏が壊れて溺《おぼ》れかけてたところを助けられたんだ。まったく馬鹿《ばか》な子だよ」

「なんでまた筏なんか……」

「川を筏で下れば歩いて学校へ行くより早く行けると思ったんだとさ。行けたところで次の日はどうする気だったんだか」

もういいだろ、その話は……。

背後では花畑の中で母さんによる僕の暴露《ばくろ》大会が開かれていた。

僕はいたたまれなくなって、父さんと二人でみんなから離れ、【ストレージ】に保管してあったルーお手製の料理を食べている。

「懐かしいねぇ。小学校二年生くらいだったっけ？」

「……一年生だよ」

だいたい筏で川下りは父さんからもらった『トム・ソーヤーの冒険《ぼうけん》』がヒントになったんだぞ。子供でも筏を作れるんだってね。

だけどやっぱりその辺の廃材《はいざい》や古いロープ、それに子供の力なんかじゃ、まともなものは作れなかった。船出してわずか数分であっさりと分解、川の真ん中で沈没《ちんぼつ》したんだ。ほんと、真冬じゃなくてよかった。

あのあと、いろんな人に怒られたなぁ……。じいちゃんにだけは『造りが甘《あま》い！』と筏の製作技術の未熟さを責められたが。

しかし夢だと思っているからか、さっきから母さんは人の黒歴史を遠慮なく……。いや、夢だと思ってなくても遠慮なく語るな、あの人は。

みんなもすっかり打ち解けてしまって、いろいろと母さんに聞いている。あまり黒歴史をほじくり返してほしくないんだけど……。

「しかし、冬夜君が結婚《けっこん》とはね。夢とはいえ、めでたいなぁ。嬉しいよ……」

「これからいろいろと大変だけどね……」

「冬夜君。結婚はね、男の方が一歩引いた方が何かとうまくいくもんだよ。夫婦《ふうふ》生活を潤《じゅん》滑《かっ》にしたいなら、ね」

うーん、うちの奥さんたちは僕が一歩引かないでも自分から前に出るタイプが多いからな……。逆にぐいぐいと引っ張られるというか。異世界《むこう》の女性はけっこう行動力があったり、ものをはっきりと言うタイプが多いし。

一番おとなしい（と思われる）リンゼでさえ、自分の意見ははっきりと僕に言うしな。逆に頼《たよ》り甲斐《がい》があるから、頼りっぱなしじゃ男として情けない、とか考えちゃうんだよね。くだらない男の見栄《みえ》なんだとわかってはいるんだけど。

「そんなものはさっさと捨てたまえ。家族に見栄を張っても無駄《むだ》さ。カッコ悪いところも含《ふく》めて全部受け入れてくれるのが家族なんだから、男の見栄やプライドなんて無意味なだけだよ？」

……まあ、確かにそうだとは思うけど。

昔の失敗話を聞かれたところで『かっこ悪っ』と、みんなに嫌《きら》われるとは思ってないけどね。僕だってみんなの過去話を聞いて、それで嫌うことなんかありえないし。

「冬夜の初恋《はつこい》の相手は祥子《しょうこ》ちゃんって言ってお隣のお姉さんでね」

「ただ、それと恥《は》ずかしいのは別物だろ！」

止まらない母さんの話を背中で聴《き》きながら僕はルーの作った弁当をやけ食いする。ああ、もう！　美味《うま》いなあ！

「う、ぶ、うあう……」

「ありゃ、冬花？　おねむかい？」

振《ふ》り返《かえ》ると、母さんに抱かれていた冬花が小さなあくびを漏《も》らし、まぶたをとろんとさせていた。

無理もない。寝《ね》ていたところを【コネクト】で意識を繋がれ、引っ張ってこられたのだ。赤《あか》ん坊《ぼう》じゃなくても精神的に疲《つか》れてくるはずだ。

それとも兄の名誉《めいよ》を守らんがため、気を利《き》かせてくれたのだろうか。よくできた妹だ。お兄ちゃん嬉しいよ……。

夢の中で眠るってのはレム睡眠《すいみん》からノンレム睡眠に移行するってとこだろうか。どちらにせよ、赤ん坊には辛《つら》そうだ。

「……そろそろお暇《いとま》するよ」

「もうかい？」

ルーのお弁当を【ストレージ】に片付けながら僕は立ち上がった。目的は達したし、あまり長くいても別れが辛くなる。父さんが残念そうな眼差《まなざ》しでこちらを見上げてくる。

「あまり長い間ここにはいられないんだ。冬花も眠《ねむ》そうだし、そろそろ戻るとするよ」

「そうか、残念だなあ」

【コネクト】での亜空間維持《あくうかんいじ》には神力が消費される。長くは持たない。その前に帰らないとな。……それとやっぱりこれ以上、黒歴史を晒《さら》されたくはないし。

父さんも立ち上がり、二人でみんなのところへ向かう。父さんがルーの料理を褒《ほ》めちぎると彼女は赤くなりながら喜んでいた。反対に母さんは難しい顔をしていたが。

じいちゃんも父さんも料理がうまいのに、母さんはあまり得意じゃないからなぁ。僕にとってのおふくろの味は、おにぎりとサンドイッチだ。それだけに特化したからか、母さんのおにぎりとサンドイッチはものすごく美味い。僕だけがそう感じるのかもしれないが。いや、父さんも同じかな。

もう一度あのおにぎりとサンドイッチを食べたかったけど……。

「いくのかい?」

「ん。あんまり冬花を夜更《よふ》かしさせるわけにもいかないしね」

「だぁう……」

母さんの腕の中で冬花が身をよじる。これは相当おねむだな。早く解放させてあげないと。

「お盆《ぼん》には帰ってくるんだよ。キュウリかナスで馬を作っとくからさ。ああ、ついでに父さんも引きずってきな。あんたと同じで夢にも現れやしない。孫娘《まごむすめ》の顔ぐらい見に来いって言っときな」

「いや、まあ、会えたらね……」

母さんの言葉に曖昧《あいまい》に答えておく。いや、じいちゃんがどこにいるか知らんし。天界にいるのかね？　夢に現れないってのは、じいちゃんのせいじゃない気がするけどなあ。

お盆に来られるかは怪《あや》しいけど、いつか必ずまた来よう。大きくなった冬花も見たいしな。

「じゃあ、僕らはこれで。二人とも元気でね。冬花もまたね」

「あんたも元気で……ってのは変か。ま、みんなと楽しくやりな。その子たちを泣かすんじゃないよ？」

「また会えるのを楽しみにしているよ。次はもっとゆっくりできるといいね」

神族としての実力が付けば、もっと長時間精神世界に滞在《たいざい》することも可能になると思う。そうなれるようもっと頑張《がんば》らないとな。

「【ディスコネクト】」

精神世界との接続を解除する。やがて視界がぼんやりと曖昧になっていき、僕らは現実世界へと帰還《きかん》した。

「ん……」

絨毯の上から立ち上がる。うん、意識ははっきりとしているな。視線が元の低い位置に戻ってしまったのがやるせないが。

「うむ……？」

「ふぁ……？」

初めにスゥやユミナが起き出して、続けてみんなも意識を取《と》り戻し始めた。

みんなは夢から覚めたが、【スリープクラウド】で眠らせた母さんたちはまだ眠っているはずだ。

「……ん？」

「どうしたでござるか？」

さて撤退《てったい》するか、と思った時に、妙《みょう》な感覚を感じた。まさか……。

リビングのカーテンを開けて庭を見ると、そこには世界神様が立っていた。え、なんで⁉

窓から覗いている僕へ向けて、月明かりの中、手を振っている。そしてその後ろには首《こうべ》を垂れる人物が一人。……誰だ？

カラカラと窓を開けて、置いてあったサンダルを履《は》いて僕も外に出る。サイズが合わなくて歩きにくいな……。

「首尾《しゅび》よく終わったようじゃの」

「どうしたんですか、いったい……。あ、すみません。母がなんか失礼なことをしたようで……」

「や、まあ、あれは仕方ないの。間違《まちが》いなくワシのせいじゃし。……ちょっと、いやけっこう怖《こわ》かったがの……」

世界神様が乾《かわ》いた笑いを漏らす。おい待てよ、神様をビビらせるってどんな存在なんだよ、マイマザー。

「それでその……そちらの方は？」

「うむ。こやつはの、従属神じゃ」

「え!?」

「ああ、違う違う。お前さんたちの世界で暴れていた従属神とは別神《べつじん》じゃよ」

ああ、びっくりした。あのニート神が蘇《よみがえ》ったのかと……。そういやあのニート神と違って若いや。っていうか、女性じゃんか……。

ニート神は痩《や》せぎすの爺《じい》さんだったが、こちらの従属神は花恋《かれん》姉さんより少し年上……二十代後半の姿をしていた。

黒い髪《かみ》は短く、身体《からだ》つきはスレンダーだ。雰囲気《ふんいき》は諸刃《もろは》姉さんに似ているな。

「こやつはの。お前さんが倒《たお》した従属神の指導員じゃった従属神じゃ」

え、あのニート神の!?　僕が驚《おどろ》いていると、その指導員だったという従属神は頭を下げたまま謝罪を始めた。

「このたびは自分の不手際《ふてぎわ》により、そちらの世界に多大なるご迷惑《めいわく》をおかけしてしまい、誠《まこと》に申し訳ございませんでした。本当ならばすぐにでも謝罪するべきところであったのですが、未《いま》だ位《くらい》をいただかぬ身、地上へと降りることは許されず……」

「あ、いや、顔を上げて下さい。もう終わったことですから」

従属神はいわば正式な神になる手前の神。しかし、従属神の中にもピンからキリまであり、僕らの世界で暴れたあいつがニートだとすれば、この人はほぼ仮入社できる優秀《ゆうしゅう》なレベルらしい。

つまり従属神の中でも先輩後輩《せんぱいこうはい》というような上下関係はあって、この人があのニート神を指導していたらしいのだ。苦労したでしょうなあ……。

「あやつはどうも堪《こら》え性《しょう》がなく、少しの困難で匙《さじ》を投げたり、なにかと手抜《てぬ》きをするところがありまして……。そのたびに叱《しか》りつけてきたのですが、まったく反省する様子もなく……。ある時ふっといなくなり、またいつものサボりかと思っていたらとんでもないことに……」

そりゃ驚いたでしょうなあ。昨日まで指導していたバイト君が、朝のニュースで犯罪者として報道されているのを見たようなもんだろ。

「まあ、全《すべ》てこの子のせいではないと言ったのじゃがな。どうしても罪を償《つぐな》わねば下級神になれないと言い出して……。それで冬夜君のところに連れてきたわけじゃ」

それは律儀《りちぎ》というかなんというか……。悪いのは全部あのニート神だと思うんだけど。

「で、じゃ。この子が言うには君の妹さんの守護神になりたいということなんじゃが……」

「はあ⁉」

守護神ってなによ⁉　神様憑《つ》いちゃうの、うちの妹⁉

「正確には神としてではなく、この地上に生きる者として降臨し、それとなく妹さんを守る……ボディガードのようなものかの。当然、許可なくば神としての力は使えんが……」

「いや、わざわざそんなことをしてくれなくても！　本当に気にしてませんし！」

「それでは私の気がすみません！　どうかお聞き届けを！」

ええー……。あかん。この人、いわゆる真面目《まじめ》タイプだ。冗談《じょうだん》の通じない、優等生によくいるタイプ。キチッと問題を片付けてからじゃないと次に進めないって人。神だけどな。

「許可してやってくれんか。なに、人間の一生に付き合ったとて、神としてはほんの数日の感覚じゃ。それでこの子の気がすむのなら、やりたいようにさせてほしいんじゃが……」

「うーん……」

確かに以前、召喚獣《しょうかんじゅう》を冬花のボディガードにしようなんて考えたこともあるけど……。こちらの世界では魔力《まりょく》が薄《うす》く、召喚獣を維持《いじ》できないとわかって断念したのだが。

その代わりに最下級の従属神とはいえ、神様がボディガードについてくれるなら、これ以上の安心はないけど……。

「でもどうやって？　人化してですか？」

「それだといろいろと難しくなるので、動物になろうと思います。こちらで飼っていただけるペットにでも姿を変えて、妹君を守るつもりです」

神がペットとかなんの冗談だよ……。でも目の前の人はマジで言ってんだろうなあ……。こちらとしてもありがたいし、ここはひとつお願いするか。

「なら、犬がいいです。両親とも犬好きなので」

「犬……ですか。わかりました」

そう言うとたちまち従属神の女性は真っ白い狼《おおかみ》のような犬に変身した。おおう、ワイルド。シベリアンハスキーとか、それ系の犬かな？

『これでよろしいでしょうか』

「いや、うーん……。このままだと飼ってくれるか怪しいな……」

『ええっ⁉』

ガーン！　っとショックを受けたように耳を伏《ふ》せる犬。あ、いや、ワイルドすぎるんだよね。一匹狼《いっぴきおおかみ》のイメージというか、『俺《おれ》は一匹《ひとり》で生きていく』オーラがあるというか。

飼われるには第一印象が大事だと思うし。あ、そうか。

「仔犬《こいぬ》になってなれます？　かわいくて小さい方が飼われる可能性が高いと思うんですけど」

『なるほど。それならば……』

白い犬がピカッと光り、あっという間に小さな仔犬になってしまった。うおっ、かわいいな。さっきまでのワイルドさはどこへやら。

『これでどうでしょう？』

「バッチリです。あとは二人に人懐《ひとなつ》っこいアピールをすれば大丈夫かと。あ、言葉は話さないで下さいよ？」

『心得ています』

ぴっ、と白い仔犬が前足を額の横につけ、敬礼のようなポーズをとった。いや、それ変だから。大丈夫かいな。

「面倒《めんどう》かけてしまってすまんの」

「いえ、こちらもありがたいです。やはり心配ですし」

「あの子が魔力を掻《か》き集《あつ》めれば状態回復魔《ま》法《ほう》もなんとか使える。病気とかいざという時にも対処できると思うから安心じゃよ」

そうなのか。それは頼りになるボディガードだな。

これで安心と振り返ると、白い仔犬が僕《ぼく》のお嫁《よめ》さんたちにもみくちゃにされていた。

「かわいいです！　ふわふわです！」

『ちょっ、やめ、あっ！』

「真っ白じゃ！　かわいいのう！」

あれ、なんかデジャヴ。琥《こ》珀《はく》の時とおんなじだな。懐《なつ》かしいけど。

……本当に大丈夫《だいじょうぶ》かいな。

◇　◇　◇

「だぁう、だあ」

「ん？　どうしたんだい、冬花？」

窓へ向けて一直線にハイハイしていく娘を、綴は目で追いかけていた。いつもご機嫌な娘だが、今日はやけにハイテンションだ。まさかこの子もあの夢を見たのだろうかとふと思う。

昨晩、夢に亡《な》くなった息子《むすこ》が出てきた。それも九人も嫁を連れて。自分の夢ながらあまりの突拍子《とっぴょうし》もない設定に呆《あき》れてしまう。多すぎだろ、と。どの子もいい子だったが。

この話を旦那《だんな》にしたところ、『自分も同じ夢を見た』と驚いていた。お互《たが》い見た夢のことを詳《くわ》しく話すと、どう考えてもまったく同じ夢を見たとしか思えない状況《じょうきょう》だった。夫婦二人揃《そろ》って同じ夢を見るとは不思議なこともあるものだ。

お互い同じ家で仕事をしているし、生活のリズムも一緒《いっしょ》だからそんな現象が起きたのだろうかとも考える。

綴の場合、あまり深く考えないタチなので、『不思議な夢を見た』という事実のみを受け入れていたが、夫の方は未だに考え込んでいる。

「うーん、これは霊界《れいかい》からの何かの暗示……。いや、そもそもあの冬夜君がアストラル体であるなら……」

……単に漫画のアイディアに使えそうだと思っているだけかもしれないが。

それにしてもやたらとハッキリした夢だった。明晰夢《めいせきむ》というやつだろう。その夢に娘の冬花も出てきた。それで幼いこの子もあの夢を見たのかもしれないと思ったのだ。

「まさかね」

綴は首を振り、その考えを否定する。さすがにそれはないだろう。確かめてみたいところだが、赤ん坊である冬花には確認《かくにん》しようもないことだ。

その冬花が窓枠《まどわく》につかまり立ちをして、庭へと出る掃《は》き出《だ》し窓をばんばんと叩いている。開けろということだろうか。窓の下部は曇《くも》りガラスになっているので冬花の視線の高さでは庭は見えない。庭を見たいのかもしれない。

「なんだい？　お外に出たいのかい？」

「だぁ、だぁう、わん、わ！」

「わん、わ？」

娘のよくわからない発音に、綴が首を傾《かし》げていると、窓の外から『うぁん！』と小さな声がした。

綴が立ち上がり窓際《まどぎわ》に近付くと、庭に一匹の仔犬が行儀《ぎょうぎ》良くおすわりをしていた。真っ白で綺麗《きれい》な仔犬だ。犬種としてはシベリアンハスキーの仔犬っぽいがちょっと違う。雑種だろうか。

「だぁう、わん、わ！」

「ああ、わんわん、か」

やっと娘が言っていることを理解した母はカラカラと窓を開ける。すぐに突撃《とつげき》しようとする娘を見て、慌《あわ》てて冬花を抱き上げた。朝からベビー服を泥《どろ》だらけにするのは勘弁《かんべん》してほしい。

「わん、わ！」

「はいはい、わかりましたよ」

抱《かか》え上げた冬花を連れて、サンダルを履き庭に出る。仔犬はじっとおすわりしたまま微《び》動《どう》だにしない。ずいぶんと大人しいなと綴は思った。普通《ふつう》、これぐらいの仔犬の時なら、なんにでも興味を示して駆《か》け回《まわ》るものだが。

「ほら、わんわんだぞー」

「わんわ！」

「うぁん！」

冬花に答えるように仔犬が小さく吠《ほ》えた。綴は冬花を抱えたまま屈《かが》んで手を伸《の》ばし、仔犬の頭を撫《な》でた。仔犬は逃《に》げることもなく、素直《すなお》に撫でられている。

「ずいぶんと人に慣れてる子だね。どこかの飼い犬かね？」

首の周りの毛をよけてみるが、首輪らしきものはない。付けられていたあともないので迷い犬かもしれないと綴は思った。

「くぅん」

仔犬が綴の手に頭を擦《す》り付《つ》けるようにして甘えてきた。まずい。これはまずい。娘ほどではないが、かわいいではないか。

「あれ？　綴さん、その仔犬どうしたんですか？」

「あ、冬一郎さん。や、なんか迷い犬みたい」

振り返ると窓から身を乗り出すようにして夫がこちらを窺《うかが》っていた。すぐにサンダルを履き、庭へと降りてくる。

夫は犬好きだ。綴も同じく犬好きではあるが、犬を飼ってはいない。知り合いのところ

で生まれた仔犬をもらおうとしたこともあったが、なぜか仔犬に怯《おび》えられ、嫌《いや》がられ、寄り付かなかったので諦《あきら》めたことがある。三度も。

「くぅん？」

そんなこともあり、犬を飼うのは諦めていたのだが、なぜかこの子は懐いている。仔犬に怯えられる綴にとって、これは運命ではないかと思った。

亡くなった息子の夢を見たその翌朝に現れたのも偶然《ぐうぜん》とは思えない（確かに偶然ではないのだが）。

ひょっとしたらこの犬は息子の生まれ変わりなのではないだろうか、という考えが頭をよぎったが、それを否定するかのように仔犬が首を横に必死にブンブンと横に振る。……違うかもしれない。

「冬一郎さん、この子うちで飼えないかなぁ？」

「うーん、もしもよそ様の子だったりしたら別れが辛いですけど……」

「わんわ！　わんわ！」

「ほら、冬花も気に入ってるみたいだし」

冬花が綴の腕《うで》の中から手を伸ばし、白い仔犬の頭を撫でる。それに対しても仔犬はただ撫でられるままにしていた。

「本当におとなしい子ですねえ」

「ね。飼ってもいいでしょ？　お前もうちの子になりたいよねー？」

「うぁん！」

返事をするように仔犬が元気よく吠えた。綴と仔犬がちら、と冬一郎の表情を窺う。彼《かれ》は眼鏡を中指で上げながらゆっくりと口を開いた。

「ダメです」

「えーっ⁉」

「だぁう！」

「くぅん……」

妻と娘、さらに仔犬から不満やがっかりした声が漏れる。

「いえ、まずはちゃんと手続きを済ませてからです。動物病院に行って、それから交番にも行かないと。どこかで飼われていたかもしれませんしね。飼うのはそれからです」

「やった！　ありがとう、冬一郎さん！」

「だぁう、わんわ！」

「うぁん！」

綴の足元を走り回りながら、白い仔犬……元・従属神は安堵《あんど》の息をついていた。

《まずは成功ですね。これから全力で冬花殿《どの》をお守りせねば》

これが従属神としての最後の務め。自分が犯《おか》してしまった罪の償いをする。それを成《な》し遂《と》げてからでなければ下級神になどなれない。

いずれは自身の分体を生み出し、見た目には世代交代をしながら、この方をずっとお守りしていくのだ。

「わんわ！」

「うぁん！」

こうして新たに望月家に家族が増えた。やがてこの仔犬とその主人である少女が、いろいろと変わった事件に巻き込まれていくのだが……。それは別のお話。

◇　◇　◇

「ふぁ……」

寝ぼけ眼《まなこ》をこすりながら階段を下りる。昨夜は遅《おそ》くなってしまったからか、なかなか寝《ね》付《つ》けなかった。昼寝《ひるね》……夕寝？　もしたしな。

来客の多かったじいちゃんの家なので、寝るための布団《ふとん》は人数分あったが、さすがにそれを全部敷《し》くことのできる部屋はない。なので、何人かで部屋を分けて眠ることにしたのだ。

僕がどの部屋に行っても不公平ということで僕だけ一人で寝ることになったのだが、新婚《しんこん》旅行で夫婦別室って普通なら離婚《りこん》まっしぐらじゃなかろうか。

しかし昨日は大変だったな……。

あの従属神は無事に母さんたちに取り入ったかな。二人とも犬好きだから大丈夫《だいじょうぶ》だと思うけど。

母さんなんて犬好きなのになぜか犬に怯えられるという、変な体質だったからな。可愛《かわい》く甘えて迫《せま》ればきっとイチコロに違《ちが》いない。

ちなみに僕とじいちゃんはどちらかというと猫《ねこ》派だった。

まあなんにしろ、あの従属神が僕の代わりに冬花たちを守ってくれる。ありがたいことだ。まさに守護神だな。まだ正式な神ではないけれども。

「ん？」

階下からいい匂《にお》いが漂《ただよ》ってくる。キッチンへ向かうと、エプロンをしてトントントントン、と包丁を刻むルーの後ろ姿があった。キッチンの窓から差し込む朝日がキラキラと彼女《かのじょ》を包む。綺麗だな……。

「あ、冬夜様。おはようございます」

「いい……」

「え？」

「あ、いや！　なんでもない！　おはよう、ルー」

キッチンテーブルの椅子《いす》に腰掛《こしか》けると、ルーがポットからお茶を淹《い》れ、じいちゃんの湯のみに注いで渡《わた》してくれる。

「早起きだね。ちゃんと寝たの？」

「お城ではいつもこの時間に起きていたので、癖《くせ》になっているんですの。ぱっちりと起きれましたわ」

そうか、ルーはコック長のクレアさんが朝食を作るのを手伝っていたからなあ。染《し》み付いた習慣ってのはなかなか抜《ぬ》けないからな。同じ生活を続けていれば、そのうち身体の方が勝手にそれに馴染《なじ》むもんだ。

「みんなは？」

「八重さんとヒルダさん、エルゼさんはもう起きてますわ。庭で模擬《もぎ》戦をしています。リンゼさんとユミナさんはリビングでテレビを見ていますわ」

なんだ、けっこうみんな早起きだな。まあ、もともと向こうの世界の人はあまり夜ふかしすることとってないんだけどさ。みんな遅くても午後十時には寝てしまうからな。

「スゥたちは？」

「まだ寝てますわ。朝食ができたら呼びますのでもう少し寝かせておきましょう。昨日は疲れたでしょうし」

どうやらスゥ、桜、リーンの三人はまだ寝ているようだ。最後じゃなくて少しホッとする。朝食にみんなを待たせてのうのうと眠る旦那なんてできれば避《さ》けたい。

「スゥは昨日、冬花を見てはしゃいでいたから疲れたんだろう。桜は元から寝起《ねお》きが悪いし。リーンは……」

「言っとくけど、歳《とし》のせいじゃないわよ……？」

「うおわっ⁉」

声に振り向《む》くと寝ぼけ眼なのか睨《にら》みつけているのか、半眼のリーンがパジャマ姿で立っていた。びっくりした！　気配なく背後に立つなってのー！

いつものツインテール姿ではなく、真っ白な髪を下ろしている。いつも思うけど、この姿のリーンも可愛いな。

「そんなこと思ってないよ。年寄りなら逆に早起きだろ。気にしすぎだよ」

「そ。ならいいけど。ルー、私もお茶をもらうわね」

「ええ、どうぞ」

リーンがまだ眠そうな目で急須《きゅうす》から湯のみにお茶を注ぐ。

「桜とスゥも起きた？」

「まだ寝てるわ。あと少しだけ寝かせておきましょう。それでダーリン、とりあえず一番の目的は終えたわけだけど、これからどうするの？」

「うん、あとはみんなと相談して決めようかと思ってる。もうこっちの世界になんて来れないだろうから、やりたいことをやらないとね」

このままでは動物園と両親に挨拶《あいさつ》しただけで終わってしまう。それは新婚旅行としては少し寂《さび》しいからな。

スマホを通して【ゲート】を使えばどこにでもいける。神力を消費するから、そんなにバンバンとは使えないが、一日に往復するぶんくらいなら問題ないと思う。

「あ、そういえば」

「どうしたの、ダーリン？」

ちょっと思い出し、じいちゃんの書斎《しょさい》へと向かう。本棚《ほんだな》にはきちんと本がそのジャンルごとに並べられているので、探しやすいな。なんだかんだでじいちゃんは几帳面《きちょうめん》だったからなあ。え、と……。これか。

目的の本を持ってリーンたちのところへ戻《もど》る。

「これは？」

「旅行のガイドブック……旅の案内本、かな。じいちゃんの知り合いが書いた本で、昔見せてもらったのを思い出したんだ」

これなら世界中の名所が載《の》ってる。少し古い本だが、世界の名所ってそんなに大きく変わったりはしないだろうから、【ゲート】で飛ぶのに問題はあるまい。

リーンが本を受け取り、ペラペラとめくる。

「へえ。面白《おもしろ》い建築物ね。古代の息吹《いぶき》を感じるわ。好きよ、こういうの」

「チチェン・イッツァか。千年くらい前の古代都市だよ」

『マヤ古代都市最大の規模を誇《ほこ》る、後古典期（西暦《せいれき》９００年～）の』とあるから、だいたいそれくらいだろ。

リーンが開いたページには有名な『ククルカンの神殿《しんでん》』の写真が載っている。階段ピラミッドのアレだ。春分、秋分の日に蛇《へび》の影《かげ》が階段に現れるというピラミッドだな。

その蛇がマヤではククルカン、アステカではケツァルコアトルと呼ばれる神だと言われている……と書いてある。

「千年前の都市ってだけでここまで劣化《れっか》するのかしら？」

「だからこっちには保護魔法とかないんだって」

「ああ、そうだったわね」

土魔法による建築物の強化は異世界《あちら》じゃ割とポピュラーだ。金持ちの家やお城には大抵《たいてい》施《ほどこ》されていたりする。

こっちの世界にも保護魔法があれば、朽《く》ちる前の遺跡《いせき》がいろいろと見れたのかもしれないなあ。残念だ。

ガイドブックには他にもスフィンクスやストーンヘンジといった古代遺跡の他に、ピサの斜塔《しゃとう》やエッフェル塔《とう》といった建築物もあった。当然、建築物だけではなく、ナイアガラの滝《たき》とかグランドキャニオンなど自然のものもある。

あ、日本の名所もあるな。天の橋立とか、東京タワーとか。スカイツリーじゃないところがアレだけど。古い本だし仕方ないか。

リーンと本を覗《のぞ》き込んでいると、ピピッ、と電子レンジが鳴る。

「冬夜様、そろそろ二人を起こしてもらえます？」

「あいよー」

二階へと戻り、和室になっている部屋へ入ると、寝相《ねぞう》悪く布団から飛び出して寝ている

パジャマ姿のスゥと桜が転がっていた。うら若き乙女《おとめ》がはしたない……と思うより、その

無防備さが可愛いと思ってしまうのはなぜだろうか。

もうこの二人も若奥様《わかおくさま》なんだけれどもな。

「スゥ、起きな。朝だぞー」

「うにゅ……。まだ眠いのじゃー……」

肩《かた》を揺《ゆ》らす僕の手をイヤイヤと払《はら》うスゥ。こりゃ、レイムさんも苦労したんだろうなァ

……。スゥのお付きだったオルトリンデ家の執事《しつじ》、レイムさんは今はスゥの弟であるエド

君に付いている。といっても今は引継《ひきつ》ぎの最中で、数ヶ月《すうかげつ》もしたら後継《こうけい》であるレイムさん

の息子さんに仕事を引《ひ》き渡すんだそうだ。

そのまま引退かと思ったら、兄であるライムさんのところ……つまりはブリュンヒルド

で働きたいと言ってきた。なんでもスゥと僕の子供の世話係を希望しているらしい。

ありがたいけど、この様子だとまだまだ先だと思うなあ。僕は無邪気《むじゃき》に眠るスゥを見て

小さくため息をついた。

「ほら、起きなって。もう朝ごはんができてるぞ」

「ごはん……」

むく、と僕の言葉に反応したのはスゥではなく、布団に抱《だ》きついて寝入《ねい》っていた桜だった。

「……こっちにきてからごはんが美味《おい》しいのがいけない。間違いなく太る。断言する」

食べ物に反応するとは、なんとも残念な起き方ですよ、お嬢《じょう》さん。

「や、断言されてもさ」

「太ったら嫌いになる……？」

桜がこちらを窺うように小首を傾げて尋《たず》ねてくる。なにを馬鹿《ばか》なことを。

「なるわけないいじゃないいか。どんな姿になっても僕が桜を嫌いになるなんてありえない」

「さすが王様。そう言うと思ってた」

桜が布団を手放し、代わりに僕の方へと抱きついてくる。ちょっと待て！　子供の身体じゃ受け切れないんだってば！

どさっと敷布団《しきぶとん》の上に僕は押《お》し倒された。そのまま桜に抱きしめられてホールドされる。

「むう。人の枕元《まくらもと》でなにをしてるのじゃ……。わらわも交ぜるのじゃー！」

完全に覚醒《かくせい》したスゥが僕らにのしかかってきた。ちょ、やめれ、変なとこ触《さわ》るな……っ

……！

「なにをしてるんです、か？」

「「あ」」

ドタンバタンと揉《も》み合《あ》っていた僕らを見下ろすように、部屋の入口に腰《こし》に手をやったリンゼが呆れたような眼差しで立っていた。

「とっくにみんな席に着いて待っているんですよ？　さっさと起きないとダメ、です」

少し怒《おこ》ったような口調で責められる。あちゃあ。起こしに行った僕が降りてこないので、リンゼが見にきたようだ。悪いことしたな。

「ごめんごめん。すぐに下に行くから……」

と言いかけて、リンゼへと見上げた視線をゆっくりと逸《そ》らす。いかん！　ニヤけるな！

「どうしたん、ですか？」

「うむう。わざとかのう？」

「え？」

「パンツ見えてる」

桜の言葉にずざっとスカートを押さえたリンゼが寝転《ねころ》んだ僕らから飛《と》び退《の》く。いや、もう夫婦《ふうふ》なんだからそこらへんはいいのでは？　とも思うが、夫婦であっても羞恥心《しゅうちしん》をなくしたらいかんような気もする。

「アレはおとついに買った新しいやつ」

「かわいいが白はどうかのう。リンゼもすでに人妻なのじゃから、もっと『あだるてぃ』

なものを着けてもよかろうに」

「い、いいじゃないですか！　これが気に入ったん、です！」

人妻とかアダルティとか……スゥのやつ、シェスカに変なこと吹《ふ》き込まれたな？　それともこちらのテレビで覚えたんだろうか。

「わらわももう人妻じゃから、もっと大胆《だいたん》なものを着けたいんじゃがのう。ユミナ姉様がまだ早いと許してくれんのじゃ」

そりゃこっちの年齢《ねんれい》でいったらスゥはまだ中学生だからな……。向こうだともうあと一、二年で成人扱《あつか》いされる年なんだけどさ。

意外と向こうの人たちは寿命《じゅみょう》が長い。この場合の寿命とは老衰《ろうすい》で死ぬ年齢ということだが。平均寿命となると、病気や魔獣《まじゅう》による被害《ひがい》、貧困などで若くして亡くなる者が圧倒的《あっとうてき》に多いので、かなり短くなると思うけど。

博士が言っていたが、人間でもエルフや妖精《ようせい》族のように、長命種の血が先祖に混じっていたりすると、百歳を越《こ》えることも珍《めずら》しくないそうだ。

実を言うと『研究所』での検査でわかったことだが、八重がそれに当たる。かなり遠い先祖にだが、わずかに有角族《ゆうかくぞく》の血が混ざっているらしい。本当にわずかだが。

イーシェンの帝《みかど》である白姫《しらひめ》さんも精霊《せいれい》と有角族の血を引いている。イーシェンには『鬼《おに》族』という有角族が存在するので、たぶん八重の遠い先祖の一人もそれなんだろう。

八重の信じられない食欲を見るたびに、あれは鬼族の隔世《かくせい》遺伝ではないか、と思ってしまうけども。

「もう！　いいから早く起きて下さい！　じゃないとごはんがなくなりますよ！」

「むう。それは一大事」

「八重！　わらわの朝食を取るでないぞ！」

バタバタと跳《は》ね起《お》きたスゥと桜が階段を下りていく。いくら八重でも人のおかずに手を出したりはしないってば。まあ、ごはんと味噌汁《みそしる》とかはおかわりしまくってなくなる可能性はあるけども。

「冬夜さんもいつまでも寝《ね》てないで起きて下さいね？」

「いや、僕は寝てたわけじゃないんだけど……」

まあいいや。さっさと朝ごはんを食べてみんなとどこへいくか相談しよう。リンゼに手を引かれながら僕は階段を下りていった。

第五章　異世界への帰還

「あっ、あーっ⁉　桜《さくら》、やめるのじゃ！　やめーっ！」

「勝負は非情」

桜の操《あやつ》るカートから赤い甲羅《こうら》が発射され、手前を走っていたスゥの操るカートにぶつかり車体をスピンさせた。

その隙《すき》に桜のカートがスゥをゴール手前で抜き去《さ》り、先頭でチェッカーフラッグを浴びる。

「おのれ……！　最後の最後で……！」

「ぶい」

コントローラーを握《にぎ》りしめたまま、スゥが蹲《うずくま》る。テレビ画面には1位の表彰台《ひょうしょうだい》で喜び跳ねる桜のキャラがいた。

スゥと桜が夢中になってやっているのは、ひと昔前に発売されたテレビゲームだ。

じいちゃんちの押し入れに入っていたのを目ざとくスゥが見つけてきたのである。

じいちゃんは歳《とし》の割に新しいもの好きで、こういったテレビゲームにも手を出していた。凝《こ》り性だったため、ソフトもかなりの数保存してある。

まさかまだ動くとは思わなかったけどさ。だってこの本体、僕が生まれるずっと前に出たやつだよ？　ソフトがカセットだよ、カセット。いわゆるレトロゲームってやつになってしまっているものだ。

僕らの世界じゃ古臭《ふるくさ》いゲームも、異世界から来た彼女たちには最新のゲームなのだろう。先ほどからいろんなゲームを立て続けにやっている。よく飽《あ》きないもんだな。

まあ僕も昔、じいちゃんと白熱したものだけれど。

というか今日はどこに行くか決めようって話だったのに、みんな母さんたちへの挨拶で疲《つか》れているからか、なんとなく家でまったり、という流れになってしまった。

新婚旅行ってこんなのでいいんだろうか。まあ、【ゲート】があるんだから、そこまで焦《あせ》る必要はないと思うけどさ。

「うぬぬ！　桜！　今度はこれで勝負じゃ！」

「望むところ」

スゥが立ち直り、カセットの山が入った箱から新たなゲームを取り出した。いや、それＲＰＧだから勝負にならないと思う……。

ゲームが始まり、主人公が王様から魔王《まおう》を倒《たお》すように使命を下すオープニングの画面を見ながら、ソファーに腰掛けたリーンがつぶやく。

「フレームユニットでも同じような遊び方ができたけど、こちらの『てれびげーむ』とやらは楽しむことに特化しているのね」

「まあ、そういう機械だからねえ」

そもそもフレームギアのシミュレーターであるフレームユニット自体が体感ゲームを参考に作ったしな。

「持って帰ったらバビロン博士が喜びそうだけど」

「確かにね。ああ、そういやお土産《みやげ》に頼《たの》まれてたっけなあ」

バビロン博士にとって、未知の文明であるこの地球にある機械は喉《のど》から手が出るほど欲《ほ》しいものらしく、とにかくなんでもいいから買えるだけ買ってきてくれ！　と念を押された。

もちろん際限なく買うつもりはないが、ある程度は買っていこうと考えてはいた。

買っていくとしたら電化製品かな……。博士ならあっちの世界でも使えるようにできるだろ。

なら明日は電化製品を買いに行くか。どうせ行かなきゃならないし、早い方か遅いかの違いだ。

「なにを買うつもり？」

「冷蔵庫とか洗濯機《せんたくき》、掃除機《そうじき》なんかあると便利だよね」

「はいはいはい！　電子レンジと炊飯器《すいはんき》も候補に入れて下さいませ！　あと、ガスコンロなどもあるととても便利です！」

僕とリーンの会話に手を挙げて鼻息荒《あら》くルーが滑《すべ》り込んできた。それ全部調理家電だよね？　ガスコンロに至っては家電ではないような……あれ？　でも家電量販店《りょうはんてん》にガスコンロも売ってたような気もする。

「なんじゃ？　ゲームを買いに行くのか？」

「いや、ゲームを買いに行くわけじゃないけど、家電量販店に行ってみようかなってね。確かここから電車ですぐのところに、大手の量販店があったはずだからさ」

少なくとも三年前までは。かなりの大手だし、潰《つぶ》れたというようなことはないと思うけれども。

急須でお茶を淹れてくれたユミナが僕の前に湯飲みを差し出す。

「魔法がないこの世界は機械文明が発達しているんですよね。魔道具《アーティファクト》が売られているようなものですから驚《おどろ》きです。まるで古代魔法文明です」

『十分に発達した科学技術《わざ》は、魔法と見分けがつかない』とは、かのSF界の大御所《おおごしょ》、アーサー・C・クラークの言葉だが、魔法世界の住人からすればそんな感じなのかね。

どちらも便利な道具という点では同じようなものか。

「王様王様、『てれび』は買うの？」

スゥがプレイしているゲーム画面を指差しながら桜が尋ねてくる。

「いや、テレビだけ買ってもなあ。送信……映像を送る方がなければ意味がないし」

まあ、ゲーム機のディスプレイとしては使えるかもしれないけど。【アナライズ】で解析《かいせき》したがるだろうから、一台くらいは持ち帰ってもいいか。あと、絶対にスゥたちはゲーム機を持って帰るだろうしな……。

「あそこは家電だけじゃなく、いろんなものも置いてあるから楽しめると思うよ」

「ショッピングセンターと同じようなところなのですか？」

「似てはいるかな。ショッピングセンターほど多様化はしてないけれど」

確かおもちゃとか文房具《ぶんぼうぐ》、自転車まで売ってた気がする。あれ？　ショッピングセンターとあまり変わらないか。生鮮《せいせん》食品までは売ってないと思うが。

「冬夜《とうや》！　何度もスライムにやられる！　わらわが弱いぞ！」

スゥが操る『勇者すぅ』は最弱の敵モンスター、スライムにやられていた。え、そこでやられる？　……ああ、武器とか防具を『そうび』してないのか……。

それらを教えてやると、なんとかスライムに勝てるようになった。といっても、すぐに体力が減り、宿屋で回復してまたフィールドに出ることを繰《く》り返《かえ》していたが。

「この王様はケチじゃのう。檜《ひのき》の棒切れ一つで世界を救えとは無理にも程がある。フレームギアの一機でも寄越《よこ》せばいいものを」

いや、それは無理ってもんだ。確かに僕も初めてやらせてもらった時、子供心にケチくさいと思ったけどさ。だけどそれはゲームなんだから、現実的な話を持ち出すと面白くないだろ。そこは気にするなってことだ。

スゥがスライムを倒してお金と経験値を稼《かせ》ぎ、新しい武器を買ったとき、二階からリンゼが下りてきた。

「冬夜さん、この本の続きが読みたいんですけど」

「え、もう読んじゃったの？」

リンゼは書斎の押し入れにあった本を読《よ》み耽《ふけ》っていた。ショッピングセンターで買った本は異世界《むこう》に帰ってから読むらしい。新婚旅行に来て本を読んでばかりいるお嫁さんはどうなのだろうか。

リンゼの読んでいる本はじいちゃんの本ではなく、母さんの昔の私物だ。いわゆる若者の恋愛模様を描いたロマンス小説で、あの豪快な母が学生時代にこんなものを読んでいたとは今でも信じがたい。

「ちょっと待って。続きがあるかわからないけど探してみるよ」

リンゼとともに書斎の押し入れを漁《あさ》ると、続巻が何冊かと同じ作者の作品がいくつか出てきた。

それを彼女に渡すといそいそとその場に座《すわ》り込みさっそく読み始める。……なんだかなあ。

書斎をちらりと見ると、同じように本に夢中になっている者が他にもいた。

エルゼ、八重《やえ》、ヒルダの武闘派《ぶとうは》三人組が、ロマンス小説と一緒に発掘《はっくつ》された漫画《まんが》単行本を読みまくっているのである。

八重とヒルダは少年漫画の王道バトル物だが、エルゼは少女漫画を読んでいる。どちらとも母さんの私物だな。僕《ぼく》も前に読んだことあるけど。

「あ、明日は家電量販店に行くことになったからね。……早く寝るんだよ?」

「あ、はい。わかりました……」

「了解《りょうかい》～……」

「わかりましたわ……」

「承知したでござる……」

ねえ、みんな顔をあげようよ！　ちょっと寂しいよ！　倦怠期《けんたいき》じゃないよね!?　だとしたら速すぎるぞ！

僕はなんともやるせない気持ちで書斎を後にした。

◇　◇　◇

「いやしかし買ったなあ……」

裏路地で人目を避けながら家電量販店で買ったものを全《すべ》て【ストレージ】に入れる。

ドライヤー、テレビゲーム、カメラ、掃除機、アイロン、電子レンジ、炊飯器、ミキサー、ホットプレート、トースター、コーヒーメーカーなどなど……。馬鹿みたいな数を買ってしまった。

テレビや冷蔵庫、洗濯機にガスコンロ（売ってた）など、大きなものは後日じいちゃんの家に届くようにしておいた。ギリギリ在住中だから大丈夫だと思う。

調理器具が多いのはルーが暴走したからである。チョコレートファウンテンは必要だったのだろうか？　向こうの世界にもチョコレートはあるから、無駄《むだ》ってことはないだろうけどさ。

手ぶらになった僕らが裏路地から出て、駅ビルの時計を見るともうお昼をとうに過ぎていた。

「ついでだし何か食べて帰ろうか？」

「いいですね！　どこかいいお店があったら入りましょうか」

僕の提案にユミナがすぐに賛成してくれた。他のみんなも頷《うなず》いてくれたけど、ルーだけは少し残念そうな顔をしていた。

いやいや、そんな顔しないでも夕飯には買ったキッチン家電を使えるからさ。

「ではさっそく……あら？」

ヒルダがある店の前で止まった。ん？　そこは飲食店じゃないぞ？　靴屋《くつや》さんだ。気になる靴《くつ》でもあったか？

しかしヒルダが見ていたのは靴ではなく、ガラスウィンドウに貼《は》られたポスターのようだった。

「冬夜様。この『学園祭』というのは？」

「ん？　ああ、高校の学園祭のポスターか。学園祭ってのは……」

「知ってる！　学校のお祭りよね！　クラスで出し物したり、屋台をやったりするの！」

僕がヒルダに説明するより早く、勢いよく食いついてきたのはなぜかエルゼであった。

なんでエルゼが知ってるんだ？　僕、前に説明したっけか？

「昨日漫画で読んだのよ！　楽しそうだった！」

「ああ、それで……」

そういやあの少女漫画、そんなシーンがあったっけな。二巻に渡って長く扱ってた。学園祭までの準備期間と、学園祭での話と。

「ふうん、学生のお祭りなのね。……食べ物もあるのかしら？」

「あるわよ！　たこ焼き、クレープ、焼きそば、じゃがバター、ドーナツなんかが売られてたわ！　美味しそうだった！」

リーンの疑問にこれまたエルゼが答えているが、それ漫画の中の学校の話だからね？

実際にはあるかどうかわからんよ？

リンゼが興味深そうにポスターを眺《なが》める。

「これって私たちも行けるんです、か？　一般《いっぱん》入場可、ってなってますけど」

「入場規制がなければ行けると思うよ。えっと……ああ、ちょうど今日やってるのか。場所はここからすぐだな」

僕は高校生活が半年ほどしかなかったから、こういうイベントはあまり縁《えん》がなかったんだよね。正直に言うと少し興味がある。

「行ってみる？」

「もちろん！」

「うむ！　なにかわからぬが楽しそうじゃ。行ってみるとしようぞ」

僕の問いかけにエルゼが即答《そくとう》し、スゥが頷く。他のみんなも賛成のようだ。それじゃあ、行ってみますか。

スマホでマップを開き、道順を確認《かくにん》しながら僕らは歩き始めた。

◇　◇　◇

「剣道部《けんどうぶ》特製焼きそばでーす！　食べていって下さーい！」

「りんご飴《あめ》ー！　おひとついかがっすかー！」

「占《うらな》いの館《やかた》！　２－Ｃの教室でやってまーす！」

校門をくぐると賑《にぎ》やかな喧騒《けんそう》とともに、生徒たちの呼び込みの声が溢《あふ》れてきた。元気いいなあ。

遠くに見える校庭ではステージが作られ、なにかイベント的なものをやっているようだ。タレントでも来てるのかな？

「おお！　なかなか盛況《せいきょう》のようじゃな！　面白そうじゃ！」

「冬夜様！　りんご飴ってなんですか⁉　気になります！　あっ、あっちのカルメ焼きとかいうのも！」

スゥはまだわかるが、ルーの興奮が半端《はんぱ》ない。未知の食べ物に興味をビンビン引かれたみたいだ。

「これは一度食してみねばなるまい……！　皆《みな》の者、参ろうぞ！」

「「「おおーっ！」」」

八重の掛《か》け声《ごえ》に、スゥ、ルー、桜の食《く》いしん坊《ぼう》組が、わーっ！　と屋台へ向けて駆《か》けていった。ちょい待ち！　君らお金持ってないだろ！

仕方なく僕らも八重たちに続く。また迷子にでもなったら冗談《じょうだん》じゃないからな。

今回はちゃんと全員スマホを持っているから連絡《れんらく》はつくと思うけど、だからといって目を離《はな》すわけにはいかないよ。

八重はともかく、りんご飴やカルメ焼きをまるまるひとつ食べると他の物が食べられなくなりそうなので、みんなはシェアして食べていた。僕は食べたことがあるので遠慮《えんりょ》しておいたが。

というか、僕ら目立ってるな……。

まあ、八重と僕を抜かした全員が外国人に見えて、さらに可愛いとくれば仕方がないか。

「ねえねえ、君たちどこの学校？　よかったら案内するけど？」

いや、仕方なくないな。こんなチャラい男が寄ってくるから面倒《めんどう》だ。

いかにも軽薄《けいはく》そうな茶髪《ちゃぱつ》の高校生が僕らに話しかけてきた。僕らに、というか、僕を除いたみんなに、だが。僕らが日本語で話しているので、いけるとでも思ったのだろうか。

「いえ、間に合ってますので結構です」

「そんなこと言わないでさ。俺《おれ》の友達も呼ぶからなんなら学校の外にでもみんなで遊びに行かない？」

魔眼《まがん》を使ったわけではないだろうが、下心を見抜《みぬ》いたユミナがやんわりと断りの返事を返したが、男子高校生はなおも食い下がってきた。

アホか。僕らは学園祭を見に来ているのに、なんで外に行かないとならんのだ。

ユミナが断り続けるが、男子高校生はしつこいくらいに誘《さそ》ってくる。だんだんと僕も苛《いら》立《だ》ってきた。

あっ、マズい。エルゼや八重の方が僕より苛立っている。かなり目つきが険しくなっているぞ。急いでこの馬鹿男を止めないと。

「……【水よ来たれ、清廉《せいれん》なる水球、ウォーターボール】」

「えっ？」

突然《とつぜん》耳に入ってきた小さな声に僕は振《ふ》り向く。するとリーンが、しっ、と人差し指を口に当てていた。

スッとユミナの前にリーンが立《た》ち塞《ふさ》がる。

「それよりもあなた。早くトイレに行ったほうがいいんじゃない？　いくらなんでも我慢《がまん》し過ぎかと思うけれど」

「えっ？　あっ⁉」

リーンの言葉に高校生が自分の下半身を見ると、股間《こかん》が盛大にびしょ濡《ぬ》れてシミを作っていた。

周りの人たちからはクスクスという笑い声が上がる。

高校生は股間を押さえてあたふたと狼狽《ろうばい》し始めた。

「やっ、これは違《ちが》うんだ、その……ははは、それじゃ！」

真っ赤になった高校生は、脱兎《だつと》の如く去っていった。あーあ……。変なトラウマにならなきゃいいけど。

「今のリーンの魔法《まほう》か？」

「本当に小さな水球しか作れないわ。魔素がないって大変ね」

リーンはピンポン球ほどの水球を作り出し、僕らの陰《かげ》からあの高校生の股間にぶつけたのだろう。まあ、誰《だれ》にも見られてはいないと思う。

「大丈夫《だいじょうぶ》か？　気分が悪くなったりしてない？」

「大丈夫よ。人より魔力《まりょく》は多いし、あれくらいなら」

ここでは魔力の元になる魔素がないから、魔力の回復が簡単にはいかない。魔力が枯渇《こかつ》すれば気を失ってしまうからな。

「助かりました、リーンさん」

「いいのよ。ああいう自信過剰《かじょう》な男にはあれくらいはしないとね」

感謝の言葉を述べるユミナにリーンが笑って返す。

「まったく、ああいう輩《やから》は鬱陶《うっとう》しいわね。もう少しで手が出るところだったわ」

「拙者《せっしゃ》も同じく。投げ飛ばしてやろうかと」

ふくふく
ポチん

エルゼと八重が物騒《ぶっそう》なことをのたまっている。やはり危なかったな……。状況《じょうきょう》を鑑《かんが》みるにあれがベストだったのかもしれない。

「王様、これなに？」

「ん？」

桜が校舎の壁《かべ》に貼られたポスターを指差している。演劇部のポスターみたいだ。体育館でやるみたいだな。演目は『美女と野獣《やじゅう》』か。

「学生たちで演劇をやるみたいだね。体育館……ほら、あそこの大きな建物の中でやるんだ」

「演劇！　舞台《ぶたい》ですか⁉　面白そうですね！」

リンゼが目をきらめかせてポスターのあらすじを読んでいる。あ、こりゃ行く流れかな？

公演は午前と午後があって、午後の部はまだ始まってないないようだ。始まるまで少し時間があるな。

「じゃあその前になにか軽く食べてから行こうか。次はなにを――」

「はい！　あの『わたがし』というものが気になりますわ！」

「わた？　綿なのですか、あれは？　なにか糸みたいなものを巻き付けていますけれど……」

ルーの言葉にヒルダが少し戸惑《とまど》ったような声を出す。

ルーが指し示した屋台では、学生たちが機械の中に割《わ》り箸《ばし》を挿《さ》し入れて、白い糸を巻き付けていた。

本格的な綿菓子《わたがし》機じゃなく、なんかおもちゃのようなものだけど、ちゃんとできているな。祭りの夜店で売ってるような大きなやつじゃないけれど。

「あたしはあっちのチュロスってのが気になる」

「あ、お姉ちゃんも？　なんか美味しそうだよね」

「わらわはあのじゃがバターというのを食べたいのう」

「冬夜さん、さーたーあんだぎー……とは、なんでしょうか？」

「王様、いももち、いももち食べる」

「ダーリン、あのタピオカなんとかっての飲んでみたいわ」

「順番！　順番に回るから、離れないようにね！」

みんなが好き勝手に動きそうだったので、僕は一番に飛び出しそうなルーと八重の手を握った。

こっちは必死だが、子供の体重では二人を止めることはできない。傍目《はため》にはお姉ちゃんに連れられている子供にしか見えないだろうなあ。

それから演劇が始まるまで、僕らは屋台のありとあらゆる種類を食べ尽《つ》くした。主に八重がだが。

まあ、楽しんでもらってるみたいでなによりだけどさ。

◇　◇　◇

「なかなか面白かったですね」

「いい話だったわね。少し演技が硬《かた》い感じがしたけど」

リンゼとエルゼが体育館を出てすぐに感想を漏《も》らした。まあ、硬いのは仕方ない。プロじゃないんだから。

『美女と野獣』は僕も有名なアニメーションのやつを見たが、ストーリーがいくつか違っていた。てっきり学生たちのオリジナルなのかな、と思っていたんだけど、アニメより原作の方に寄せていたらしい。

知ってる話とは少し違ったので、僕も楽しめた。みんなも満足のようだ。

それから僕らは校舎内でやっている催し物《もよおもの》を見学した。黒板アートやストラックアウト、ペットボトルボウリングに射的など。

射的に至ってはユミナが全部命中させて、学生たちを驚かせていた。景品のぬいぐるみをもらって喜んでいたな。

それなりに楽しんでもらえたので来てよかったな。

校門を出てふと横を見ると、ヒルダが振り返り、学校を見上げていた。

「こっちの世界にいたら冬夜様はこういった学び舎《まなや》で勉学に励《はげ》んでいたのですね」

「そうだね。普通《ふつう》に高校生を続けて、卒業して、大学……はいけたかわからないけど、そのまま就職して……。そんな未来があったんじゃないかな」

そんな未来とはだいぶ違くなってしまったが。

しかしこれでよかったとも思える自分がいる。初めは仕方ないと諦念《ていねん》し、生きるために前向きに考えるしかなかった。だけど今は彼女《かのじょ》たちと出会えたことには感謝しかない。

「帰ったら今度こそどこに行くか決めないとなー」

「私は景色が綺麗《きれい》なところに行きたいです」

ユミナのリクエストは綺麗な景色か。ウユニ塩湖とかマッターホルンとかかな。ああ、大都会の夜景なんかも見せてあげたいかも。ライトアップされるスカイツリーとか。

「私は歴史が感じられる遺跡《いせき》なんか見たいわね」

リーンは遺跡、と。マチュピチュとかピラミッドとかか？

いやちょっと待て。マチュピチュってひょっとしてリーンより歴史が浅くないか……？

あれって十五世紀とかだったような……？　ピラミッドは大丈夫《だいじょうぶ》だろうけど。

「拙者は……」

「ああ、うん。美味《おい》しいものがあるところだろ？」

「まだ何も言ってないでござるよ！」

「え、違うの？」

「ち、違わないでござるが……」

安心しな。後ろでルーも我《わ》が意を得たりとばかりに頷いているから。ほんといいコンビだよね、君たち。

「そうじゃのう。みんなで楽しめる場所がいいのう」

「スゥ、よく言った。それ大事」

スゥの意見に桜が同意を示す。楽しめる場所ねえ。シドニーのオペラハウスなんか桜は喜びそうだけど。

「まあ、帰ってからみんなで決めようか」

「冬夜さん、帰り道で『こんびに』に寄って、アイス買っていきませんか？」

「あ、いいわね！　あたしテレビでやってた『ガジガジくん』食べたい！」

リンゼの提案に、姉であるエルゼが乗っかる。え、まだ食うの……？　いや、夕飯の後のデザートか。

まあ、帰り道にあるから構わないけどさ。

それから僕らはコンビニに寄って、アイスや飲み物などを買い（アイスは溶《と》けるので【ストレージ】に入れた）、ついでに本屋に寄って最新の旅行ガイドブックを買ってきた。

じいちゃんの家にあったのは古いやつだから、今でも見学できるのかわからないし、最新の名所は載《の》ってないからね。

リンゼは『美女と野獣』の原作本を買っていた。気に入ったのかな？　そのうちアニメ版のやつも見せてあげたいな。

帰ったらルーが買った電化製品（キッチン家電だけ）をすぐに使いたいと言ってきた。まあ、向こうじゃ電気がないから、博士が異世界仕様に改造するまで待つ羽目になるしな。仕方ないか。

おかげで、電気圧力鍋《あつりょくなべ》、餅《もち》つき機、ミキサー、トースター、電気フライヤー、コーヒーメーカー、ヨーグルトメーカーと、フル活用することになり、夕飯はまとまりのない多様なものとなった。どれもこれも美味しかったけどさ。

「この便利さに慣れてしまうと、もう向こうの器具でのお料理はできませんわ……」

悩《なや》ましげにルーが呟《つぶや》く。今のところ、ルーが一番この世界を満喫《まんきつ》しているような気がするな。

食事の後、コンビニで買ったアイスを食べながら、僕らはガイドブックに載っている世界各地の観光スポットを手当《てあ》たり次第《しだい》に眺め、各々《おのおの》行きたい場所をピックアップしていった。

「この『モン・サン・ミシェル』ってのは見てみたいわね」

「『ナスカの地上絵』……？　大きな絵じゃのう。どうやって描いたんじゃろ？」

「『オレゴン・ヴォーテックス』……？　不思議な場所があるのね。魔素だまりかしら？」

個人個人で好みが違い、場所によっては時期的に見られない場所などもあったが、なんとかまとめることができた。

さあ、明日から世界を巡《めぐ》るぞ！　僕も行ったことがないところばかりだから楽しみだ。

この世界を楽しみまくり、みんなとの新婚《しんこん》旅行を思い出深いものにしなくては……ってのは、少し気負い過ぎか。

お嫁《よめ》さんばかりじゃなく、自分も楽しまないとね。

明日からのワクワクを胸に僕らはまた眠《ねむ》りについた。

◇　◇　◇

その後、僕らは新婚旅行を満喫していた。

あれから二週間、世界各国の名所へと飛び、美味《おい》しいものを食べ、お土産を買って、思い出を作っていった。

気がつくとあっという間に旅行の最終日となっていた。楽しい時間が過ぎるのはホント速いなあ……。

「ピサの斜塔《しゃとう》は面白《おもしろ》かったです、ね」

「私はルーブル美術館が興味深かったわ」

「モアイが大きかった」

リンゼ、リーン、桜がお互《たが》いに印象に残った場所をあげていた。

「イタリアのジェラートが美味しかったですわ。あの食感がもう……！」

「拙者はスイスのチーズフォンデュが気に入ったでござるよ」

「あたしは断然タイのトムヤムクンね！　辛《から》さと酸味が後を引いて、もう止まらないの！」

負けじと？　ルー、八重、エルゼが旅行中に食べたものの味を思い出している。

「エドにたくさんお土産を買ったのじゃ。喜んでくれるかのう」

「地下鉄や歌劇など、いろいろと勉強になりました。これを是非《ぜひ》とも活《い》かしたいですね」

「こちらにも様々な騎士《きし》物語があって面白かったですわ。兄上へのお土産にします」

スゥ、ユミナ、ヒルダは買ったお土産を整理しながらそんな会話をしていた。楽しんでもらえてよかったな。

朝方、世界神様に連絡はしておいたから、そろそろ迎《むか》えとやらがくるはずだ。

僕一人ではまだ世界を渡《わた》る『異空間転移』ができない。正確に言うと限りなく近い……隣《とな》り合《あ》ったような世界にならなんとか跳《と》べるが、遠過ぎる世界には跳べない。地球からブリュンヒルドのある異世界へ僕だけでは跳べないのだ。ちゃんとした神の手を借りなければ無理なわけで。

出発の時は世界神様が送り出してくれたから迎えも世界神様かな？

「ブッブー。残念でしたー。正解は私なのよ！」

「うおわっ⁉」

じいちゃんちのリビングに突然現れたのは、誰あろう恋愛神、花恋《かれん》姉さんである。迎えってこの人か⁉

「花恋お義姉さんが迎えに来てくれたんです、か？」

「ちっちっち。リンゼちゃん、硬い硬い。もう本当に義妹《いもうと》なんだから、お義姉《ねえ》ちゃん、でいいのよ？　はい、復唱！」

「か、花恋お義姉ちゃん……？」

「かわいいのよー！　義妹《いもうと》最高なのよー！　ぎゅー！」

「はわわっ⁉」

花恋姉さんがリンゼにガバッと抱《だ》きつく。テンション高過ぎだろ……。

「っていうか、本当に花恋姉さんが迎えなのか？」

「しつれーな。厳正なるじゃんけんの結果、こうして勝利者たる私がやって来たのよ！」

「適当だ⁉」

誰でもよかったんかい！　いや、下級神なら誰でも使えるらしいから、誰でもいいっちゃいいのかもしれんけど！

「前にも言ったけど、地上に降りるのって本当はめんどくさ～い手続きとか、それっぽ～い理由とか、いろいろ必要なのよ？　こんな機会滅多《めった》にないんだから、最大限に活かさないと！」

　なんとも残念な理由だ……。気持ちはわからんでもないが……。ま、とにかくわざわざ迎えに来てくれたんだ、感謝せねばなるまい。

「じゃあ、名残惜《なごりお》しいけど、帰ろうか。向こうでやらなきゃならないことも山積みになっているだろうし」

「え!?　帰るの!?」

　花恋姉さんが心底びっくりした顔でこちらを振り向《む》く。いや、だからあんたが迎えに来たんでしょうが！

「ちょっと待つのよ、ちょっと待つのよ、そんな簡単に帰っていいの？　久しぶりの故郷なのよ？　もっといろいろやりたいことがあるんじゃないの!?」

「いや、もうやることやったし、見るもん見たし、買うもの買ったし、特にこれといって……」

「来たばかりで帰るなんてそんなのないのよ！　どれだけ楽しみにしてたか！　諸刃《もろは》ちゃんに散々羨《うらや》ましがらせて、それはないのよ！」

　本音が出たな。お迎えの役目を口実にして、地球で楽しもうとしてたわけか。というか、羨ましがらせたのか。諸刃姉さんもさぞ迷惑《めいわく》だったろうなあ。

「せめて三日！　いや、二日！　帰るのを引《ひ》き伸《の》ばしてほしいのよ……！」

「あのさ、一応これ新婚旅行なんだけれども。新郎《しんろう》の姉が付いてくるっておかしいと思わない？　恋愛神としてどうよ、そこんとこ？」

「うぐっ、イタイトコロを……！　恋愛神としては夫婦《ふうふ》水入らずの新婚旅行を邪魔《じゃま》する奴《やつ》なんて、馬に蹴《け》られてしまえと思うのよ……！　っでも～！」

……蹴られるか？　苦悩《くのう》する残念な姉を見て、ため息が漏れる。どうしたもんか。

考え込む僕におずおずとユミナが話しかけてくる。

「あの、冬夜さん？　私は構わないと思うんですけど……」

「そうでござるな。義姉上《あねうえ》にも地球《ここ》の美味《うま》い料理を食べてほしいでござるし」

「一緒《いっしょ》にテレビも観《み》たいのじゃ」

八重とスゥもユミナに同意する。他のみんなも苦笑《くしょう》気味にではあったが小さく頷いていた。みんな優《やさ》しいなあ。こんなお嫁さんをもらって僕は最高に幸せだ。

「みんながそう言うなら……。じゃあ二日だけ伸ばすことにするか。花恋姉さんの方から諸刃姉さんとかを通して、向こうにきちんと遅《おく》れるって伝えてよ？」

「わかったのよ！　ちゃんと伝えとくのよ！　ありがとうなのよー！」

「わぷっ⁉」

花恋姉さんがリンゼの時のように僕に、ぎゅーっと抱きついてくる。ちょ、苦し……！　子供状態の僕は花恋姉さんの大きな二つのものに窒息《ちっそく》させられそうになったが、なんとか八重が引っぺがしてくれた。危《あや》うく九人の未亡人を作るところだったぞ……。

「そうと決まれば、ルーちゃん！　こっちの食材を使った美味しい食べ物を作ってほしいのよ！」

「あ、はい。わかりましたわ。ちょうどお昼にしようかと思ってましたし……」

ルーが笑いながら席を立つ。苦労かけるねえ……。こんな姉で申し訳ない。

結局僕らはそれから二日、花恋姉さんをいろんなところへ案内しながら過ごした。夫婦水入らずではなくなったけど、楽しかったことは楽しかったな。

最終日になって、また花恋姉さんがあと一日！　と、ダダをこね始めたが、さすがにこれ以上はまずいだろう……。『時江《ときえ》おばあちゃんに頼《たの》んで一日巻《ま》き戻《もど》してもらうから！』とまで言ってたけど、僕が世界神様に連絡をとるフリをすると、『冗談なのよ！』としがみついてきた。や、本気だったよね？

なにはともあれ。長かった新婚旅行も終わりだ。

さあ、帰ろう。僕らのブリュンヒルドへ。

◇　◇　◇

「とうちゃ〜く！　おかえりなのよ！」

「花恋姉さんも一緒に帰ってきただろ……」

『おかえり』と言ってくれる人がいるのは嬉《うれ》しいけど。

僕らが転移した玄関《げんかん》ホールには執事《しつじ》のライムさん、メイド長のラピスさん、メイドのセシルさんにレネ、シェスカ、コック長のクレアさん、宰相《さいしょう》の高坂《こうさか》さん、琥珀《こはく》たち召喚獣《しょうかんじゅう》のみんな、時江《ときえ》おばあちゃんらが出迎《でむか》えてくれていた。

「むう。諸刃ちゃんたちがいないのよ。薄情《はくじょう》なお姉ちゃんなのよ」

「いえ、花恋様。諸刃様は騎士たちを連れて魔獣《まじゅう》の森へ討伐《とうばつ》訓練へと。三日前に花恋様も聞いていたではありませんか」

「………ソダッケ？」

高坂さんの少し呆《あき》れた声に、トボける花恋姉さん。完全に忘れていただろ……。

ジト目で僕が花恋姉さんを睨《にら》んでいると、横から飛び出してきた黒い影《かげ》が横腹にドスゥ

ッ！　と、いい音を出してタックルをかましてきた。痛《い》てえッ⁉

「おかえりなさいなのだ、冬夜お兄ちゃん！　それでそれでそれで⁉　お土産《みやげ》は⁉　あちしにお土産はッ⁉」

「お前な……！」

タックルをかましてきたのは酒神、望月酔花《もちづきすいか》であった。珍《めずら》しくシラフのようだが、目は血走り、変な笑いを浮《う》かべ、まるでなにかの禁断症状《しょうじょう》のようである。今は体格がほとんど同じなんだから全力タックルはやめい！

と、怒鳴《どな》りつけたかったけど、しがみつくその目からは『お酒お酒お酒お酒お酒お酒……』という強力なビームが発射されていて、ちょっと引いてしまった。

怖《こわ》いのでブランデーやウイスキー、ワイン、日本酒などの中から、他の人に渡す分を取り除いた残りを【ストレージ】からさっさと取り出した。

ちなみにこれらはじいちゃんちの地下蔵《ちかぐら》で拝借してきたものである。あの秘密の場所はじいちゃんと僕しか知らないので、問題ないだろ。父さんも母さんもあまり酒飲まないし。一応代金は置いてきたけど。死蔵されるよりは誰かに呑《の》んでもらったほうがじいちゃんも喜ぶと思う。それが異世界の住人でも神様でも。

「にゅふふふふふ！　さっすが！　どれもこれも美味しそうなのだ！　断酒してた甲斐《かい》が

あったのだー！」

酔花が床《ゆか》に並べられた酒をキラキラ（ギラギラ？）した目で見ている。断酒してたのか。そこまでして……。楽しみにしてくれてたのはありがたいけどさ。

「んではさっそく」

「おい待て、ここで呑む気か⁉」

一瞬《いっしゅん》にしてラベルを剥《は》がした酔花が、きゅぽんと日本酒の蓋《ふた》を引っこ抜《ぬ》く。玄関ホールにかすかに酒の匂《にお》いが漂《ただよ》ってきた。

「ふわぁ……。もうすでに香《かお》りでやられちゃうぅぅ……！　いいね！　絶対にこれは美味しいよ！」

あかん。本気で呑む気だこいつ。んもー、時と場所を考えろって……あ。

「いただきまー……」

行儀《ぎょうぎ》悪くラッパ飲みしようとした酔花だったが、その背後に立った人物が頭越《あたまご》しにその酒をひょいと奪《うば》い取《と》った。

「あ、師匠《ししょう》」

エルゼが声をかける中、手にした酒を一気に呷《あお》る武流叔父《たけるおじ》。いつの間に来たんだ？　とか思う間に、ものすごい勢いで酒が減っていく。

「おぅわぁあああぁ――――――――――ッ⁉　ちょっ、なにしてんの⁉　なにしてくれてんのぉぉぉぉぉぉぉぉ⁉」

目を見開いて酔花が絶叫《ぜっきょう》する。

「うむ。なかなか美味い酒だな。もう少し辛めの方が俺の好みだが」

そう言いながらも再び武流叔父は酒を呷《あお》り始めた。酔花が武流叔父の足にしがみついて激しく揺《ゆ》する。うわ、必死だ。

「やめれ！　やめれ、武流ちん！　そりはあちしのお酒だぞ！」

「ケチケチするな。喉《のど》が渇《かわ》いているのだ。たまにはよかろうが」

「うあぁ――――ッ⁉　水みたいにガバガバ呑むにゃ――――ッ！　冒涜《ぼうとく》！　お酒に対する冒涜うぅぅぅぅぅ！　せめて味わえ！　つか、呑むのやめろぉぉぉぉぉぉ！」

酔花の願いも虚《むな》しく、武流叔父は一升瓶《いっしょうびん》を空にして『美味かった』と、その瓶《びん》を酔花の頭の上に載《の》せた。載せるのかよ。

「エルゼ、後で訓練場に来るがいい。腕《うで》が鈍《にぶ》っていないか確かめるぞ。エンデもいるからさっそく修業《しゅぎょう》開始だ」

「ええ～……」

エルゼのゲンナリした顔を見て呵々《かか》と笑いながら武流叔父が玄関ホールを出ていく。いろいろと豪快《ごうかい》すぎる。

酔花は茫然《ぼうぜん》として死んだ目のまま、酒瓶《さかびん》をゆっくりと頭から下ろし、逆さにして落ちてきたひと雫《しずく》を舌で受け止めていた。

「おいちい……」

死んだような目からはホロリとひと筋の涙《なみだ》を流していた。

なんか不憫《ふびん》になってきた……。

仕方ないなあ……。僕《ぼく》は【ストレージ】から将来呑むためにとっておいた純米大吟醸《ぎんじょう》を一本取り出した。じいちゃんのとっておきって言ってたやつなんだけどな。

「ほれ、持ってけ。もう取られるなよ？」

「っ、冬夜お兄ちゃん、最高！　愛してる！」

涙を流した酔花にがっしと抱きつかれた。相変わらずこいつの愛は軽い。

酔花は血走った目であたりをキョロキョロと見回し、おそらく【ストレージ】と同じ効果がある大きなポシェットに、もらった酒を次々と放《ほう》り込んでいった。

誰も盗《と》らんからそんなに慌《あわ》てんでも……と思ったが、ふらっと狩奈《かりな》姉さんとかが来てまた取られるかもしれないなあ。

「んじゃ、あちしはこれで！　みんな、おかえりなさいなのだ！」

ぴゅーっ！　と、酔花が風のように去っていく。もらうもんもらったら用無しかよ。

「なんともまあ、騒《さわ》がしいでござるな……」

「ふふ。でも『帰って来た』って気がするわね」

ため息をついた八重にリーンが微笑《ほほえ》みながら答える。足下《あしもと》にはポーラがいて頭を撫《な》でてもらっていた。

僕も琥珀たちに『ただいま』と念話を送る。

《おかえりなさいませ、主》

みんな何事もなくてなによりだ。僕が安心していると、おずおずとメイド長のラピスさんが話しかけてきた。

「あの……。陛下はいつまでそのお姿なのですか？」

「え？」

そういえば。

僕はあらためて自分の姿を確認する。……小さい。子供のまんまだ。視線の高さもそのまんまだ。あまりにも長くこの姿でいたから慣れてしまっていた……。というか、なんで帰ってきたのに元の姿に戻らないの⁉　世界神様、どうなってやがりますか⁉

少し焦《あせ》り始めた僕に時江おばあちゃんが微笑みながら近づいてくる。そして小さな声で耳打ちをした。

「大丈夫よ。まだ身体《からだ》がその姿に固定されたままだけど、じきに元に戻るわ」

「それはどれくらい……？」

「安心なさい。今日の夜までには元に戻ると思うから」

よかった。またしばらくこのままかと……。いろいろと困るんだよ。……いろいろと。

「さあ！　帰ってきたお祝いに今日は豪勢《ごうせい》な食事に致《いた》しましょう！　向こうのせか……ゴホゴホン、旅行先で、いろんな料理を覚えてきましたわ！　クレアさん！　私《わたくし》、いっぱいお土産を持ってきましたのよ！」

「うふふ。楽しみですわ」

「ええ。一緒に作りましょう！」

ルーがパンッ！　と手を打って、誤魔化《ごまか》すように空気を変えた。おかえりと迎えられた者の方がご馳走《ちそう》を作るってのも変な気もするるが。

「じゃあ、あたしも訓練場に行ってくるかなあ。……確かにこの旅行中、運動不足で食べ過ぎだった気もするし……」

エルゼがそんな風につぶやくと、八重とヒルダが顔も見合わせて少し引きつり気味に笑った。

「せ、拙者たちも参ろうか、ヒルダ殿《どの》！」

「で、ですわね！　久しぶりに全力で身体を動かしたい気分ですわ！」

三人は連れ立つようにして玄関ホールを出て行った。変な危機感を感じたな……。

「わらわもエドの顔を見に行くのじゃ！　レネ！　レネへのお土産もあるから一緒に行こうぞ！」

スゥの言葉に、レネは隣《となり》にいたラピスさんの顔を窺《うかが》っていた。小さくラピスさんが頷《うなず》くと、笑顔《えがお》になってスゥの下へと駆けてくる。

僕の【ストレージ】からスゥの持つ指輪の【ストレージ】へとお土産を移動させる。なんだかんだでけっこう買い込んだからなあ。

この際だからここで他のみんなの分も分けてしまおう。エルゼたちはあとでいいか。

スゥとレネを【ゲート】で実家であるオルトリンデ公爵《こうしやく》家へ送り出し、ついでに桜も校長先生であるお母さんのいる学校の方へと送り出した。

ルーはクレアさんと厨房《ちゆうぼう》へと向かい、手伝いにユミナとリンゼたちもついて行った。リーンはバビロンの方へ寄るそうだ。

一方僕はというと……。

「二日遅れたせいで、政務が滞《とどこお》っております。早急《さつきゆう》に対応すべき案件がいくつか。幸いその姿でも問題はありませんな。参りましょうか、陛下」

「いや、帰るのが遅れたのは花恋姉さんのせいで、僕のせいじゃ……！」

高坂さんに手を引かれ、僕は執務室《しつむしつ》へと連行されていく。

あれ？　唐突《とうとつ》に新婚旅行が終わった実感が出てきたぞ。お仕事って明日からじゃダメですかね？　ダメですよね。ハイ、ワカリマシタ。

もう少し幸せに浸《ひた》っていたかった……。


その日の夕食前にはなんとか姿も元に戻った。もう二度と子供の姿なんてならんぞ。不便で仕方がない。

夜までに元に戻れてよかったよ……。新婚なんだからさ。いや、深い意味はないけれども。ムニャムニャ。

とりあえず僕は帰ってきた。この異世界にスマートフォンとともに。

さて、明日からまた頑張《がんば》りますか。

城のバルコニーから暮れなずむブリュンヒルドの町を眺《なが》め、僕はそこに吹《ふ》く穏《おだ》やかな風を感じていた。

異世界はスマートフォンとともに。メカ設定資料集

■ヴァルトラウテ

開発者：**レジーナ・バビロン**
整備責任者：**ハイロゼッタ**
所属：**ブリュンヒルド公国**
全高：**17.0m（未装備時）** 重量：**7.9t（未装備時）**
メインカラー：**緑**
武装：**肩部バルカン砲×2、晶材製ナイフ×2**
Aモード：**晶剣×2、大晶剣×2** Bモード：**多方向大型バーニア**
Cモード：**大型遠距離キャノン砲** Dモード：**増加装甲、大型シールド**

ボーンフレーム開発者：**レジーナ・バビロン**
管理責任者：**フレドモニカ**
搭乗者：**ルーシア・レア・レグルス**
乗員人数：**1人**

『蔵』で発見された新型フレームギアの基本設計を元に生み出されたルー専用機。ヴァルキュリアシリーズのひとつ。遊撃戦換装型フレームギア。転移魔法による武装換装により、ATTACKER《アタッカー》、BOOSTER《ブースター》、CASTER《キャスター》、DEFENDER《ディフェンダー》の四タイプに換装する。いかなる戦況にも対応できるように設計された、マルチタイプの機体である。

異世界はスマートフォンとともに。
メカ設定資料集

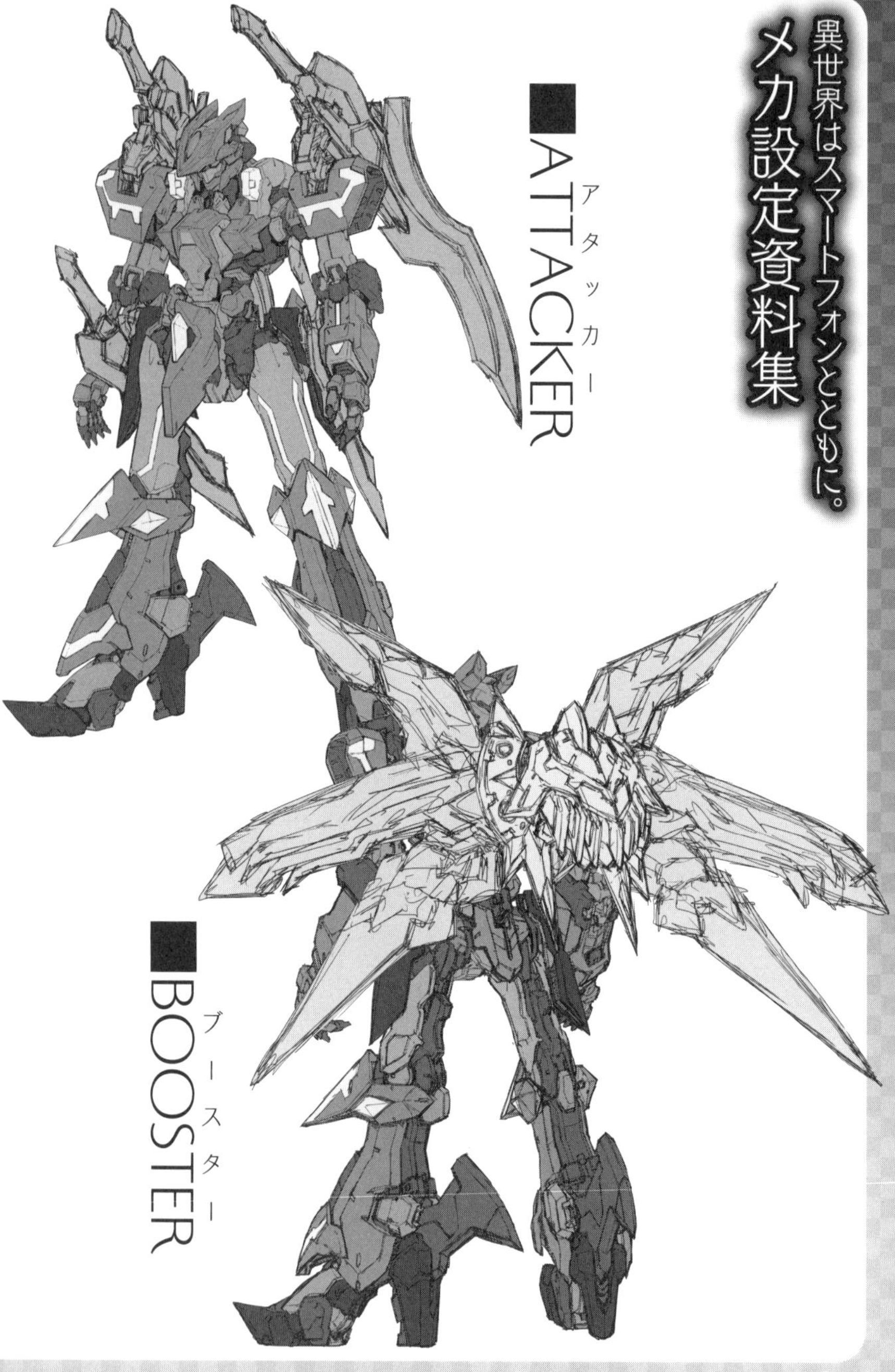

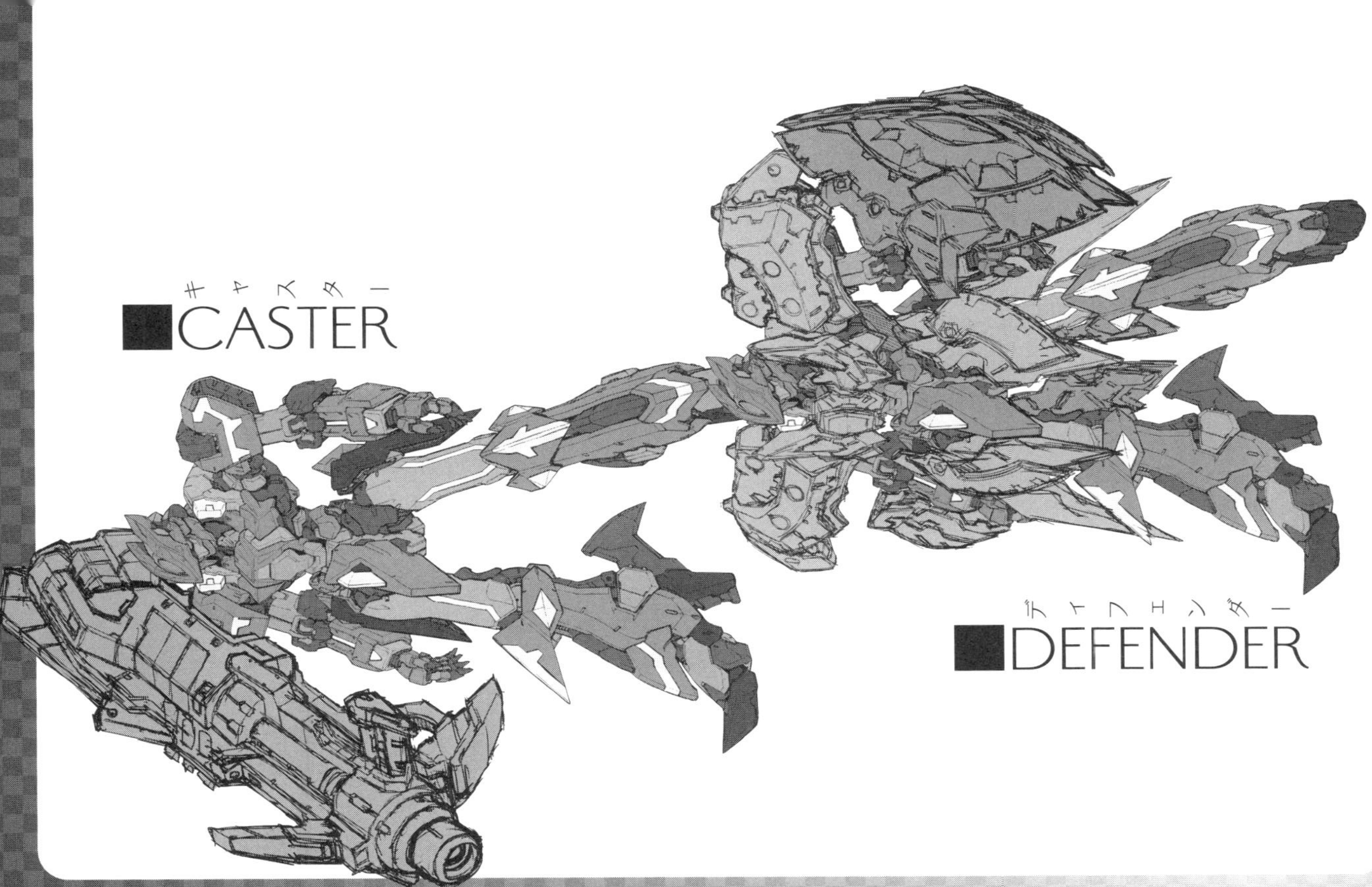
■CASTER《キャスター》
■DEFENDER《ディフェンダー》

あとがき。

『異世界はスマートフォンとともに。』第二十一巻をお届けしました。お楽しみいただけましたでしょうか。

結婚式&新婚旅行の回となりました。ちょうど六月発売ということで、ジューンブライドです。

日本だと梅雨の時期にぶち当たるので、あまり結婚式を挙げる人は少ないなんて話もありますが、まあ異世界ということでそこはひとつ。

動物園のシーンですが、これ、実際に仙台の動物園に行って書いてます。その場で。ええ、スマホを持ってその場で動物を見ながら執筆しました。

見たままを執筆すればいいので、はかどるはかどる。巡ったコースもある程度はそのままです。物語を面白くするため、少し変えた部分もありますけれど。

動物園にいたシロクマの名前がポーラなのは笑ってしまいましたが。

この本を持ってその動物園に行くと面白いかもしれません。

めでたく冬夜君たちは結婚しましたが、これで終わりじゃないですよ？　これからもまだまだ続きます。

刊行ペースは少し落ちますが、引き続き『異世界はスマートフォンとともに。』をよろしくお願い致します。


それでは今回も謝辞を。

とうとうヒロインたちのウェディングドレス姿を描いていただきました。兎塚エイジ先生、感無量です。ありがとうございます。

小笠原先生、お忙しい中、フレームギアのブラッシュアップをありがとうございました。

担当K様、ホビージャパン編集部の皆様、本書の出版に関わった皆様方にも謝辞を。

そしていつも『小説家になろう』と本書を読んで下さる全ての読者の方に感謝の念を。

冬原パトラ

結婚式や新婚旅行も済、異世界へと帰還した冬夜達。
そんな折、リーフリース皇王から
フォンとともに。22
2020年10月発売予定！

とある相談を持ち掛けられる。
問題解決のために仮面舞踏会が開かれることになり——!?
異世界はスマート
冬原パトラ
illustration■兎塚エイジ

HJ NOVELS
HJN07-21

異世界はスマートフォンとともに。21

2020年6月22日　初版発行

著者——冬原パトラ

発行者—松下大介

発行所—株式会社ホビージャパン

〒151-0053
東京都渋谷区代々木2-15-8
電話　03(5304)7604（編集）
　　　03(5304)9112（営業）

印刷所——大日本印刷株式会社

装丁—— 木村デザイン・ラボ／株式会社エストール

ISBN978-4-7986-2237-8　C0076

ファンレター、作品のご感想お待ちしております

〒151－0053　東京都渋谷区代々木2－15－8
(株)ホビージャパン HJノベルス編集部 気付
冬原パトラ 先生／兎塚エイジ 先生／小笠原智史 先生